회
사
가
팔
렸
다

KB191267

HEISHA WA BAISHU SAREMASHITA! by Mio NUKAGA

ⓒ 2022 Mio NUKAGA

Originally published in Japan by Jitsugyo no Nihon Sha, Ltd., Japan.

Korean translation rights arranged with Jitsugyo no Nihon Sha, Ltd., Japan.

회사가 팔렸다

2024년 9월 15일 1판 1쇄 인쇄
2024년 9월 30일 1판 1쇄 발행

누카가 미오 지음 | 김진환 옮김
발행인 황민호
본부장 박정훈
편집기획 신주식 강경양 이예린
마케팅 조안나 이유진 이나경
국제판권 이주은 장희정
제작 최택순 성시원

발행처 대원씨아이(주)
주소 서울특별시 용산구 한강대로 15길 9-12
전화 (02)2071-2018
팩스 (02)797-1023
등록 제3-563호
등록일자 1992년5월11일
www.dwci.co.kr

ISBN 979-11-7288-657-8 03830

누카가 미오
장편소설

회사가 팔렸다

김진환 옮김

하빌리스

목차

우리 회사는 매수되었습니다!

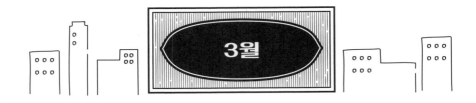

3월

가루세제 상자를 열 때 화악 풍기는 냄새가 좋았다. 응축된 비누 향에는 꽃의 흔적이 희미하게 섞여 있어서 그 농후한 냄새를 맡으면 몸이 깨어나는 느낌이 든다.

그래서 빨래는 아침에 하는 게 마시바 다다오미의 일상이었다.

가루세제를 플라스틱 스푼으로 퍼서 세탁기에 넣는다. 사르르 하고 떨어지는 가루 소리가 듣기 좋다. 세제가 물에 완전히 녹도록 헹굼은 두 번으로 설정하고 나서 뚜껑을 닫았다.

세탁기 위의 선반에는 하나모리 비누라는 회사에서 만든 세탁용 세제 '하나모리 비누'의 분말 타입과 액체 타입, 고체 타입이 각각 놓여 있었다.

새파란 패키지 디자인과 굵은 고딕체로 적힌 로고가 조금 촌스러워 보여도 회사 이름을 그대로 따온 제품답게 오랜 역사를 자랑했고, 하나모리 비누라고 하면 많은 사람이 이 제품을 떠올릴 정도다.

얼룩이 남을까 봐 걱정될 때는 분말형, 상하기 쉬운 옷감을 세탁할 때는 액체형, 진득하게 묻은 진흙이나 옷깃의 찌든 때를 빼고 싶을 때는 고체 타입으로 문지르는 방식을 다다오미는 오랫동안 사용해왔다. 오늘 아침에는 어제 옆집 이사를 돕느라 더러워진 트레이너 복과 치노 바지를 빨아야 했기 때문에 세정력이 강한 분말 타입을 골랐다.

다다오미는 덜컹거리며 작동하기 시작한 세탁기를 한번 툭 때려주었다. 특별할 게 전혀 없는 국내 메이커의 싸구려 세탁기지만, 10년 넘게 함께 생활해온 룸메이트나 마찬가지였다.

부엌에서 전자레인지로 냉동 밥을 세팅하고, 가스레인지로 물을 끓여 인스턴트 된장국을 만들었다. 그리 넓다고는 할 수 없는 1LDK[1] 아파트지만, 짐이 많아질 취미도 없는 서른다섯 살의 독신 남성이 혼자 살기에는 충분한 곳이다.

거실 TV로 날씨 예보를 확인하면서 너무 뜨거워져 김이 모락모락 나는 밥 위로 날달걀을 깨고, 간장을 부어 젓가락으로 휘저었다. 오늘의 반찬은 집주인이 '너무 많이 만들었네'라며 어제 가져다준 치쿠젠니[2]였다.

삐이익 하는 전자음이 탈의실 쪽에서 들려왔다. 건물이 오래돼서인지 이런 종류의 소리가 유난히 크게 울리곤 했다. 날달걀 밥을 빠르게

---

1) 1LDK: 하나의 침실과 부엌, 거실로 구성된 거주 형태.

2) 치쿠젠니: 닭고기와 채소 등을 간장으로 조린 음식.

먹어 치우고 된장국도 깨끗이 비웠다. 부엌에서 설거지를 하고 나서 세탁물을 끌어안고 밖으로 나왔다.

날씨 예보대로 어제까지와는 다른 맑은 날씨였다. 2월의 추위가 가시지 않은 것처럼 한동안 쌀쌀한 날씨가 이어졌지만, 오늘은 3월다운 포근함이 기분 좋았다. 며칠 전까지만 해도 밖에서 벌벌 떨며 빨래를 널었는데 말이다.

"오~ 봄이 왔네, 봄이 왔어."

자기도 모르게 그런 말을 중얼거렸다.

다다오미가 사는 이 아파트는 '사과 아파트'라는 이름으로, 내부 설비가 리모델링되긴 했어도 건물 자체는 지어진 지 80년이 넘은 헌 집 (좋게 말하면 빈티지 아파트)이었다. 하얗게 칠해진 콘크리트 벽에 짙은 녹색 창틀이라는, 전쟁 전에 지어진 건물치고는 세련된 서양풍 디자인과 여러 번에 걸쳐 정성껏 개보수된 유럽 저택 같은 분위기가 마음에 들어서 다다오미는 대학 입학 직후부터 어느새 17년 동안 이곳에 살고 있었다.

디귿(ㄷ) 모양 구조의 2층짜리 아파트에는 안뜰이 있었고 둥근 테이블과 의자도 놓여 있었다. 신주쿠 외곽이라는 게 믿기지 않는 한적한 분위기에 빠져들어 여길 떠나지 못하는 입주민도 많다.

베란다가 없는 1층 입주민은 안뜰에서 빨래를 말려도 된다는 규칙이 있었기에, 다다오미는 제자리에 놓여 있는 빨래 건조대에 방금 빤 셔츠와 수건 등을 널고 있었다.

"마시바 군, 좋은 아침."

맞은편 호실의 현관이 열리더니, 집주인인 니키 가즈코 씨가 세탁 바구니를 끌어안고 나왔다. '사과 아파트의 맏언니'를 자처하는 그녀는 1층의 특별히 크게 만들어진 방에서 혼자 살고 있다. 예전엔 나이가 비슷한 남편과 함께였지만, 다다오미가 대학을 졸업한 직후에 사망했다. 75세의 나이치고는 등이 꼿꼿하고 목소리에도 힘이 넘쳤다.

"다행히 오늘은 따뜻하네. 노인네도 살기 좋은 날씨야."

"추울 때도 씩씩하게 노인 체조 서클에 나가셨잖아요."

사과 아파트 근처 공원은 최근 들어 놀이기구보다 철봉이나 스트레치용 발판 같은 건강기구가 더 많아지면서 고령자들의 운동 명소가 되었다. 가즈코 씨 역시 일주일에 3일은 공원에 나가서 즐겁게 몸을 움직이고 있었다. 다다오미보다도 훨씬 활동적인 생활을 하는 분이다.

"바이유, 어제는 잘 자는 것 같았어? 갑자기 향수병이 생기지는 않았으려나."

"가즈코 씨, 그 친구가 좀 어려 보여도 이제 곧 서른이거든요? 대학생도 아니고…"

어제 다다오미가 사는 8호실 옆에 대만인 청년이 이사를 왔다. 청년이라 칭할 수밖에 없을 만큼 어려 보이는 외모였기에 다다오미도 당연히 일본에 유학 온 학생인 줄로만 알았다. 그런데 인사하러 간 김에 가즈코 씨와 함께 짐 풀기와 쓰레기 버리는 걸 돕다가 실은 올해 생일에 서른 살이 된다는 말을 듣고 놀라지 않을 수 없었다.

"사과 아파트에서야 서른 살이면 고등학생 정도지!"

가즈코 씨는 아하하하, 하고 소리 높여 웃으며 분홍색 셔츠를 쫙 펼쳤다. 다다오미도 출근용 와이셔츠가 구겨지지 않도록 옷걸이에 걸어서 정성껏 널었다.

하나모리 비누의 향이 코를 희미하게 간지럽혔다. 드럭스토어에서 흔히 볼 수 있는 계면활성제가 든 합성세제는 분말형이든 액체형이든 인위적인 냄새가 나서 좋아할 수가 없었다. 다른 비누 회사의 가루세제도 마찬가지다. 바로 이 하나모리 비누에서 만든 '하나모리 비누의 향'이라서 좋은 것이다.

구김이 지지 않도록 셔츠를 쫙 펴고 있을 때, 이번에는 다다오미의 뒤쪽에서 문이 열리는 소리가 났다.

자기 이야기를 하는 걸 아는지 모르는지, 어제 막 이사 온 대만 청년 린 바이유가 노끈으로 한데 묶은 이사용 종이 상자를 들고 밖으로 나왔다. 그러고 보니 오늘은 재활용 쓰레기를 내놓는 날이었다.

"가즈코 씨, 다다오미 씨, 좋은 아침입니다. 어제는 정말 감사했습니다."

굳이 가까이 다가와서 다다오미와 가즈코 씨에게 깊이 고개를 숙인다. 학생 시절에 일본에 유학 온 경험이 있어서인지 그의 일본어는 무척 유창했다. 영어도 제대로 할 줄 모르는 자신이 부끄러워질 정도다.

바이유라는 이름이 발음하기 힘들 테니 영어 이름인 다니엘로 불러도 상관없다고 하기에, '그럼 저도 다다오미라고 불러주세요'라는 대화도 어제 주고받았다. 하지만 다다오미와 가즈코는 본명 외에 영어 이름이 따로 있다는 게 영 실감이 나지 않았다.

"덕분에 짐 정리는 어제 다 마칠 수 있었어요."

바이유에게서 강렬한 세제 냄새가 희미하게 풍겼다. 너무나 인공적이고, 외국 회사의 세제처럼 자극적인 매콤달콤한 냄새였다. 그러고 보니 짐 나르는 걸 도울 때도 그의 셔츠에서 같은 냄새가 났는데, 오늘 아침엔 그게 한층 강했다.

"바이유, 잘 잤어? 우리 아파트가 낡아서 찬 기운이 많이 들어올 텐데, 춥진 않았고?"

가즈코 씨가 널린 세탁물 사이로 얼굴을 내밀었다.

"조금요. 하지만 금세 익숙해지겠죠."

수줍은 미소의 바이유가 다시 종이 상자 묶음을 들어 올리더니, "어제 신세 진 건 다음에 꼭 갚을게요"라는 말을 남기고 안뜰을 빠져나갔다.

"바이유, 쓰레기 버리는 데가 어딘지는 알아? 내가 알려줄게."

가즈코 씨는 그렇게 말하며 종종걸음으로 그를 뒤따랐다. 사과 아파트에서 생활한 17년 동안 많은 입주민을 만났지만, 외국인은 아마 처음일 것이다. 사교성 좋은 이웃이라 다행이었다.

세탁물을 전부 널고 나서 방으로 돌아왔다. 이제 출근 시간이 가까웠다. 양복으로 갈아입고, 침실에 있는 전신 거울 앞에서 넥타이를 맸다. 셔츠에는 하나모리 비누의 향이 거의 남아 있지 않았지만 깨끗이 세탁된 폭신한 감촉이 기분 좋았다.

그때였다.

바로 그 순간이었다.

『—외국계 기업의 일본 기업 매수가 이어지고 있습니다.』

계속 켜둔 TV에서 뉴스 캐스터의 익숙한 목소리가 들렸다.

그 목소리가 다다오미에게 가장 익숙한 기업의 이름을 언급하고 있었다.

『무첨가 세제를 제조하고 있는 국내 기업, 하나모리 비누를 외국계 화장용품 제조 회사인 블루아가 매수하기 위한 합의가 진행 중이라는 사실이 밝혀졌습니다.』

뉴스 캐스터는 비슷한 사례를 세 가지 정도 언급했다. 전부 국내 기업이 외국계 기업에 매수당한 경우였지만, 다다오미의 귀에는 자세한 내용이 들어오지도 않았다.

『하나모리 비누라고 하면 오랜 전통의 비누 회사잖아요. 저도 어린 시절에 거기 비누를 많이 썼는데 말이죠. 그런 곳이 외국 기업에 매수된다니, 이것도 일본 기업들이 국제 경쟁의 파도에 휩쓸리고 있다는 방증이려나요?』

패널로 등장한 전문가가 적당한 멘트를 덧붙인 뒤, 다른 기업에 관한 뉴스로 넘어갔다.

"하나모리 비누면… 우리 회사잖아…."

다다오미는 본가에서 가져온 낡은 전신 거울 앞에서 넥타이에 손을 댄 채 눈을 깜빡거렸다. 얼빠진 얼굴이었다. 어안이 벙벙하다는 말은 바로 이런 표정을 가리키는 것이리라.

"…매수?"

당했다고?

어디가?

"하나모리 비누?"

어디에?

"…블루아?"

자기 입으로 말해보고 나서야 사실이 서서히 체감되기 시작했다.

"…매수?!"

다급히 TV에 매달렸지만, 방송은 이미 다른 코너로 넘어간 뒤였다.

"이봐, 잠깐만! 방금 그거 다시 한번! 다시 한번 말해봐!"

TV를 잡고 격하게 흔들어댔지만 프로그램은 무심하게도 연예 뉴스를 전달하기 시작했다.

방 안을 뒤엎을 기세로 걸어가서 침대 옆 사이드보드에 놓인 스마트폰을 낚아챘다.

하나모리 비누, 매수--라는 검색어로 검색하자 인터넷 뉴스 몇 개가 표시되었다. 방금 TV에서 나온 것과 마찬가지로, 하나모리 비누가 블루아라는 외국계 기업에 매수되는 방향으로 합의가 진행 중이라는 내용이었다.

스마트폰을 재킷 주머니에 쑤셔 넣고, 통근용 백팩을 멘 채 자택을 뛰쳐나왔다. 안뜰에서는 쓰레기를 버리고 온 바이유와 가즈코 씨가 한창 대화에 몰두하고 있었다.

"어머, 마시바 군. 그렇게 정색을 하고, 무슨 일—."

"우리 회사가 큰일 났어요!"

의아한 표정의 두 사람을 빠르게 스쳐 지나가서 안뜰 구석에 세워진 자전거 핸들을 향해 뛰어들었다. 마음이 급한 나머지 요란한 소리를 내며 자물쇠를 풀고 나서 사과 아파트를 나왔다.

아파트 앞의 완만한 경사로를 브레이크 없이 달려 내려갔다.

"어떻게 되어가는 거야…!"

젠장, 하고 입 안에서 욕지거리를 내뱉으며 전장을 향해 페달을 밟았다.

대학 졸업 직후에 입사한 뒤로 10년 넘게 일해온 우리 회사로.

돌아가신 어머니가 애용하던 하나모리 비누를 만드는, 우리 회사로.

하나모리 비누의 사옥은 JR 다카다노바바역에서 신메지로 거리를 10분 정도 걸어간 곳에 있었다. 평소엔 회사까지 자전거로 10분이 걸리지만 오늘은 5분 만에 도착했다. 자전거 주차장에 자전거를 세워두고 정문으로 뛰어들자 업무 시작 30분 전인데도 많은 직원이 눈에 띄며 평소보다 소란스러웠다.

사방팔방에서 방금 전 뉴스에 대한 화제가 언급되고 있었다. 매수, 매수, 블루아, 매수… 그 소식이 꿈이나 환상이 아닌 현실이라는 게 실감 났다. 다들 곤혹스러워하고 있다. 아직도 영문을 모르겠다는 듯이, 아는 얼굴이 보이면 일단 "뉴스 봤어?"라며 묻는 모습이었다. 다다오미 역시 다짜고짜 세 명에게서 "총무부는 뭐 아는 거 없어?"라는 질문을 받았다.

"아, 마시바 씨!"

엘리베이터 앞에 영업부의 지도리 스미레가 있었다. 다다오미보다 5

살 어렸는데 그녀가 대학 졸업 직후 입사해 총무부로 연수를 받으러 왔을 때 교육을 담당한 적이 있었다. 의젓해 보이는 단발머리는 그때 그대로였다. 170센티미터의 키로 여성치고는 장신이며 묘하게 듬직한 느낌을 주는 직원이었다.

"아침부터 난리도 아니군…."

"그 뉴스, 사실인가요? 전 집에서 보다가 우유를 뿜어버렸어요."

"난 TV를 부여잡고 '한 번만 더 말해봐!'라고 외쳤는데."

엘리베이터가 1층에 도착했다. 평소보다 혼잡한 승강기 내부는 심각한 분위기였다. 혼란스러운 모습으로 동료와 이야기하는 젊은 직원, 신경이 곤두선 채 층계 표시를 노려보는 베테랑 직원, 스마트폰에서 눈을 떼지 못하는 직원도 있었다.

"블루아면 그 냄새가 지독한 외국 제조 회사죠?"

"맞아. 생각하면 할수록 왜 하필 우리와 블루아인지 모르겠어."

신흥 화장용품 제조 회사라는 인상이 강하지만, 지난 몇 년 동안은 일본에서도 젊은 층을 중심으로 조금씩 점유율을 높이고 있었다. 지도리의 말처럼 '냄새가 지독한' 점 때문에 다다오미는 아무리 해도 좋아할 수가 없었다. 인공적이고 강렬한 향은 하나모리 비누를 쓰며 성장한 그의 피부와 코에 전혀 맞지 않았다.

"정말, 어떻게 되어가는 걸까요?"

"지금부터 확인하러 가려고. 뭔가 알아내면 알려줄게."

7층 건물의 6층에 총무부와 사장실이 있다. 영업부인 스미레는 3층이었고, 다른 부서의 직원들도 중간에 우르르 내리면서 마지막엔 다다오미 혼자 남았다. 엘리베이터의 문이 열릴 때마다 각 층에서 전화기가 요란하게 울려대고 있었다.

그리고 그건 6층에 도착했을 때도 똑같았다. 엘리베이터 앞까지 전화벨 소리가 새어 나왔다.

"좋은 아침입니다."

총무부 사무실 문을 열자 평소에 제일 먼저 오는 다다오미보다 앞서, 총무부 직원 10명 중 5명이 이미 출근해 있었다. 여느 때 같으면 업무 시작종이 울리는 동시에 출근했을 하마나 시로 부장까지 책상에 앉아 있었다.

하마나를 제외한 모두가 전화를 받고 있다. 모든 책상에 고정 전화기가 놓인 '낡고 좋은 일본 회사' 그 자체인 사무실 곳곳에서 "네, 그 뉴스 말씀이시죠…. 저희 쪽에서도 아무것도 아는 게 없어서요…" "자세한 정보를 알아내는 대로 다시 연락드릴 테니까…"라며 직원들이 수화기를 든 채 연신 고개를 꾸벅거리고 있었다.

"하마나 부장님, 그, 그 뉴스 내용은…."

어쩔 수 없이 제일 한가한 하마나에게 달려갔지만, 그는 팔짱을 낀 채 천장을 올려다보고만 있었다. 그러다 비글처럼 축 처진 눈을 움직여 다다오미를 돌아보았다.

"아~ 참 안 좋게 됐어. 설마 이런 식으로 폭로당할 줄이야."

"…부장님, 매수에 대해 알고 계셨습니까?"

하마나는 대답하지 않았다. 다다오미는 급한 마음에 그의 책상 위로 몸을 내밀며 "알고 계셨던 거죠?"라며 물었다.

하마나의 표정은 바뀌지 않았다.

"그렇다면 우리 회사가 매수당한다는 이야기는…"

"응, 그건 사실이야. 윗선과 일부 부장급들은 2주 전쯤에 전달받았지. 원래는 다음 주에 직원들에게도 정식으로 발표될 예정이었는데 말이야… 왜 갑자기 TV에서 보도가 된 거지? 누가 언론에 흘리기라도 한 건가?"

하마나는 50대 직원치고는 느슨한 분위기를 풍겼다. 비슷한 기수로 입사한 직원들이 24시간 근무도 불사하는 기업 전사들인 데 비해 혼자서만 느긋한 성격이었다.

그런 하마나가 매수 사실을 인정했다.

"우리 회사, 매수되는 겁니까…?"

"그래, 사장님이 갖고 있던 우리 회사 주식을 블루아에 팔아버렸거든. 이제 우리 오너는 사장 일가가 아닌 외국계 기업인 블루아 님인 거지."

하나모리 비누는 비상장 오너 경영 체제라 당연히 주식 대부분을 사장을 비롯한 오너 일가가 갖고 있었다. 그걸 전부 팔아버렸다면 회사는 쉽게 남의 손에 넘어가게 된다.

오른쪽 무릎에서 힘이 쭉 빠져나갔지만, 다급히 버티며 균형을 잡았다. 하마나가 작게 한숨을 쉬었다. 늘 온화하던 그의 눈동자가 한순간 차갑게 흐려졌다.

"맞아. 하나모리 비누는 블루아에 매수되었어."

하마나는 어쩔 수 없는 사실이라는 듯이 두 손을 들어 보이며 자리에서 일어섰다. 마침 전화를 받던 직원들이 다들 수화기를 내려놓은 시점이었다.

"다들, 잘 들어. 뉴스에서 보도된 내용이 거의 맞아. 우리 회사는 매수되었어. 오늘은 거래처에서 대량의 문의가 올 테니까 부디 고생해주게."

그 말이 끝나기도 전에 다시 전화가 울려대기 시작했다. 총무부 직원들이 차례차례로 수화기를 집어 들었다. 다다오미도 황급히 근처에 있던 전화기로 손을 뻗었다.

"네, 하나모리 비누입니다ㅡ."

발신자는 회사 건물의 청소 업무를 위탁받은 기업이었다. 연말에 계약 갱신을 앞둔 터라 뉴스를 보고 자신들과의 계약은 어떻게 되는 건지를 문의하려는 것 같았다.

하나모리 비누의 총무부는 인사, 경리, 회계, 재무, 법무, 홍보, 시스템 관리 등등의 백오피스 업무를 전부 도맡고 있으므로 외부 사람과 접촉할 때가 많다. 아마 이제부터 회계사와 변호사, 인쇄 회사와 오피스 용품의 대여업체, 심지어 사장이 애용하는 음식점까지 다양한 이들에게서 매수된다는 게 사실이냐는 문의가 올 것이다.

"네, 아무래도… 저희 회사가 매수되는 것 같습니다."

그것 말고는 아직 아무것도 모른다고 청소업체에 답변한 뒤, 몇 번이고 고개를 숙이다가 간신히 통화를 끝냈다. 그것만으로도 기가 쫙 빨리는 느낌이었다.

"자, 다들 고생 좀 해줘. 난 모두 먹고 기운 낼 수 있게 바바 양과자점에 가서 슈크림이라도 사 올 테니까."

아직 업무 시작 종소리도 울리지 않았는데 하마나는 사무실을 빠져나가려고 했다. 바바 양과자점은 다카다노바바역 앞에 있는 오래된 케이크 가게였다. 그곳 케이크는 사장이 좋아하는 데다 총무부에서도 자주 선물용으로 사러 가기 때문에 조만간 연락이 올지도 모른다.

"자, 잠시만요!"

다다오미는 그의 뒤를 쫓았다. 문의가 올 때마다 '매수되는 겁니까?' '네, 맞습니다'로 대화를 끝내는 것도 한계가 있다.

무엇보다 직원인 자신들부터 이런 식으로 매수 사실을 받아들일 수는 없었다. 하나모리 비누가 매수되는 이유가 무엇인지. 논의가 어디까지 진행되었고, 이미 뒤집을 수 없는 사실인 건지. 매수는 대체 어떤 방식으로 이루어지는지. 지금까지 일해온 직원들은 어떻게 되는 건지. 하나모리 비누에서 만들던 제품은(특히 세탁용 세제 '하나모리 비누'는) 어떻게 되는 것인지.

묻고 싶은 게 산더미였다.

"하마나 부장님! 슈크림은 나중에 사고, 일단은 지금의 혼란을…"

복도 밖으로 나간 순간, 하마나가 뒤를 돌았다. 그 너머에서 엘리베이터 문이 열렸다. 한눈에도 고급스러운 스리피스 정장을 입은 남자가 부하로 보이는 사람을 데리고 내렸다.

하나모리 비누는 본사 근무 직원만 3백 명 정도, 공장 근무까지 합하면 천 명에 가까운 사람들이 일하는 기업이었다. 하지만 다다오미는 적어도 본사에서 일하는 직원들의 얼굴과 이름은 전부 기억하고 있었다.

따라서 이 남자가 하나모리 비누 소속이 아니라는 건 바로 알 수 있었다.

"우와, 바로 납셨네."

하마나가 어깨를 늘어뜨리며 길을 비켜서듯이 구석으로 물러났다. 다다오미도 얼떨결에 그를 따라 했다.

"누, 누구일까요?"

"우리를 매수한 블루아의 높으신 분일 게 뻔하잖아. 우리 새로운 사장님이야."

나이는 하마나와 비슷해 보였다. 머리카락과 눈동자는 색소가 옅은 갈색인데 얼굴 생김새는 아시아 쪽 혈통 같았다. 아무 특별한 것 없는 사옥인데 뭐가 그리 재밌는지, 싱글거리는 표정으로 이쪽으로 다가왔다. 다다오미는 그런 모습이 엄청나게 수상해 보여서 경계하는 몸짓을 했다.

"하나모리 비누에 오신 것을 환영합니다."

하마나가 그 남자에게 지지 않을 만큼 수상한 미소를 띠며 우스꽝스러울 만큼 정중한 인사를 했다. 멈춰 선 남자는 하마나와 그 옆에 선 다다오미를 번갈아 바라보았다.

그리고 영어로 무슨 말인가를 내뱉었다. 미소를 짓고 있었고 그게 무슨 뜻인지는 알아들을 수 없었지만, '내뱉었다'라는 것만은 확실히 알 수 있었다.

그때 강렬한 비누향이 났다. 인공적이고 달달한 세제 냄새—블루아의 제품에서 나는 향이었다. 드럭스토어 앞에서 끈질기게 휘감기는 강렬한 향에 얼굴을 찡그렸던 기억이 있다.

"죄송합니다. 저희 터너는… '매수 정보를 유출한 건 당신들입니까?' 라고 말했습니다."

뒤에서 대기하던 부하 청년이 쭈뼛거리며 남자의 영어를 통역했다. 하지만 분명 그런 느낌의 어감은 아니었다. 상스러운 표현을 순화시켜서 통역해준 것이리라.

유출이고 뭐고, 우리는 지금 뭐가 뭔지 전혀 모르겠단 말입니다. 그렇게 말해주려고 통역사 청년 쪽으로 시선을 돌린 순간, 다다오미는 말문이 막혀버렸다.

"죄송합니다. 오늘 아침 뉴스를 본 뒤로 신경이 조금 곤두서 있어서…."

말이 채 끝나기도 전에, 다다오미의 얼굴을 확인한 통역사가 "앗…" 하고 얼빠진 소리를 냈다. 그리고 "다다오미 씨…" 하고 선명한 목소리로 말했다.

그는 분명, 어제부터 다다오미의 이웃이 된 린 바이유였다.

"…어째서."

너, 설마 블루아 쪽 사람이었던 거야? 그 말이 목구멍 밖으로 나오지 않았다. 바이유도 똑같은 심정이었는지, 창백한 얼굴에서 "설마 하나모리 비누 쪽 사람이었던 겁니까?" 라는 목소리가 새어 나왔다.

"아니, 아니, 이게 말이 되냐고…."

"마시바, 아는 사람이야?"

23

하마나가 바이유를 가리키며 물었다. 뭐라 설명해야 좋을지 몰라 입을 뻐끔거리기만 하는 다다오미를 내버려 둔 채, 방금 터너라고 불린 '블루아의 높으신 분'께서 바이유를 다니엘이라고 불렀다. 영어 이름에 바로 반응하는 그는 1시간 전에 사과 아파트 안뜰에서 대화를 나누던 청년과 전혀 딴 사람처럼 보였다.

터너는 바이유에게 영어로 뭐라 말한 뒤 다다오미 쪽은 돌아보지도 않고 복도를 걸어가 버렸다.

그가 걸어가는 방향에는 하나모리 비누의 사장실이 있었다. 설마 매수 건이 언론에 노출된 것을 불평하기 위해 군이 매수 상대의 사옥까지 찾아온 것일까?

"이봐, 우리 사장님이 출근을 하긴 했나?"

하마나가 어깨를 축 늘어뜨리며 묻자, 다다오미는 고개를 저었다.

"적어도 저는 못 뵈었는데요."

2대째인 현 사장은 일에 열정적인 것과는 거리가 먼 사람이었다. 오전부터 회사에 나와 있는 경우는 일단 없다고 봐야 한다.

"어쩔 수 없군. 내가 상대하러 가야겠어."

하마나가 한숨을 쉬며 터너를 뒤쫓아갔다. 조금 뻔뻔스럽게 느껴질 만큼 아무 일도 없었던 듯 우아하게 걸어가는 터너와 뒷모습에서도 당황스러움이 전해지는 바이유를 다다오미는 멍하니 바라보았다.

그때 업무 개시 종소리가 울렸다.

오늘 하루는 이제 막 시작되었을 뿐이다.

***

오늘을 넘기면 두 번 다시 못 가게 될 것 같은 느낌이 들었다. 다다오미는 그런 예감을 원동력 삼아 추운 밤하늘 아래서 자전거를 타고 있었다.

하나모리 비누 사장(아직은 매수 보도가 나왔을 뿐이니 전 사장은 아닐 것이다)의 자택은 회사와 사과 아파트의 딱 중간 지점에 있다. 평소의 통근길에서는 조금 벗어나지만, 창업자인 선대 사장 때부터 심부름으로 수도 없이 왔던 곳이다.

터너가 사장실로 침공하고 업무 시작 종소리가 울린 지 2시간 후, 전 사원에게 단체 메일이 발송되었다. 오늘 아침에 보도된 뉴스 내용은 대부분 사실이며 하나모리 비누는 외국계 화장용품 제조 회사인 블루아의 산하로 들어가게 된다. 쉽게 말해 자회사가 된다는 내용이었다.

블루아의 매수 목적은 '일본 시장에서의 판로 확대', '상품 개발 능력 강화' 그리고 '기술 획득'이며, 하나모리 비누 측이 얻는 이득은 '기존 사업의 강화', '경영의 안정화'라고 적혀 있었다. 단독으로 만들어낼 수 없는 가치—시너지를 창출해 나간다는 그럴듯한 문구가 역겹게 느껴졌다.

3월 중에 매수 절차를 완료하고 4월부터는 사업 인프라를 안정시키기 위한 이행 기간에 돌입하며, 가을까지는 자회사로 본격적인 가동을 시작한다. 메일에는 그런 스케줄도 기재되어 있었다.

완료한다, 안정화시킨다, 본격적으로 가동시킨다··· 매수한 측의 시선이 여실히 느껴지는 문장을 보고 총무부 내에서도 분노를 드러내는 직원이 있었다.

영업부와 연구개발부는 훨씬 격한 반응을 보일 거라 생각했는데 과연 예상대로였다. 층마다 성난 고함이 터져 나오고 난리도 아니라며, 다른 부서에서 일하는 동기들이 SOS 문자를 보냈다. 총무부가 사장실과 같은 층에 있어서인지, 다짜고짜 쳐들어와선 "총무부 놈들은 미리 알고 있었던 거지!" 라며 호통을 치는 중년 직원까지 있었다.

오후부터 긴급 부장 회의가 소집되고 그 밖의 직원들은 거래처에 사정을 설명하느라 눈코 뜰 새 없었다. 다다오미도 총무부 소속으로 회의를 세팅하는 것 외에는 길고 긴 전화 응대만 하다가 오늘 업무가 끝나버렸다.

연말은 원래 결산 사무와 예산 편성, 만료가 가까워진 계약의 확인과 갱신, 월말에 관리기한이 끝나는 서류의 정리, 인사고과 등으로 바쁜 시기인데 그런 업무는 전혀 손을 대지도 못했다. 4월에 입사 예정인 내정자에게서 "제 취직은 어떻게 되는 건가요···" 라며 울먹거리는 전화가 왔을 때는 너무 미안한 나머지 책상에 코가 닿을 만큼 고개를 숙였다.

그런데 오랜만에 방문한 사장 저택은 고요하기 그지없었다. 고지대의 중턱에 훌륭한 단독 주택을 세운 사람은 물론 선대 사장이었고, 지금은 그 아들인 사장 부부가 살고 있었다. 다다오미는 거실에서 불빛이 새어 나오는 것을 산울타리 너머로 확인한 뒤에 인터폰을 눌렀다.

무시당할 각오도 했지만 의외로 대답은 바로 나왔다.

인터폰의 지직거리는 목소리로도 응대한 사람이 사장 본인이라는 걸 알 수 있었다.

"총무부의 마시바입니다. 사장실에 남아 있던 개인 물품을 전해드리러 왔습니다."

사장은 오늘 출근하지 않았다. 그런데도 하마나와 블루아의 터너는 사장실에서 1시간 가량 대화를 나누었다. 정찰을 겸해 차를 내갔는데, 하마나의 실실거리는 옆얼굴을 보면 터너의 추궁을 구렁이 담 넘어가듯 잘 피해 간 모양이었다.

응접 소파에 앉은 두 사람을 흘겨보다, 사장실 구석의 행거에 검은색 민무늬 넥타이가 걸려있는 것을 발견했다. 갑작스러운 부고가 있을 때도 장례에 참가하기 위해 사장이 회사에 놓아둔 물건이었다.

그것을 제외한 사장의 개인 물품은 깨끗이 사라져 있었다.

몇 초간의 침묵 뒤에 문의 잠금장치가 해제되는 소리가 났다. 다다오미는 보고 있든 말든 인터폰을 향해 고개를 숙이며 "실례하겠습니다" 라고 말한 뒤 무거운 대문을 밀어젖혔다.

선대 사장의 취향으로 돌이 깔린 마당 길을 지나자 현관문이 열리며 사장이 느긋하게 모습을 드러냈다. 평소처럼 마른 고목처럼 패기 없는 모습에다. 현관 조명이 만들어내는 짙은 그림자 탓인지 유난히 생기도 없어 보였다.

"수고했어. 고마워."

다다오미의 눈을 한순간 바라보고는 그가 내민 쇼핑백을 받아들었다. 너무 아무렇지도 않은 태도라 준비해둔 말이 목구멍에서 맴돌다 사라졌다.

"…꼼꼼히 확인했지만 이것 말고는 달리 아무것도 남아 있지 않았습니다."

사장실 구석에 들러붙은 것처럼 남겨진 넥타이를 제외하면 정말 아무것도 없었다. 이건 뭐 야반도주가 따로 없다. 대체 언제 총무부의 눈을 피해 짐을 옮긴 것일까?

TV와 인터넷 뉴스의 보도 내용보다도, 하마나의 설명보다도, 매수되었다는 사실을 훨씬 강렬하게 실감케 해주는 순간이었다.

"아아, 완전히 까먹고 있었네. 그냥 버려도 됐을 텐데."

쇼핑백의 내용물을 확인한 사장은 어깨를 축 늘어뜨리며… 코웃음 치는 것처럼도 보였다. 사장의 얼굴은 10년 전에 죽은 선대와 매우 닮았다. 몇 년 전에 회사 역사를 편찬했을 때 50대의 선대 사장 사진을 봤는데, 지금 눈앞에 선 남자와 판박이였다.

하지만 일에 대한 열정이나 각오 같은 것은 전혀 달랐다.

총무부에서 그를 가까이 지켜봤기 때문에 잘 알 수 있었다. 지난 10년 동안, 이 사람이 자발적으로 회사를 위해 움직인 적은 한 번도 없었다. 말수도 적고 뭐가 그렇게 따분한지 항상 미간을 살짝 찡그리고 있었다. 너무 명확한 사실이라 차라리 시원할 만큼, 장식이나 다름없는 얼간이 사장이었다.

"왜 그러신 겁니까?"

불쑥 그런 질문이 나와버렸다. 사장은 오른 눈썹을 경련시키듯 꿈틀거리며 다다오미를 바라보았다.

"마시바, 내 이름이 뭐였는지 기억하나?"

"하나모리 마사쓰구(正継) 씨…입니다."

자네는 기억하는군. 하지만 다른 직원들은 과연 몇 명이나 기억할까? 그렇게 묻듯 어깨를 으쓱거린 마사쓰구는 이어서 "그럼 내 아버지 성함은?"이라고 물었다.

"하나모리 마사오(正夫) 씨입니다."

"하나모리와 마사오의 공적을 계승하라는 뜻이라고, 내 이름은."

후훗 하고 웃는 마사쓰구를 보며 그가 사장으로 취임했을 때가 떠올랐다. 선대 사장 급사하면서 이루어진 어수선한 계승이었다. 평소 '주니어'로 불리며 혈통 덕에 임원직에 앉아 있던 마사쓰구가 2대 사장이 되었다. '우리 주니어 이름이 마사쓰구라는군', '사장 자리를 잇기 위한 이름이구만'이라며 누군가 쑥덕대던 게 기억났다.

"그게 대체 이번 매수와 무슨 상관이 있는 겁니까?"

"마시바는 모르겠지. 마시바는 아버지가 채용한 마지막 기수고, 하나모리를 많이 좋아하잖아."

이쪽을 도발하는 듯한 말투에 순간 숨이 막혔다. 천천히 코에서 숨을 내뿜는 것과 동시에 마사쓰구가 요란하게 한숨을 내쉬었다.

"간단해. 난 하나모리 비누가 싫었거든. 애초에 회사에 들어오고 싶지도 않았는데 아버지가 억지로 입사시켰어. 아버지가 갑자기 돌아가시니까 이번엔 사장을 하라더군. 사장 노릇을 하는 게 슬슬 질려갈 무렵에 블루아 쪽에서 접촉해와서 매수를 제안했지. 좋은 조건이라 팔기로 했고."

이 남자가 이렇게 많이 말하는 건 오랜만… 아니, 처음인지도 모른다. 다다오미가 의견이나 지시를 구할 때마다 '적당히 알아서 해줘'라고만 대답하던 사람이었다.

"좋은 조건이었다니…. 회사잖아요? 분명 우리 주식은 대부분 사장님이 갖고 계셨지만, 직원들에겐 각자의 생활이 달린 일입니다. 그걸 그리 쉽게…."

"아버지 때문에 억지로 떠맡았던 걸 놔버렸을 뿐이야. 이제부턴 구워 먹든 삶아 먹든 블루아 마음이지."

"아무리 그래도 그건 사장으로서 너무 무책임하신 것 아닙니까?"

말투가 자연스레 거칠어졌지만 마사쓰구는 신경 쓰지 않았다.

"직원들이 무슨 말을 하든 상관없어. 주니어, 주니어라고 바보 취급당하던 지난 10년 동안 그런 일은 익숙해졌으니까. 이 집도 팔기로 했으니까 하나모리 비누가 있는 이 지긋지긋한 거리와도 이제 작별이야."

자기 아버지가 일으킨 회사의 주식을 팔고, 자기 아버지가 세운 훌륭한 집도 팔아버리고, 큰돈을 손에 쥐고 어딘가로 옮겨가서 유유자적한 노후를 보내겠다는 걸까?

아무 말도 나오지 않았다. 쩍 벌린 입을 다물 수도 없었다.

그때 집 안쪽에서 삐 하는 전자음이 들렸다. 뒤를 슬쩍 돌아본 마사쓰구는 "미안"이라고 말하며 현관문을 잡았다.

"쿠키가 다 구워진 모양이라."

쿠키 좋아하시네. 당신, 단 음식은 좋아하지만 직접 요리 같은 걸

하는 사람은 아니잖아. 그런 빈정대는 말이라도 한마디 해주려는데, 눈앞에서 문을 탁 닫아버렸다. 그리고 몇 초 뒤에는 찰칵하고 열쇠 잠그는 소리가 났다. 요란하게 쫓겨나는 것보다도 훨씬 비참하게 버림받은 기분이었다.

하나모리 비누라는 회사도, 자신을 포함한 직원들도 전부 저 사장에게 버림받은 것이다. 돌보기 귀찮아진 애완동물을 유기하듯이, 한때 회사의 정점에 섰던 50대 남자라는 게 믿기지 않을 만큼 유치한 이유로 버림받았다.

"위험하게 됐군."

자전거로 경사로를 내려가면서 견디지 못하고 중얼거렸다. 정말 위험했다. 저런 사장이 블루아 측에 '회사를 포기하는 대신 직원들의 고용은 유지해주시오' 같은 요구를 할 리가 없다. 정말 '구워 먹든 삶아 먹든' 맘대로 하라는 식으로 내팽개쳤으리라.

인원 감축, 노동 조건의 격변, 대우 악화, 회사명 변경, 판매 제품의 일신, 기술 유출… 지금은 무슨 일이 벌어져도 이상할 게 없다. 매수 당하는 측인 자신들이 어떤 불합리한 일을 당해도 대항할 수단이 전무했다.

일개 총무부 직원인 자신이 대체 무엇을 할 수 있단 말인가.

주전자로 물을 끓인 뒤, 매실주가 든 유리 용기와 함께 안뜰로 갖고 나왔다. 내열 유리잔을 두 개 준비하고 나서 옆 호실의 인터폰을 눌렀다.

대답을 기다리지 않고 안뜰에 놓인 의자에 앉았다. 둥근 테이블에 놓인 주전자에서 하얀 김이 피어올랐다. 낮엔 따뜻했는데 밤이 되니 역시 쌀쌀했다.

등 뒤에서 문이 열리는 소리가 났다. 입주민 청년이 조심스럽게 다가오는 것이 느껴졌다.

"바이유, 술은 좀 해?"

유리 용기를 열고 국자로 유리잔에 매실주를 따랐다. 매년 5월에 가즈코 씨가 만드는 매실주는 잘 숙성되어 나무 진액 같은 갈색을 띠었다. 안뜰을 비추는 오렌지색 외등 밑에서도 선명히 보일 정도다.

"…마실 수 있습니다."

주전자로 물을 따르자 농후한 감향(甘香)이 김과 함께 화악 퍼졌다.

"다다오미 씨도 술을 하시는군요."

"즐기는 편은 아닌데, 오늘은 이거라도 마셔야 버틸 것 같아서."

다다오미의 맞은편 의자에 앉은 바이유에게 온수 섞은 매실주를 내밀었다. 다운 재킷을 입은 바이유는 조심스럽게 유리잔을 바라보다가 "잘 마시겠습니다"라며 손을 내밀었다.

다다오미가 술을 확 들이켜자 매실의 달콤한 향과 함께 약간의 알코올이 빠르게 몸을 돌았다. 오늘 아침, 매수 뉴스를 본 순간부터 시작된 길고 버거운 하루가 간신히 끝나려 하고 있었다.

"설마 네가 블루아 쪽 사람이었을 줄이야."

"저도 설마 다다오미 씨가 하나모리 비누의 직원일 줄은 몰랐습니다."

유리잔을 후 불고 나서 한 모금 마신 바이유는 어깨를 힘없이 늘어뜨렸다.

"오늘은 저희 터너가 실례되는 말을 해서 죄송했습니다."

"아아, 역시 그건 막말이었나 보네."

"막말까진 아니고… 보다 정확히 통역하자면 '네가 정보를 흘렸냐? 사람 성가시게 말이야'였습니다."

"그랬군."

바이유를 대동하고 나타난 남자는 가오루 클레멘스 터너라는 이름으로, 하마나가 말한 대로 블루아의 높으신 분… 뉴욕에 있는 블루아 본사에서 마케팅 부문의 수장이었던 인물이라고 한다. 퍼스트 네임이 '가오루'인 건 조부모 중 한 명이 일본인이기 때문이라고 바이유가 알려주었다. 그의 말대로 터너는 곧 새 회사의 사장으로 취임한다.

"매수 이야기는 대체 언제부터 진행된 거야?"

"그 부분은 저도 자세히 모릅니다. 저는 쭉 뉴욕 본사에서 일하다가 터너 씨와 함께 일본에 가라는 명령을 받았을 뿐이니까요. 그리고 설령 알고 있다 해도 다다오미 씨에게 알려드릴 수는 없고요."

그럴 거라 생각했다. 사과 아파트에서는 이웃사촌이어도 회사에서는 매수한 쪽과 매수당한 쪽으로 나뉠 테니까.

"어째서 우릴 매수한 거지?"

빈 유리잔에 새로 술과 온수를 따르며 바이유에게 물었다. 그는 미간을 깊게 찡그리며 매실주를 홀짝였다. 그리고 말해도 괜찮은 부분만 목구멍 안에서 걸러내듯 작게 신음했다.

"이번 주중에 하나모리 비누 직원들을 대상으로 한 설명회가 열리니까 그때 들을 수 있을 테지만… 블루아는 일본에서의 시장 확대를 노리고 있습니다."

"블루아는 젊은 층을 겨냥한 강한 향의 세제나 입욕제가 주력 상품이잖아. 그런데 어째서 살아있는 화석이나 다름없는 우리를 자회사로 만들려는 거지?"

"바로 그 점 때문입니다. 블루아는 일본에서도 젊은 층에는 인기지만 그것만으로는 '가정 내의 단골 상품'이 될 수 없죠. 블루아 제품은 어디까지나 젊은이들이 세련된 아이템으로 사용하는 포지션이니까요. 그래서 지명도와 역사가 있는 하나모리 비누의 브랜드가 필요하다고 생각한 것 같습니다."

"블루아는 '가정 내의 단골 상품'을 노리고 있다는 거야?"

다다오미는 고개를 끄덕이는 바이유를 보며 힘없이 의자 등받이에 몸을 기댔다. 이마에 손을 얹으며 한숨을 내쉬었다.

"그 작위적이고 강렬한 향의 세탁용 세제를 일상 속의 빨래 용품으로 정착시키기 위해서, 정반대의 세탁용 세제를 만드는 우리 회사를 매수했다는 건가."

"대중적인 합성세제를 만드는 대기업은 일본에도 있습니다. 그들과 블루아가 싸워나가기 위해서는 비누 제조 회사로서 발군의 지명도를 가진 하나모리 비누가 필요하다고 경영진이 생각한 겁니다. 물론 브랜드가 가진 힘뿐만 아니라 무첨가 비누의 제조 기술과 연구의 축적은 UN이 제창한 SDGs(국가 지속가능발전 목표)의 관점에서도 블루아에게 반드시 도움이 될 거라고 판단했을 거고요."

원인과 결과가 절묘하게 어긋난 느낌이 불쾌해서 다다오미는 입을 꾹 다물었다. 비유하자면, 바이유는 날씨가 추워지는데 적당한 방한복이 없어서 새로운 코트를 샀다는 식으로 말하고 있다. 반면 다다오미는… 오랜 세월 아껴 입었던 코트를 '그거 멋진데' 하며 빼앗긴 기분이다.

"하나모리 비누는 블루아가 일본에서 높이 올라서기 위한 딱 좋은 발판이었던 거군. 확실히 지난 몇 년은 실적이 영 안 좋긴 했지."

10년 전, 다다오미가 신입 티를 갓 벗었을 무렵에 창업자인 선대 사장이 급사했다. 마사쓰구가 말한 대로 다다오미의 기수는 창업자가 마지막으로 입사시킨 세대로 칭해졌다. 마사쓰구가 사장 자리를 이어받은 뒤로는 선대가 남긴 공적과 유산을 먹어 치우며 오늘까지 겨우 버텨왔을 뿐이다.

기업은 창업자에서 2대째로 교체될 때가 가장 위험하다는 이야기를 들은 적이 있는데, 하나모리 비누야말로 그 좋은 예시였다. 2대 사장이 의욕 없고 무책임한 인물이니만큼 실적이 향상될 리가 없다.

"발판이라고 하실 줄은 몰랐네요."

바이유의 어조가 미세하게 강해졌다.

"적어도 저는 하나모리 비누를 차지한다거나, 다다오미 씨 같은 기존 직원들을 쫓아내려는 생각이 전혀 없습니다. 저희가 블루아에서 파견된 건 블루아와 하나모리 비누를 평화롭게 통합하기 위해서니까요."

주력 상품의 향부터 정반대인 두 기업이 '통합'이라니. 다다오미는 한숨을 꾹 참으며 매실주를 다시 들이켰다.

"재미없는 농담이군."

"다다오미 씨가 그렇게 생각하는 것도 무리는 아니겠죠."

좋은 관계가 될 것 같았던 이웃이 왜 하필 매수당한 기업의 직원인 걸까? 바이유의 작은 한숨에는 그런 진심이 섞여 있는 것처럼 보였다. 그건 내가 하고 싶은 말이야, 라고 마음속으로 중얼거렸다.

"앞으로는 어떻게 할까요?"

"어떻게 하긴. 우리 회사는 매수당한 쪽, 그쪽 회사는 매수한 쪽. 그건 변함없잖아."

서로를 우리 회사, 그쪽 회사로 칭한 것이 마음에 걸렸는지, 매실주를 단번에 들이켠 바이유가 입술을 비죽 내밀었다.

"하지만 그렇다고 갑자기 널 모질게 대하면 가즈코 씨가 놀라고 슬퍼하시겠지. 그리고 난 이 사과 아파트가 마음에 들어. 여기서는 평온하게 지내고 싶어."

너는? 하며 바이유를 보자 그는 자세를 바로 하며 다다오미를 마주 보았다.

"어제 이사를 도와주신 보답을 아직 못했으니까, 적어도 그때까지는 좋은 이웃으로 지냈으면 합니다."

이야기는 이걸로 정리됐다고 봐도 될까? 유리 용기에서 국자로 매실주를 떠서 바이유의 잔에 따라주었다.

"알았어. 그러면 사과 아파트 안에선 매수 문제는 일단 잊고 사이좋게 지내자고."

아직 따뜻한 주전자의 물을 유리잔에 따랐다. 바이유는 첫 잔보다 물을 적게 탄 매실주를 조금 안도한 표정으로 마셨다.

위태로운 약속이라는 생각은 든다. 매수당한 하나모리 비누가 어찌 될지, 다다오미가 하는 일이 어떻게 바뀔 것인지에 따라 이곳에서의 평온한 생활은 순식간에 무너져내릴지도 모른다.

"가즈코 씨가 만든 매실주, 맛있네요."

"매년 5월에 담그니까, 옆에서 거들면 나눠 받을 수 있어."

적어도 그 무렵까지는 그와 사이좋게 지낼 수 있다면 좋을 텐데. 혀와 위장이 녹아내릴 듯이 달콤한 매실주를 홀짝거리며 소박한 소원을 빌어보았다.

제1부

외래어만 쓰고 말이야!

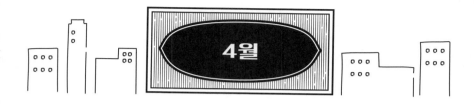

4월

"전화주셔서 감사합니다. 하나모리 비누···가 아니라 블루아 하나모리입니다."

마시바 다다오미는 연신 죄송하다는 말과 함께 전화 상대에게 고개를 숙였다. 다행히 디지털 복합기 임대 업체의 영업 담당자는 가볍게 받아넘겼다.

"아하하, 아직 익숙하지 않은가 보네요, 새 회사명이."

4월—신년[3]이 시작된 지 한 주가 지났다. 10년 넘게 입에 붙은 '전화 주셔서 감사합니다. 하나모리 비누입니다'라는 인사말이 쉽게 고쳐지지 않았다.

통화를 끝낸 순간, 총무부의 베테랑 직원인 하세가와 후미에가 그

---

3) 신년: 일본의 학교와 회사 등에선 신년의 기준이 4월부터다.

40

를 불렀다.

"마시바 군~ 노와키 인쇄소에서 납품이 왔다는데, 어떻게 할래~?"

잠시 생각하다가 새로운 회사명이 들어간 명함과 회사 안내서가 오늘 납품될 예정이었다는 걸 떠올렸다. 어딘가에 연락해둔다는 걸 깜빡한 것이다.

"여기로 불러주세요."

"그럼 올라오라고 할게~."

하세가와가 다시 수화기를 귀에 갖다 댔다. 그녀는 말끝이 늘어지는 느긋한 말투를 사용하지만, 총무부에서 일한 지 그럭저럭 30년 가까이 된다. 그녀 없이는 회사가 대혼란에 빠질 만큼 경리 업무의 핵심 인물이었다.

"이제야 명함이 온 건가…."

하나모리 비누의 본사 직원 300명과 블루아 일본 지사에서 1차로 파견된 직원 30명의 명함이었다. 거기에 새로운 회사 안내서까지 합하면 상당한 양이었다. 중노동이 될 거란 생각에 한숨을 쉬며 자리에서 일어나자 등 뒤에서 바퀴 달린 의자가 삐걱거리는 소리가 들렸다.

"마시바 씨, 도와드리겠습니다."

신입 사원처럼 남색 정장을 깔끔하게 차려입은 린 바이유가 이쪽을 돌아보고 있었다.

"…그럼 부탁드리겠습니다. …다니엘 씨."

"다니엘이라고 부르세요."

어색하게 미소 짓는 바이유와 함께 재빨리 사무실을 나섰다. 그들을 빤히 쳐다보는 사람은 없었지만 아무래도 주위 시선이 신경 쓰였다.

4월 1일이 되자 하나모리 비누 사옥에 블루아 쪽 직원들이 출근했다. 그중에는 당연히 바이유와 블루아 하나모리의 사장으로 취임한 터너도 포함되어 있었고 회사 내의 분위기는 확연하게 바뀌었다. 이물질을 억지로 주입당한 것 같은 위화감이 지금도 여기저기서 배어 나오고 있다.

기존 10명이던 총무부에 파견된 사람은 바이유뿐이었다. 일단 사무실 구석—마침 다다오미 자리의 뒤쪽, 물품을 잔뜩 쌓아두었던 책상을 정리해서 그의 자리로 내주었다. 총무부에서는 책상을 5개씩 붙여서 쓰고 있었는데, 혼자 외딴섬처럼 떨어져 앉은 모습이 바이유를 더욱 이질적으로 보이게 했다.

그 탓인지 그가 누군가에게 말을 걸거나 자리에서 일어나 무슨 일을 할 때마다 사무실 안이 미세한 긴장감에 휩싸였다.

"각오는 했지만 조금 우울해지네요."

복도로 나온 순간, 둘만 있게 된 바이유가 투덜거렸다. 이물질로 살아가는 것도 지긋지긋하다는 얼굴로 천장을 올려다본다.

"아까도 무심결에 다다오미 씨라고 부를 뻔했네요. 조심해야겠습니다."

"나도 널 다니엘이라고 부르는 게 정말 어색해."

바이유는 회사에서는 영어 이름인 다니엘로 통했다. 대만 출신인 그에게는 위화감이 없을 테지만, 다다오미는 아무리 노력해도 적응이 되지 않았다.

마침 엘리베이터가 6층에 도착해서 짐차에 대량의 종이 상자를 싣고 온 택배원이 "납품 왔습니다" 라며 인사를 했다. 같은 층의 회의실로 옮겨달라고 한 뒤, 각 부서에 배포하기 쉽게 정리하기로 했다.

"원래는 4월 1일까지 맞추고 싶었는데 말이지."

신년도에 새 회사명이 적힌 명함이 없다는 게 말이 되냐는 항의를 곳곳에서 들어야 했다. 그런 항의 뒤에는 '블루아 하나모리라는 이름 자체가 맘에 안 들어!' 라는 불평이 꼭 이어졌다. '자회사라니, 난 반대야!' 라며 총무부가 어찌해줄 수 없는 의견을 내세우는 직원도 있었다.

"그때까지 못 맞출 것 같긴 했어요. 3월 25일쯤부터 그렇게 느꼈죠."

"블루아 쪽에서 아무리 기다려도 사원 명부를 안 보내줘서 그런 거잖아."

"하나모리 비누 쪽에서도 새 회사명이 싫다느니 로고가 마음에 안 든다느니 하면서 계속 제동을 걸었잖아요."

"그건 반박할 수 없지만 말야."

3월에 매수 보도가 나온 시점에서 이미 블루아 하나모리라는 회사명과 새 로고가 확정되어 있었다. 그만큼 사장—이제 전 사장인 하나모리 마사쓰구가 이른 단계부터 매수 논의를 진행했다는 증거였다.

"하나모리 비누에서 블루아 하나모리로 바뀔 준비가 몰래 진행되어 온 지금 상황이 하나모리 측에선 수상하게 보일 수밖에 없잖아."

눈에 띄는 종이 상자를 개봉했다. 100장씩 한 묶음이 된 명함이 빈

틈없이 꽉 들어차 있었다.

하나모리의 새 회사명 '블루아 하나모리'의 로고는 모회사인 블루아의 로고를 의식하면서도 하나모리 비누의 분위기도 어느 정도는 남아 있었다. 블루아의 로고가 날렵하고 스타일리시한 디자인인 데 비해 하나모리 비누는 굵은 고딕체였으므로 둘을 그대로 잘라 붙이기는 어려웠으리라.

"전혀 다른 회사가 되어버린 것 같군."

매수 뉴스가 나온 지 한 달 정도가 지났다. 새로운 회사명과 로고를 수없이 보았고, 명함을 발주한 사람이 바로 다다오미였다. 그런데 막상 완성된 명함을 보자 한없이 슬퍼졌다. 가슴 한구석을 얇은 바늘로 콕콕 찌르는 듯한—자신의 보금자리를 빼앗긴 아픔이 느껴졌다.

"다른 회사죠."

박스 안에서 명함 다발을 꺼낸 바이유는 웃고 있진 않아도 기대감에 가득 찬 눈빛이었다.

"두 회사가 하나로 합쳐진 거니까 다른 회사가 되는 게 당연합니다."

"그 말, 나 말고 다른 직원 앞에서는 하지 않는 게 좋겠어. 특히 영업부랑 연구개발부 사람들 앞에서는."

그 두 부서는 특히 의견이 강하고 행동력도 있어서 시비가 붙으면 성가신 사람이 많았다.

"괜찮습니다. 다다오미 씨니까 속내를 털어놓을 수 있는 거죠. 제가 회사 내에서 편하게 이야기할 수 있는 유일한 사람이니까요."

"다른 부서로 간 블루아 쪽 사람들은?"

"블루아 하나모리에 파견된 건 블루아 일본 지사의 직원들뿐이에요. 저는 터너 사장님과 같은 뉴욕 본사에 있었으니까 일본 지사 쪽 사람들은 거의 모르죠."

일본 지사에서 파견된 만큼 블루아 하나모리로 넘어온 블루아 직원은 일본인이 많았다. 매수 및 자회사화에서 발생하는 혼란을 조금이나마 줄여보려는 의도일까? 하세가와는 '회사 내 공용어가 영어로 바뀌면 어떻게 하지?' 라고 걱정했지만 역시 그렇게 되진 않을⋯거라 생각했다.

"블루아 일본 지사에서 파견된 인원이 30명이면 일본 지사에서는 지금까지 하던 대로 블루아 제품을 제조·유통시키고, 블루아 하나모리에서는 가정용 단골 상품을 판매해나가는 식으로 역할을 나누겠다는 방침이겠지?"

"저도 그렇게 생각합니다."

"블루아 하나모리가 궤도에 오르면 하나모리 비누 쪽 사람들을 내쫓고 블루아 일본 지사와 통합시킬 작정일 수도 있고."

명함을 구분하던 바이유의 손이 멈췄다. 다다오미 쪽을 힐끗 보며 어깨를 으쓱거렸다.

"저는 모르는 일이고, 알고 있더라도 가르쳐드릴 수는 없습니다. 다만 저는 그러고 싶지 않네요."

바이유가 아무리 그렇게 말해도 결정권은 그에게 없다. 신임 사장인 터너에게 달린 일이다. 블루아 하나모리의 경영진은 형식상 하나모리 비누의 임원과 블루아에서 넘어온 임원으로 구성되었다. 하지만 아마도 모든 일의 열쇠를 쥔 사람은 터너일 것이다.

웃는 얼굴로 자기 속내를 전혀 드러내지 않는 걸 보면, 단순한 얼굴마담으로 온 사장은 아닌 것 같았다. 적어도 하나모리 비누를 내버리고 챙길 것만 챙긴 채 이른 은거 생활에 돌입한 우리 2대 사장보다 몇백 배는 유능할 것이다.

거북한 분위기 속에서 명함을 부서별로 나누는 작업을 했다. 그리고 작업이 끝나기를 기다렸다는 듯이 바이유의 스마트폰이 울렸다.

"죄송합니다. 사장님이 부르시네요."

"괜찮아. 명함은 내가 각 부서에 전해줄 테니까."

그를 데려갔다간 영업부 같은 곳에서 빈정거리는 말이 나올 것만 같았다. 블루아 쪽 사람이 새 회사명이 적힌 명함을 전해주러 오는 걸 비아냥이나 선전포고로 받아들이기 충분했다.

바이유와 헤어진 뒤 짐차를 밀며 각층을 돌았다. 매수 후에도 여전히 하나보리 비누의 사옥을 쓰고 있지만, 곳곳에서 변화가 엿보였다. 블루아에서 직원이 파견되면서 사무실에 책상이 늘어나거나 배치를 변경한 부서도 있다. 공통점이라면, 억지로 비운 공간에 블루아 쪽 직원을 몰아넣고 하나모리 비누와 블루아 사이에 보이지 않는 경계가 나뉘어 있다는 점이다.

"이게 뭐야? 블루아 하나모리라니…."

물류부에서 명함을 받아든 과장은 그렇게 말하며 한숨을 쉬었다.

"난 영 별로야. 이 로고."

조달부에서 딱 마주친 중년 직원은 혀를 끌끌 차며 투덜거렸다.

"사무실이 좁아져서 짜증 나 죽겠어."

마케팅부에서 오랜만에 만난 동기는 명함 묶음을 받아 들며 어깨를 으쓱거렸다.

"직함까지 외국계 회사처럼 바뀌어서, 꼭 이직이라도 한 것 같아."

그 말에는 다다오미도 쓴웃음을 지을 수밖에 없었다. 얼마 전까지 부장이던 사람이 프로젝트 매니저로 바뀌었으니 말이다.

영업부 사무실에 도착하자 지도리 스미레가 "수고가 많으세요"라며 안쪽에서 문을 열어주었다. 영업부는 다른 부서보다 명함이 많이 필요하다 보니 특히 양이 많았다.

"새 명함이랑 회사 안내서가 왔어."

"다행이다…. 거래처에 인사하러 갈 때마다 예전 명함이라 엄청 민망했거든요."

"영업부 분위기는 어때? 그쪽은 특히나 인원이 단숨에 불어났잖아?"

사무실을 둘러보며 작은 목소리로 스미레에게 물었다. 영업부에는 열 명 가까운 직원이 블루아에서 넘어왔기에 사무실이 유독 좁게 느껴졌다.

"많이 늘어났죠. 그래도 블루아 쪽 사람들이 전용 책상은 필요 없다고 했어요. 그런 걸 프리 어드레스라고 하던가요?"

스미레가 턱짓한 방향—창가 쪽에 커다란 목제 테이블이 놓여 있고, 거기서 블루아에서 파견된 영업부 직원들이 노트북 PC를 펼쳐놓고 앉아 있었다. 작은 관엽식물이 놓인 테이블 위로 부드러운 봄볕이 내리쬐어 마치 그곳만 분위기 좋은 카페 같았다. 느긋하게 담소를 나누는 소리까지 들려왔다.

"아아, 개인 자리를 만들지 않고 사무실에 속한 사람들이 자유롭게 앉아서 일하는 그거?"

"맞아요. 그래서 사람이 늘어난 것치고는 사무실이 그렇게 비좁아지진 않았거든요."

"하나모리 쪽하고 블루아 쪽하고 이야기는 좀 해?"

할 리가 없잖아요, 하는 얼굴로 스미레가 고개를 저었다.

하나모리 비누의 영업부가 그렇게 큰 규모는 아니지만, 주력 상품인 하나모리 비누를 비롯한 세탁용 세제, 부엌 세제, 화장실용 비누와 물비누 등의 상품을 주요 판로인 드럭스토어와 슈퍼에 의욕적으로 공급하고 있었다. 한편 블루아는 다양한 향이 특징인 세탁용 세제 '블루아 워시'가 주력 상품인 데다 쇼핑몰 내의 멀티숍을 주요 판로로 삼고 있어서 같은 영업부라도 업무 내용이 크게 다를 것이다.

"아예 말도 안 섞는 건 아니지만, 잡담 같은 걸 나눌 분위기는 아닌 것 같아요. 블루아 쪽 사람들이 쓰는 테이블도 사카키바라 씨가 구석 창가에 놔두라고 한 거예요. 눈에 거슬린다면서 심술을 부린 거죠."

"오히려 창가 쪽이 밝고 전망도 좋아서 즐겁게 일하는 것처럼 보이는데."

"맞아요. 그래서 영업부 아저씨들은 더 심술이 나셨죠."

스미레는 다다오미에게만 들릴 정도로 작은 목소리로 피식 웃는 영업부의 명함을 전부 맡아주었다. 공용 책상에 놔두고 나중에 부서 사람들에게 명함이 도착했으니까 각자 가져가라는 메일을 보내준다고 한다.

다다오미는 스미레에게 감사 인사를 한 뒤, 남은 명함을 실은 짐차를 끌고 사옥을 빠져나왔다. 본사 건물의 바로 맞은편에 하나모리 비누의 연구개발동이 있었다. 연구개발부의 직원들은 이쪽으로 출근한다.

IC 카드로 현관문을 열자 복도 너머의 사무실에서 마침 아는 얼굴이 보였다. 입사 동기인 이즈미사와 아오이였다.

"이즈미사와, 새 명함이 왔⋯는데⋯."

"미안!"

아직 오전인데도 가방을 끌어안은 아오이는 얼굴 앞에서 두 손을 맞댔다.

"무슨 일이야?"

"우리 애가 열이 났다고 어린이집에서 전화가! 데리러 가야 해!"

아오이는 잠깐 멈춰 서지도 않고 복도를 계속 뛰어갔다.

"괜찮겠어? 이따 돌아올 수는 있고?"

"나도 몰라!"

다다오미가 방금 들어온 입구 문을 몸으로 밀어서 연 아오이는 사무실 문을 가리키며 "적당히 놔두고 가면 돼!" 라고 외쳤다.

"우리 부서는 명함 같은 걸 자주 쓸 일도 없고, 필요한 사람은 알아서 가져갈 거야. 그럼 수고!"

다다오미는 정신없이 뛰어가버리는 아오이를 멍하니 배웅했다. 그제

49

야 문득 그녀가 작년 남편과 헤어졌다는 사실이 떠올랐다.

"모자 가정이라…"

그녀가 결혼한 게 6년 전, 아들이 태어난 게 5년 전이었다. 출산 휴가와 육아 휴가가 끝나고 직장에 복귀한 지 몇 년이 안 되어 이혼한 셈이다. 총무부의 하세가와가 '애도 아직 어린데 괜찮으려나?'라며 걱정했던 게 기억났다.

다다오미는 통합직으로, 아오이는 연구직으로 입사했지만 신입 사원 친목회나 동기 모임에서 자주 어울린 덕분에 활동 무대가 다른 것 치고는 꽤 친해진 편이었다. 이혼으로 인한 사회보험과 고용보험 갱신 수속을 직접 해준 사람도 다다오미였다.

"우리 집하고 똑같군."

혼자 남은 복도에서 무의식중에 중얼거렸다.

연구개발부에도 블루아의 연구원들이 파견되었다. 영업부에서 판매하는 제품과 판매 경로가 크게 다른 것처럼, 연구개발부에도 지금까지 전혀 다른 제품을 만들어온 직원들이 모인 셈이다. 부서 안이 어떤 상황인지 그녀에게 물어보고 싶었지만, 일단 나중으로 미뤄야 할 것 같았다.

"오~ 마시바. 돌아왔어?"

모든 부서에 명함을 나눠주고 총무부로 돌아오자 하마나가 그에게 손짓했다. 그의 책상 앞에는 바이유가 진지한 얼굴로 서 있었다.

"마시바, 너한테 부탁이 있어. 다니엘, 자네가 설명해줘."

하마나가 바이유에게 말했다.

"부탁이라뇨?"

고개를 갸웃거리자 바이유는 엄숙한 태도로 다다오미를 바라보았다.

"터너 사장님이 본격적인 PMI를 위한 PMO 소집을 서두르라는 지시를 내리셨습니다."

"…죄송한데, 알파벳 부분을 일본어로 바꿔서 말해주실 수 없을까요?"

"PMI란 Post Merger Integration의 약자로 기업 매수 후의 경영 통합을 의미합니다. PMO란 Project Management Office의 약자니까… 경영 통합을 위한 사무국이라고 생각하시면 될 겁니다. 블루아 하나모리가 이제부터 블루아의 자회사로 활동하기 위해 필요한 제도의 정비와 최적의 사내 시스템을 검토하기 위한 운영 조직이죠."

"그렇군요. 그렇다면 저는 뭘 하면 됩니까? 사무국 멤버를 소집하는 연락 담당인가요?"

바이유와 하마나를 번갈아보며 물었다. 무슨 일인지 바이유의 눈썹이 축 처져 있었다. 반면 하마나는 다다오미에게 싱긋 웃어 보였다.

"사무국이라는 건, 블루아 하나모리의 직원과 경영진을 중계하는 의사결정 기관이기도 해. 멤버는 매수 전부터 어느 정도 정해져 있었고, 주요 인물은 이른 단계부터 매수에 관여한 녀석들이지만 말이지. 거기에 나도 참여하라는 연락이 왔어."

"그래서 저한테 할 부탁은요?"

"정신없는 틈을 타서 너도 같이 끼워 넣었거든."

"아니… 뭐 하자는 건데요!"

흥분한 나머지 하마나의 책상을 양손으로 내리쳤지만, 하마나의 표정은 흥미로울 만큼 바뀌지 않았다.

"사무국 같은 경영통합의 핵심 조직에 왜 제가 끼어야만 하는 건데요! 전 일개 총무부 직원이잖아요! 매수 덕분에 과장 대리에서 어시스턴트 섹션 치프라는 뜻도 모를 직함을 달았고요!"

이번엔 책상 대신 자기 가슴을 두드리며 호소해봤지만, 역시나 하마나는 미소만 짓고 있다.

"괜찮아. 사무국이라고 꼭 높으신 양반들만 소속되는 건 아니니까. 오히려 이번 경영 통합이 젊은 직원에게 좋은 경험이 될 거라면서 적극적으로 참여시키고 있다더군. 안 그런가, 다니엘 군?"

하마나가 묻자 바이유가 "뭐, 그렇긴 합니다"라며 고개를 끄덕거렸다.

"저기, 설마, 다니엘…"

"저도 방금 전 터너 사장에게서 거기 참여하라는 지시를 받았습니다."

그의 표정이 경직되어 보이는 건 그런 중요 조직에 소속된다는 부담감 때문일까? 아니면 다다오미가 끼게 된 것에 불길한 예감을 느껴서일까?

"사무국에 소집되는 젊은 직원은 소통 능력이 뛰어나거나 주위의 신뢰가 두텁거나 어학 능력이 뛰어난 사람들이 뽑히고 있어. 이건 영광스러운 일이라고, 영광스러운 일."

제가 그 세 가지 중에서 대체 어디 해당하는 건데요. 그렇게 묻고 싶은 심정이지만 의미 없는 질문이 될 것 같아 그만두었다.

"그렇게 부담가질 것 없어. 총무부를 대표해서 열심히 해보라고."

다다오미가 대학 졸업 직후 하나모리 비누에 입사하여 총무부에 배속되었을 때부터 하마나는 여기 소속이었다. 그의 밑에서 10년 넘게 일했기에 누구보다 잘 알았다. 느긋하게 자기 페이스대로 일하는 것처럼 보여도 중요한 순간엔 한 발짝도 양보하지 않는 사람이었다.

"대체 PMI가 뭐냐고. 경영 통합이라고 하면 되잖아. PMO는 또 뭐고? 사무국이라고 부르면 될걸. 아젠다, 에비던스, 커밋먼트, 시너지… 뭐든 그렇게 외래어로 불러야 직성이 풀리는 건가?"

책장에 꽉 들어찬 비즈니스 서적 중 한 권을 뽑았을 때, 표지에 적힌 '제로부터 알아가는 PMI 입문'이라는 제목을 보자 자기도 모르게 불만을 투덜거렸다. 그의 등 뒤에서 "제가 그 정도로 외래어를 많이 쓰던가요?" 라는 바이유의 목소리가 날아들었다.

"네 얘기를 하는 게 아니고, 일반적으로 그렇다는 거야. 그게 잘못됐다는 건 아니지만 그냥 화가 나서 그러는 거고."

들고 있던 책을 바이유에게 건넸다. 목차와 본문을 가볍게 훑어본 그는 "이게 좋겠네요" 라며 돌려주었다. 다다오미는 순순히 이걸 계산대로 가져가기로 했다.

"화가 나는 건 PMO에 소속되었기 때문인가요?"

계산을 끝내고 계산대에서 멀어지자 바이유가 고개를 갸웃거리며 물었다. 그것 말고 대체 화날 일이 뭐가 있단 말인가.

"그야 물론이지."

"그런데도 굳이 PMI에 관한 책을 읽고 공부하려고 하시네요."

"그야 내 업무니까. 사무국에 끼게 됐는데 PMI가 무슨 뜻인지 오늘 알았다는 말은 할 수 없잖아."

그래서 퇴근길에 회사와 가장 가까운 대형 서점에 같이 가달라고 바이유에게 부탁한 것이다. 모르는 게 있으면 알려주겠다고 했지만, 지금 다다오미는 자기가 뭘 모르는지조차 모르는 상태였다.

"그게 그렇게 의외였어?"

책이 든 에코백을 들고 빌딩 에스컬레이터를 내려가며 바이유를 돌아보았다.

"다다오미 씨는 블루아 하나모리를 별로 좋아하시지 않는 것 같고, PMI도 전혀 환영하지 않으시잖아요. 그런데 어디서 그런 의욕이 생기나 궁금했습니다."

"이래 봬도 10년 넘게 회사의 만능 살림꾼으로 일해왔다고. 납득이 안 가든, 좋든 싫든, 나한테 주어진 일은 성실히 해내는 습관이 몸에 밴 거지."

"회사의 만능 살림꾼…인가요."

영업, 연구개발, 제조, 홍보, 마케팅 등의 프런트 오피스가 직접적인 이익을 창출하는 반면, 그들의 업무를 지원하는 것이 백오피스인 자신들의 역할이었다. 그러니 그들이 요구한다면 무엇이든 해줘야 했다.

"물론 그게 적성에 안 맞는 직원도 있지. '몇 년이 지났는데도 하는 일이 청구서 발행, 타 부서의 경비 처리, 복사기 용지 보충에 PC 세팅이라니⋯' 라면서 이동 희망서를 내고 타 부서로 옮겨가는 직원들도 많거든."

총무부는 회사의 최전선—쉽게 말해 1군이 아니라는 생각에 업무 의욕을 잃어버리는 심정도 이해는 갔다. 다다오미도 후배에게 출장비 내역 문제를 지적하러 갔다가 '죄송한데 지금 바빠서요' 라며 마치 업무를 방해하지 말라는 식의 말을 들으면 '이런 우연이. 저도 지금 바쁜데요' 라고 되받아치고 싶을 때가 있었으니까.

그렇지만 총무부 업무는 다다오미의 적성에 맞았다. 지금은 타부서 직원이 총무부에 와서 다짜고짜 '그거 없어? 그거' 라며 물을 때도 그게 무엇을 가리키는지 바로 알 수 있을 정도다. 그것은 회의 자료일 때도 있고, 택배 영수증이나 호치키스 심 등 가지가지다.

"지금은 회사의 중요한 시기야. 만능 살림꾼이 전부 납득이 갈 때까지 고민만 하고 있으면 회사가 어떻게 돌아가겠어. 요청이 있으면 일단 움직이는 게 총무부의 역할이라고 생각해."

당연한 말밖에 하지 않았음에도 바이유는 당황한 얼굴로 "네에" 하며 다다오미를 바라보았다.

"바이유는 뉴욕에서 총무부에 있던 것 아니었어?"

"저는 같은 총무부라도 경영기획실에 있었으니까요. 블루아 하나모리에는 경영기획실을 둘 수 없으니까 일단 총무부 소속이 된 거죠. 사장 비서로서의 업무도 있으니까요."

"경영기획실은 뭐 하는 곳인데?"

"기업의 경영목표를 설정하기도 하고, 목표 달성을 위한 전략을 구상하고 실현하기 위해 각 부서에 지시를 내리기도 하는 부서죠. 시장 조사와 경쟁사의 데이터 수집 및 분석이 제 업무였습니다."

"그랬었군. 바이유가 터너 사장과 함께 일본에 온 이유를 이제 알 것 같아."

이 청년(이라 해도 나이는 다다오미와 다섯 살밖에 차이가 안 나지만)은 터너의 통역으로서뿐만 아니라 매수와 자회사화를 성공시키기 위한 전력으로 일본에 온 것이다. 사무국에 소집되는 것도 처음부터 결정되어 있었을 테고, PMI의 성공 여부에 그의 출세가 달려 있을지도 모른다.

생각하던 게 얼굴에 드러났던 걸까? 바이유가 에스컬레이터 손잡이에 손을 얹은 채로 살짝 어깨를 으쓱거렸다.

"저는 블루아 경영 전략의 중추에 있었으니까 하나모리 비누의 매수 사실 자체는 몰랐어도 간접적으로는 그걸 도왔던 셈이 됩니다. 실제로 일본 내 화장용품 제조업체의 시장 조사는 2년 전쯤부터 상사의 지시로 꽤 많이 해왔거든요. 제가 속한 팀에서 제출한 자료는 하나모리 비누의 매수에 도움을 줬을 테고요."

"그랬겠지."

유감…스럽지는 않았다. 애초부터 그들은 매수한 측과 당한 측으로 서로 다른 위치에 서 있었으니까.

아무 말 없이 서점이 있던 건물을 나왔지만 자전거 주차장까지 갈 때도, 자전거를 타고 출발할 때도 바이유와 함께였다. 바이유는 처음에 전철로 통근했지만 자전거를 타는 게 훨씬 빠르다는 걸 깨달았는지 다다오미를 따라 자전거로 출근하기 시작했다. 당연한 말이지만 이대로 아파트까지 같은 길을 가게 된다.

하나모리 비누는 매수되었고 블루아 하나모리라는 어색한 이름이 되어 PMI를 위한 사무국에 소속되었다. 그러니 적어도 사과 아파트에서는 평온하게 지내고 싶다. 그런 말을 꺼낸 것이 자신이었다는 걸 떠올렸다.

"맛있는 대만 요리 가게가 있어."

다카다노바바역 앞을 벗어나 사거리의 신호등이 빨간불로 바뀌었을 때 조금 떨어진 곳에 멈춰 선 바이유를 돌아보았다. 자기에게 하는 말인 줄 몰랐는지, 그는 멍한 얼굴로 다다오미를 바라보았다. 라임그린 색상의 미니벨로 자전거가 어둠 속에서도 고운 빛깔을 뿜냈다.

"전에 갔을 때는 면이 맛있더라고. 새우 같은 거로 우려낸 국물에 노란색 면이 담겨 있고, 말린 생선하고 새우랑 부추가 들어 있었어."

"단짜이멘(拦仔麵)!"

웃음이 나올 만큼 커다란 목소리로 바이유가 말했다.

"맞아, 그거. 재료는 탄탄면이랑 비슷했는데 맵지 않아서 꽤 맛있더라고."

"단짜이멘은 저도 좋아합니다."

바이유는 하얀 이를 드러내며 히죽 웃었다. 웃으니 더욱 청년처럼 보였다.

그걸로 충분했다. 다다오미는 '같이 먹으러 가자' 라거나 '밥 먹고 가자' 같은 말은 굳이 하지 않고 대만 음식점 쪽으로 핸들을 꺾었다.

***

"뭐야, 이건. 난투극이라도 벌어졌나?"

다다오미는 의자와 책상 배치가 잔뜩 어질러지고 바닥에 빈 페트병이 나뒹구는 회의실을 멍하니 바라보았다. 뒤따라 들어온 총무부의 젊은 피, 나루미 리사가 입을 쩍 벌리며 "우와아, 여기서 전쟁이라도 벌어졌나요?" 라고 말했다.

"연구개발부의 분과회니까 이렇게 될 줄은 예상했지만 말야."

15분 뒷면 다음 분과회가 시작된다. 일단은 이곳을 회의할 수 있는 상태로 되돌려놔야 했다.

"회의 세팅도 총무부 업무라는 건 알지만, 뒤에 사용할 사람들을 조금만 생각해줄 순 없는 걸까요? 사용하면 제자리에 돌려놓는 건 기본이잖아요!"

나루미는 긴 테이블과 의자 위치를 바로잡으면서 뺨을 부풀렸다.

"연구개발부에서 다음에 뭘 요청하러 오면 꼭 말해줄 거예요. 총무부의 애송이가 말해봐야 어차피 귀담아듣지도 않을 테지만요."

그걸 알면서도 아버지뻘인 직원에게 '사용한 물건은 제자리에 돌려놔주세요' 라고 말할 수 있는 걸 보면 그녀는 총무부가 적성에 맞았다.

나루미가 실내를 정돈하는 사이, 회의실에 설치된 빔프로젝트와 스크린이 잘 작동하는지 확인했다. 다음에 이곳을 사용할 부서는 마케팅부였다. 블루아에서 온 녀석들은 어떨지 모르지만, 마케팅부의 부장(정식으로는 프로젝트 매니저라는 직함으로 바뀌었다)인 고니시는 설비에 문제가 있으면 바로 불쾌감을 드러내는 사람이었다.

"마시바 군~ 제조부 분과회에서 SOS 전화가 왔는데?"

같은 총무부의 하세가와가 회의실 문을 노크하며 얼굴을 내밀었다.

"하나모리 쪽 사람들하고 블루아 쪽 사람들이 서로 으르렁대느라 회의가 진행이 안 돼서, 사회를 맡은 애가 내선으로 '살려줘요!'래."

"왜 그 SOS를 총무부인 저한테 보내는 거죠?"

"총무부가 아닌 사무국의 마시바 군에게 보내는 게 아닐까?"

"젠장, 그런 거였군! 나루미, 빔프로젝터는 잘 작동되니까 나머진 부탁할게."

그렇게 말하며 회의실 밖으로 뛰쳐나갔다. 총무부가 위치한 6층에는 크고 작은 여러 개의 회의실이 모여있었다. 다다오미는 두 칸 옆 회의실 문을 조용히 노크했다. 문에는 '제조부 분과회'라고 인쇄된 종이가 붙어 있었다.

경영 통합을 위해 사무국에 소속된 지 어느새 1주가 지났다. 다다오미는 그 짧은 기간 동안 거센 물결에 휩쓸리듯이 기업 매수와 경영 통합에 관한 많은 걸 배웠다.

기업 매수는 매수가 완료된 것만으로 끝나지 않는다. 오히려 매수 후에 두 회사를 얼마나 원만히 통합할 수 있는지가 관건이다. 자회사화시킨다면 모회사와 자회사의 기업문화와 사업 인프라를 융합시키는 일이 중요하다―라고 한다.

하나모리 비누는 어느 날 운석이 떨어지듯 난데없이 매수당했고, 블루아 하나모리라는 이름으로 바뀌었다. 그러나 지금은 이름만 바뀌었을 뿐, 이제부터 오랜 시간에 걸쳐 블루아 하나모리가 되어가야 한다.

바로 그걸 위해 사무국이 설치되었고, 사무국의 주도로 각 부서별 분과회를 정기적으로 열게 되었다. 영업, 연구개발, 제조, 조달, 홍보, 마케팅 등 각 부서에서 선발된 인원들끼리 분과회를 가졌다. 우선은 두 회사의 기존 업무 전략을 공유하고 문제점을 찾아내어 블루아 하나모리의 가장 바람직한 형태를 모색하는 것이다.

사무국의 역할은 각 분과회를 준비하고 원활한 진행을 도우면서 분과회에서 결정된 사항을 경영진에게 보고하는 것으로… 쉽게 말해 만능 살림꾼 역할이었다.

"실례합…"

문을 연 순간, 숨이 탁탁 막히는 느낌에 뺨이 파르르 떨렸다. 디귿(ㄷ) 모양으로 배치된 긴 테이블에 블루아 직원 세 명, 하나모리 비누 직원 세 명이 대치하듯 앉아 있었다. 이런 식이면 어쩔 수 없이 하나모리 비누 VS 블루아의 구도가 될 수밖에 없다.

"언제부터 이렇게 된 거야?"

사회를 맡은 남자 직원은 다다오미보다 1년 후배였다. 울 것 같은 얼굴로 문 옆에 서 있던 그는 다다오미에게 귓속말했다.

"시작하고 5분 뒤부터요!"

"아니, 오늘은 첫날이니까 두 회사의 기존 제조 상황을 공유하기만 하면 되잖아? 어쩌다 이렇게 험악해진 건데?"

"양쪽이 서로의 상황을 전부 이야기하고 나서, 쭉 이런 상태인데요."

다다오미는 후배가 들고 있던 자료를 들여다보았다. 하나모리 비누와 블루아의 제조 상황이 각각 간단한 자료로 정리되어 있었다. 양측의 자료는 서식부터 시작해 모든 게 달랐기에 같은 회의에 제출된 것으로는 보이지 않았다.

예측해 보건대, 이런 자료로 서로 프레젠테이션을 끝마치고 나자 이런 지옥 같은 분위기에서 한 발짝도 나아가지 못한 것이리라.

"어쨌든 질의응답이라도 해보는 게 어때?"

"해봤어요. 그랬더니 우리 쪽 나카가와 부장님이 '별로 묻고 싶은 게 없어'라고 단칼에 잘라버렸거든요."

후배가 눈짓한 방향에는 하나모리 비누 제조부의 나카가와 부장이 앉아 있었다. 거구의 뒷모습에서 불쾌한 감정이 배어 나왔다. 이런 상태면 좀처럼 이야기를 진행하기 어려웠으리라.

"여기저기 할 것 없이 다 이 모양이군."

오전에 들어갔던 분과회도 이와 다르지 않았다. 다다오미는 소리가 나지 않도록 한숨을 쉰 다음, 양측 진영 앞으로 나아갔다.

"여러분, 오늘은 이렇게 분과회에 참가해주셔서 감사드립니다."

그곳에 모인 여섯 명의 직원이 일제히 이쪽을 돌아보았다. 노려봤다고 하는 편이 정확하리라. 하나모리 비누의 직원들이나 블루아의 직원들이나 정체된 회의 분위기에 신경이 곤두서 있으면서도, 자기들이

61

양보해서 얕보이고 싶지는 않다는 표정이었다.

"자료를 보면 양측의 제조라인은 큰 차이가 있는 것 같네요. 일단 업무 항목을 하나하나 정리해나가면서 공유해보는 게 어떨까 하는—."

다다오미의 말은 나카가와의 크흠 하는 헛기침 소리에 가로막혔다. 아아, 이거 안 좋은데. 그렇게 생각한 순간, 거친 목소리가 다다오미에게 날아들었다.

"넌 대체 누구 편이야?"

나카가와 옆에 앉아 있던 직원들도 똑같은 표정으로 다다오미를 바라보았다.

"누구 편은 무슨, 전 사무국 소속으로서 분과회 진행을…."

"그럼 넌 저쪽 편을 들겠다는 거냐?"

나카가와가 맞은편에 앉은 블루아 직원을 가리켰다. 나카가와와 비슷한 연배인 남자는 어디서 삿대질이냐는 듯이 콧방귀를 뀌었다.

"아니, 여기서 니 편 내 편이 어딨냐고요."

"여기서 회의하라는 건, 우리 보고 블루아 하나모리가 되라는 거 아냐!"

나카가와가 테이블을 팍 내리쳤다.

회의한다는 건 블루아 하나모리가 된다는 뜻. 너무 맞는 말 같아서 반박할 수 없었다. 사무국에서 일한다는 건 결국 하나모리 비누와 블루아의 통합을 자기 손으로 이뤄내는 거나 마찬가지다.

"잘 들어. 우리는 너희 총무부랑 달라. 하나모리 비누 직원이라는 자부심을 갖고 제품을 만들어서 이윤을 창출해 왔다고."

나카가와의 말은 멈추지 않았다.

"총무부는 딱 그 정도 수준인 거야. 어느 회사로 넘어가든 하는 일은 똑같으니까, 매수를 당하든 자회사가 되든 무슨 상관이겠어!"

매수당했다는 충격과 갑작스러운 자회사화 때문에 신경이 곤두선 것이다. 그래서 화풀이할 상대가 보이면 험한 말을 쏟아내는 것이리라. 그렇게 생각하면 이해하고 넘어갈 수 있었다. 넘어갈 수 있었지만—.

분명 총무부는 직접적인 이윤을 창출하는 부서는 아니다. 제품을 만들거나 제품을 판매하는 부서는 아니니까.

하지만—.

"큰 소리로 화내는 거로 상대의 기를 죽이는 건 좋은 방법이 아니라고 생각합니다만."

블루아 쪽 직원이 그런 말을 꺼냈다. "뭐가 어째?" 나카가와가 침을 튀기며 반문했지만 상대는 바로 맞받아쳤다.

"지금 그거요, 그거. 그런 식으로 의사소통하려는 생각 자체가 잘못된 거지."

아, 안 돼. 이러다간 패싸움이 되어버린다.

좋은 방법은 떠오르지 않았지만 몸이 먼저 움직이려는데, 그 순간 회의실 문이 노크도 없이 벌컥 열렸다.

나루미가 "마시바 씨!" 하며 뛰어 들어왔다.

"마케팅 부서의 고니시 부장님이 빔프로젝트가 왜 안 되냐며 엄청 화를 내세요!"

*   *   *

"난감하네요."

노트북 PC 화면을 노려보던 바이유가 오른손으로 눈가를 감쌌다. 다다오미도 무의식중에 똑같은 동작을 취했다.

"예상은 했지만 이 정도일 줄은 몰랐어."

다다오미의 손에는 지난주 열린 각 분과회의 보고서가 들려 있었다. A4용지에 인쇄된 보고서는 30장 가까운 분량이라 프린터로 인쇄한 게 후회되었다. 다다오미가 종이 다발을 들고 나타나자, 노트북 PC를 펼쳐놓은 바이유가 딱하다는 듯이 쳐다보던 눈빛이 잊혀지지 않았다.

예정되었던 첫 분과회가 어떻게든 마무리된 덕분에 총무부가 있는 6층은 조용해졌다. 엘리베이터 홀 구석에 있는 회의용 부스에서 이렇게 머리를 감싸 쥘 수 있을 만큼은.

"보고서를 보면 제대로 회의가 진행된 부서는 거의 없어요. 그나마 백오피스 쪽 분과회는 좀 낫지만요."

"그야 인사·경리·회계·재무·법무·홍보·시스템 관리 부분의 분과회는 너랑 내가 총무부를 대표해서 출석했으니까 당연하잖아. 회사의 조직도가 어떻게 바뀔지, 취업 규칙과 인사제도와 급여 체계와 경리 시스템이 어떻게 바뀔지를 놓고 우리가 다투면 회사의 근간이 되는 부분을 아무것도 정할 수가 없는데."

백오피스 업무의 분과회는 블루아 일본 지사의 총무부와 온라인으로 회의하는 매우 단순한 형태로 진행되었다.

원래는 부장인 하마나가 하나모리 비누 측의 대표로서 참석해야 하지만 그는 대부분의 업무를 다다오미에게 떠넘기고 있었다. 다른 총무부 직원들도 '마시바 군이 이것저것 많이 알고 있기도 하고, 사무국 멤버니까' 라며 등을 떠밀었다.

"첫 분과회는 '우리는 이런 식으로 업무를 수행하는데 그쪽은 어떤 가요?' 라고 확인하기만 하면 되는 건데, 이렇게나 협조가 안 될 줄이야."

그런 점에서 보면 블루아 일본 지사 총무부와의 논의는 매우 순조로웠다. 회사마다 총무부의 업무는 거의 비슷하며 세부적인 제도와 시스템이 다를 뿐이니까 그것을 서로 대조하는 것 자체는 그리 어려울 게 없다.

'블루아처럼 모든 사원에게 회사용 스마트폰을 지급할 겁니다.' '개인 간에 소통하기 어려운 안건도 있을 테니 최소한의 고정전화는 남기는 게 좋겠습니다.' '회사 전체에 사내 메신저를 도입해야 하고요.' '알겠습니다.' 대충 그런 흐름으로 논의가 막힘없이 진행되었다.

"다다오미 씨만큼은 아니지만, 저도 분과회 진행을 견학하면서 절실히 느꼈습니다. 적과 아군으로 나뉜 분위기가 너무 위험해요."

"그야 하나모리 비누 입장에서 보면 너희는 갑자기 쳐들어온 산적이나 다름없으니까 적대심을 드러내는 것도 무리는 아니지. 나도 바이유가 사과 아파트의 입주민이 아니었다면 이런 식으로 편하게 이야기하진 못했을 거야."

바이유가 으음, 하고 작게 신음하더니 PC 화면을 스크롤하며 테이블에 뺨을 괴었다.

"터너 사장님을 비롯한 윗선에 보고하기 전에 일단 사무국 내부에서 지금 상황을 어떻게 타개할지 검토해야겠어요."

사무국의 멤버를 보면 하나모리 비누의 임원 두 명과 하마나, 블루아 일본 지사의 경영기획실에서 세 명, 거기에 다다오미와 바이유가 더해진 구성이었다. 당연한 말이지만 분과회의 보고서를 체크하거나 진행을 관리하고 연락창구 역할을 맡는 건 가장 말단인 두 사람의 몫이었다.

"사이가 너무 나빠서 회의할 분위기가 아니라니…. 이게 무슨 학급회의도 아니고 말이야…."

"제조부의 분과회도 꽤 험악했다던데요, 블루아 직원한테 들었습니다."

"우리 나카가와 부장도 어지간하지만, 블루아 쪽의… 누구였더라?"

"사이토 씨요?"

"그래, 사이토 씨도 나카가와 부장을 쓸데없이 자극하는 말을 하더라고."

불쾌감을 노골적으로 드러내서 상대를 조종하려 드는 나카가와도 문제지만, 그걸 대놓고 지적했다간 바로 싸움이 벌어진다는 걸 모르진 않았을 것이다.

"나카가와 씨가 제조부에서 사이토 씨와 마주칠 때마다 혀를 끌끌 찼다나 봐요. 그래서 자기도 모르게 그런 반응이 나온 게 아닐까요? 다른 부서에 파견된 블루아 쪽 직원들도 이런 식으로 적대시 당하면서 업무를 어떻게 보느냐고 불평하는 것 같고요."

"그렇게 말하면 마치 하나모리 비누에서 너희를 이유도 없이 배척하는 것처럼 들리잖아. 아까도 말했지만 갑자기 쳐들어온 쪽은 블루아라고. 말이 자회사화지 결국 모회사인 블루아에 이것저것 맞춰가게될 거고 직급을 강등당한 직원도 있어. 그래서 우리가 지금까지 해온일을 부정당했다고 생각하는 직원이 적지 않다고. 연구개발부가 그대표격이고."

그렇게 말하다 문득 나카가와가 '넌 대체 누구 편이야?' 라고 묻던순간이 떠올랐다. 자신이 지금 하는 일은 하나모리 비누가 블루아에흡수당하도록 거드는 것이나 다름없다는 생각이 새삼 들었다.

"연구개발부는 골치가 아프네요."

여기서 언쟁을 벌여도 의미가 없다고 생각했는지, 바이유가 PC 화면으로 시선을 돌렸다. 마우스로 화면을 스크롤하는 소리에 맞춰 다다오미도 연구개발 분과회에서 올라온 보고서를 종이 다발 속에서 뽑아 들었다.

보고서는 두 종류였다. 한쪽은 하나모리 비누의 연구원이 쓴 것인지 연구실에 블루아 쪽 인원이 들어옴으로써 자신들의 업무 효율이얼마나 저하되었는지가 구구절절하게 적혀 있었다. 블루아 쪽 보고서도 입장만 다를 뿐 불만은 비슷했다.

"제조사니까 당연하다면 당연하겠지만 하나모리 비누는 원래 연구개발부의 입김이 큰 회사였어. 지난 몇 년은 새로운 히트 상품을 만들여력이 없어서 영업부의 영향력이 강해졌지만."

2대 사장인 마사쓰구가 취임한 뒤로는 그런 경향이 해가 바뀔 때마다 현저해졌다. 마침 베테랑 연구원이 정년퇴직을 맞이했던 터라 하나모리 비누의 개발력은 사장의 리더십과 함께 급격히 약화된 것이다.

"앞으로 연구개발부가 반란 분자가 될 가능성은 부정할 수 없겠네요."

스스로도 당혹스러울 만큼, 바이유가 꺼낸 '반란 분자'라는 단어에 표정이 딱딱하게 굳었다. 지금까지 그는 매수한 쪽이고 자신은 매수당한 쪽이니 어쩔 수 없다고 얼버무려 왔지만—.

그래도.

"반란 분자라는 말이 나온다는 것 자체가 같은 회사의 일원으로 생각하지 않는 증거 아냐?"

바이유가 마우스를 조작하던 손을 멈추고 이쪽을 돌아보았다. 다다오미가 쓴소리를 꺼낸 게 그렇게나 의외였는지 눈을 동그랗게 뜨고 있었다.

"이웃사촌이고 이렇게 함께 일하고 있지만, 서로의 관점이 다르다는 건 알아. 그래도 방금 말은 좀 흘려듣기 힘들었어."

"죄송합니다. 저도 단어 선택이 적절하지 않았던 것 같네요."

사과의 말은 의외로 순순히 나왔다. 그러나 그는 바로 "하지만 말이죠"라며 다다오미에게 쐐기를 박아 넣듯 날카로운 눈빛으로 말했다.

"기업 매수 뒤의 PMI… 경영 통합은 매수 후 약 100일간이 가장 중요합니다. 노동 환경과 급여 체계, 인사 평가 제도를 통합하고 새로운 기업문화를 만들어 나가야 하니까요. 최대한 빨리 '매수 덕분에 이렇

게 좋은 일이 생겼다'라는 성공 사례를 만들어내지 못하면 블루아
하나모리의 분위기는 점점 나빠질 겁니다."

분과회는 그러기 위한 수단이었다. 업무 내용의 공유와 검토를 거듭
하면서 '보다 좋은 사내 시스템을 구축할 수 있었다' 혹은 '보다 획기
적인 판매 전략을 세울 수 있었다' 혹은 '제조 라인의 비용 절감을 실
현했다' 등의 '매수 덕분에 생긴 좋은 일'을 만들어 나가야만 한다. 다
다오미가 읽은 PMI 관련 서적마다 지겨울 만큼 적혀 있던 내용이다.

"그러니까 블루아와 하나모리 비누로 나뉘어 으르렁대고 있으면 위
험한 겁니다."

"그래, 그건 나도 알아. 아는데, 모든 직원이 그걸 납득할 수 있는 건
아냐."

회사 내에는 아직 매수 자체를 납득하지 못한 직원도 얼마든지 있
다. 다다오미만 해도 전혀 받아들이지 못하고 있는 한 사람이었다.

"그건 터너 사장님도 잘 알고 계실 겁니다. 그러니 분과회의 성과가
나오지 않으면 뭐라고 하실지…."

다다오미는 찡그린 얼굴로 허공을 올려다보는 바이유를 보며 터너
의 가식적인 미소를 떠올렸다. 매수 뉴스가 회사를 휩쓸었던 날 복도
에서 마주쳤을 때도, 직원 설명회에서 사장 취임사를 말했을 때도 그
는 늘 온화한 미소를 짓고 있지만 그 속내는 전혀 알 수 없었다.

"바이유도 그렇게 생각해?"

"네. 뉴욕 본사에서는 직접 엮일 일이 없었지만, 일본으로 오면서 충
고해주는 사람이 많았거든요. 웃고 있지만 속으로는 무슨 생각하는

지 알 수 없는 사람이라느니, 굉장히 화가 났는데도 웃을 때가 있으니까 조심하라는 식으로요."

그가 4월 1일에 사장으로 취임한 지 그럭저럭 3주가 지났다. 같은 층에서 일하면서도 얼굴을 마주치는 빈도는 낮았다. 다다오미보다 훨씬 오랜 시간 터너 옆에 있는 바이유가 그렇게 말할 정도면 역시 방심할 수 없는 인간이다.

자회사화 과정에서 얼핏 하나모리 비누의 자치권을 어느 정도 인정해주는 척하면서 최종적으로는 하나모리 비누의 흡수 및 소멸이 예정되어 있는 건 아닐까? 그런 예감마저 든다.

"다다오미 씨가 뭘 걱정하시는지는 잘 압니다."

바이유가 이쪽 속내를 헤아리듯 중얼거렸다.

"바로 그렇기 때문에 다다오미 씨도 이번 PMI에 최선을 다해야 한다고 생각합니다. 서로 으르렁거리다 아무 성과도 내지 못하면, 하나모리 비누 측의 의견을 전혀 반영하지 않은 채로 PMI가 끝나버릴지도 모르니까요."

"예를 들면 블루아 하나모리의 방식에 끝까지 반발하는 하나모리 쪽 직원을 정리해고 할 수도 있다는 건가?"

가장 두려워하는 결말을 굳이 입 밖에 냈다. 총무부 직원으로서도 사무국 멤버로서도 그것만큼은 피하고 싶었다.

"물론 저는 그런 일이 일어나지 않기를 바랍니다. 바라지만, 가능성이 전혀 없는 건 아니죠. 그러니 다다오미 씨가 사무국 멤버로 활동함으로써 블루아 하나모리의 모습이 조금이나마 하나모리 비누 여러분이 바라는 형태로 완성되었으면 합니다."

하나모리 비누가 원하는 형태는 오직 하나, 하나모리 비누뿐이야. 블루아 하나모리로는 그걸 이룰 수 없지. 그렇게 말하려던 순간, 바이유가 어깨를 부르르 떨며 자리에서 일어섰다. 등 뒤에서 똑똑, 하고 회의용 부스를 구분하는 파티션을 노크하는 소리가 들렸다.

조금 전까지 그들이 언급하던 터너가 바로 그곳에 서 있었다.

"터너 사장님…."

다다오미가 황급히 자리에서 일어서자 터너는 바이유에게 영어로 뭐라 이야기했다. 두세 번 고개를 끄덕인 바이유가 다다오미를 돌아보았다.

"죄송합니다. 사장님과 점심을 먹으러 나갔다가 블루아 일본 지사로 동행하게 됐어요. 사무국 회의는 다음에 마저 하시죠."

그는 터너의 통역이기도 했기에 이런 식으로 예정에 없던 일정이 생길 때가 있었다. 어차피 회의를 계속해봐야 서로 푸념만 늘어놓게 될 것 같았기에 다다오미도 펼쳐놓았던 서류를 정리했다.

"아, 다다오… 마시바 씨, 이 근처에 점심 먹기 좋은 괜찮은 가게가 있나요?"

하마나 씨가 알려주신 근처 가게는 이미 다 가봐서요… 라고 덧붙인 바이유가 슬쩍 터너를 쳐다봤다. 웃는 얼굴로 뭘 생각하는지 모를 인간을 상대로 그도 꽤나 신경 쓸 일이 많을 것이다.

"글쎄… 외국인이 좋아할 만한 거라면 튀김집이랑 해물덮밥집이 있긴 한데."

그 말이 끝나기도 전에 영어가 날아들었다. 고개를 휙 돌리자 팔짱을 낀 터너가 웃으며 다다오미를 보고 있었다.

"바… 아니, 다니엘. 사장님이 방금 뭐라고…?"

터너와 바이유를 번갈아 바라보며 머뭇머뭇 물었다. 바이유는 곤란한 듯이 눈을 감았다가 내리깔았다가 하다가 간신히 말을 꺼냈다.

"외국인이라고 다들 일식을 좋아한다는 건 오해입니다…라고 하셨습니다."

그렇다면 대충 '모든 외국인이 일식을 좋아하는 줄 알아?' 같은 말을 한 것이리라. 다다오미가 말한 '튀김', '해물덮밥'이라는 단어를 듣고 혐오감을 느낀 것일까? 외국인 사장한텐 적당히 일식이나 먹이면 좋아할 거야, 하는 뉘앙스로 받아들였는지도 모른다.

'외국인이 좋아할 만한 음식'이라는 관점에서 말한 건 사실이다. 사실이지만….

터너가 또 영어로 뭐라 말했다. 바이유가 대답하더니 노트북을 들고 종종걸음으로 회의용 부스를 나갔다.

혼자 남은 다다오미는 잠시 생각에 잠겼다.

하나모리 비누는 매수되어 블루아 하나모리가 되었다. 이젠 돌이킬 수 없는 일이다. 돌이킬 만한 능력은 일개 총무부 직원인 자신에게 없다.

서로 으르렁거리다 아무것도 협의되지 못한다면 하나모리 비누 측의 의사를 전혀 반영하지 않은 채로 PMI가 끝날 수도 있다. 인원 감축으로 하나모리 쪽 직원들이 해고된다면 지금 간신히 남은 하나모리 비누의 불꽃이 완전히 꺼져버리는 셈이다. 다다오미의 와이셔츠를 세탁할 때 사용하는 '하나모리 비누'가 단종되더라도 그걸 막을 방법이 사라지게 된다.

쓸데없이 페이지만 많은 보고서 다발을 들고 회의용 부스를 나왔다. 마침 나갈 준비를 마친 터너와 바이유가 엘리베이터를 기다리고 있었다.

터너에게 고개를 숙인 다음 바이유를 불렀다.

"다니엘."

그렇게 말하고 나서 역시 이런 호칭은 도저히 적응이 안 된다는 생각에 웃음이 날 뻔했다.

"우리는… 그러니까 우리 두 사람 말고 이 회사의 모든 사람을 말하는 건데, 어쨌든 우리는 좀 더 서로 소통해야만 한다는 생각이 들어."

"소통… 말인가요."

바이유가 슬쩍 터너를 쳐다봤다. 터너는 엘리베이터의 층계 표시만 바라볼 뿐 다다오미에게 눈길조차 주지 않았다.

"네 말이 맞는 것 같아. 하나모리 비누를 지키기 위해서는 지금 우리끼리 서로 으르렁거릴 때가 아냐. 그러니까 하나모리 비누와 블루아가 서로 잘 소통할 수 있을 만한 분과회를 만들어보자."

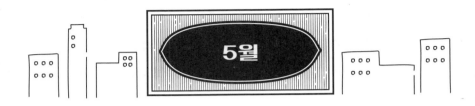

5월

　지도리 스미레는 단정치 못한 행동이라는 걸 알면서도 젓가락을 입에 문 채 키보드를 두드렸다. 메일을 보내고 나서야 간신히 식사를 재개할 수 있었다. 오전에 그녀가 담당하는 판매점을 세 군데나 돌아다닌 탓에 처리해야 할 메일이 쌓여 있었다.

　어머니가 만들어주신 도시락을 먹고 있는데 새로운 메일이 왔다. 담당하는 드럭스토어 본사에서 7월에 시작하는 상품 전시회에 관한 문의가 온 것이다.

　하나모리 비누의 상품은 도매점을 통해 전국의 드럭스토어와 대형마켓, 슈퍼 등의 소매점으로 납품된다. 영업부인 스미레의 업무는 도매점과 소매점의 본사, 나아가 각 판매점을 돌며 상품 판매를 성사시키고 판매 촉진 방안을 제안하여 자사 제품이 좀 더 많이 팔리도록 노력하는 일이다. 하나모리 비누에 입사한 지 8년. 영업사원으로서 외길을 걸어왔고 보람도 느낀다. 자기 손으로 판로를 개척하는 것에 대한 만족감도 있었다.

있었지만….

"사카키바라 과장님, 7월에 시작되는 상품 전시회를 정말 예년대로 진행해도 괜찮겠어요?"

사무실은 마침 점심시간이라 스미레가 소속된 제1영업팀 책상에는 과장인 사카키바라와 그녀밖에 없었다. '영업사원은 사무실에 있지 말고 발로 뛰어라'라는 게 하나모리 비누 영업부의 신조였으므로 보통은 다들 밖에 나가 있는 것이다.

"괜찮아. 부장님도 예년대로 하겠다고 하셨으니까."

사카키바라도 스미레처럼 책상에서 도시락을 먹으며 PC 화면을 노려보고 있었다.

"하지만 저기… 상의가 되진 않은 거죠? 블루아 쪽하고."

슬쩍 창가 쪽으로 시선을 돌렸다. 밝은 색조의 커다란 목제 테이블에서 블루아에서 파견된 영업사원 몇 명이 업무를 보고 있었다. 스미레와 마찬가지로 그곳에서 점심을 먹는 직원도 있다.

"상의할 필요가 뭐 있어. 전시회에 내놓는 건 하나모리의 상품들이고, 매년 우리가 해오던 일인데."

사카키바라는 담담하게 말했지만 약간의 예민함이 묻어나는 말투였다. 상부에서 갑자기 전시회를 중지하라는 지시가 내려올 수도 있다는 걸 내심 각오하고 있는지도 모른다. 그렇게 나오면 분연히 맞서 싸우겠다는 결의까지 느껴졌다.

"부장님이 그러셨다면 괜찮겠지만요."

예전, 그러니까 매수 전이었다면 부장의 OK 사인만으로 안심하고 진행할 수 있었다. 그러나 블루아 하나모리가 된 지금은 하나모리 쪽 사람인 부장의 승인을 얼마나 믿을 수 있는지 알 수 없었다. 애초에 이젠 부장도 아닌 프로젝트 매니저였고, 그 윗자리인 제너럴 매니저는 블루아 쪽 사람이다.

그때 사무실에 블루아 쪽 직원 몇 명이 들어왔다. 다들 플라스틱 용기에 담긴 이국적인 요리를 들고 있어서 그들이 지나갈 때 스미레와 사카키바라 사이로 자극적인 고수 냄새가 풍겼다.

거기에 블루아의 주력 상품인 세탁세제의 강한 향도 섞여 있었다. 하나모리 비누의 향은 은은한 편이라 유독 진하게 느껴졌다.

"저거 어떻게 생각해?"

사카키바라가 말했다. 그의 시선은 공중에 맴도는 고수 향을 쫓는 것처럼 보였다.

"어, 밥을 배달시키는 게 마음에 안 드세요?"

"그 무슨 이츠 하는 게 회사 입구에 매일 오잖아. 저런 식이면 회사 기강에 문제가 생기지 않을까 싶은데."

"뭐 어때요. 배달 음식을 금지하는 규정이 있는 것도 아닌데요. 저도 다음에 주문해볼까 생각했거든요."

"아이고~ 그러셨어요. 아저씨는 이제 닥치고 있겠습니다."

사카키바라는 너도 저쪽 편이냐는 식으로 볼멘소리를 했다.

사카키바라는 분명 올해로 마흔다섯 살이었다. 스미레와 비슷한 나이는 아니지만, 8년이나 같은 부서에서 부하로 일하다 보면 공감은 할 수 없어도 이해는 할 수 있게 된다. 쉽게 말해 블루아 놈들이 하는 일은 뭐든 마음에 안 들고, '지금까지와는 다른 새로운 것'을 받아들이는 데 생리적인 거부감을 느끼는 것이다.

매수, 자회사화, 블루아 하나모리라는 회사명 변경… 그 모든 게 견딜 수 없이 싫은 사람들. 나이 때문인지 경력 때문인지는 모르겠지만, 그런 직원은 보통 중장년층이 많았다. 특히 과장이나 부장같이 높은 직급인 남자들에게서 그런 경향이 두드러지는 것 같지만, 그건 단지 높은 직급에 앉은 여자 직원이 거의 없어서 그런 것이리라.

"아니, 아무리 그래도 저건 너무 긴장감이 없지 않냐고. 무슨 학교도 아니고 말이야…."

사카키바라가 닥치고 있겠다고 말한 것치고는 일찍 입을 열었다. 그가 말하는 '저것'은 또 음식 배달을 가리키는 걸까?

"영업 성적만 잘 나오면 문제될 게 없잖아요? 블루아에선 다 허용되는 걸 테고요."

다 먹은 도시락통을 천주머니에 집어넣고 스마트폰과 다이어리를 들고 자리에서 일어났다.

"조금 있다가 사내 소통 분과회가 있으니까, 불평은 다음에 들어드릴게요."

"그래, 열심히 소통하고 오라고."

조금의 기대감도 없다는 얼굴로 배웅하는 그였다. 스미레 역시 이런 상황에서 일하는데 사내 소통이 다 무슨 소용이냐는 생각이 들었다.

사내 소통 분과회를 열 테니까 영업부 직원으로서 참가해주지 않겠냐는 부탁을 한 사람은 총무부의 마시바 다다오미였다. 스미레가 신입 연수를 받을 때 총무부에서 교육을 담당해준 사람이었다.

신입 때도 정중하고 온화하게 대해주어서 말을 걸거나 질문을 하기 편했다. 스미레가 영업부에 배속된 뒤로도 얼굴을 마주칠 때마다 자주 대화를 나누기에 그의 부탁을 거절하기는 쉽지 않았다.

화장실에서 이를 닦고, 코가 조금 번들거렸기에 화장을 고쳤다. 도시락 반찬으로 시금치 참깨 무침을 먹었기에 이 사이에 끼지 않았는지 거울로 꼼꼼히 확인했다.

"사내 소통 분과회 같은 걸 연다고 해도…."

자기도 모르게 중얼거리는 말이 나왔다. 그 목소리는 화장실 벽을 살짝 울리다가 누구의 귀에도 닿지 못한 채 사라져갔다.

사람과 사람의 소통이라는 게 분과회를 조직하고 공고를 낸다고 활발해질 리가 없다. 결국 이건 사람들 마음의 문제니까, 아무리 선생님이 다들 사이좋게 지내라고 가르쳐도 성격이 안 맞는 아이와는 아무리 노력해도 친해질 수 없는 것과 같은 이치다.

그걸 알면서도 분과회라는 형식으로 접근하는 게 총무부의 다다오미답다고 할 수 있었다. 무슨 일이든 회의를 거쳐야만 진행시키는 하나모리 비누의 화신과도 같은 사람이다.

자신이 사내 소통 분과회에 참가한다고 과연 뭐가 달라질까?

시작 전부터 회의적인 생각이 들지만, 일단 총무부가 있는 6층으로 올라가서 회의실 문을 노크했다. 긴 테이블이 두 개 놓여 있을 뿐인 작은 회의실에는 이미 다다오미가 와있었다.

"수고 많으십니…"

말이 중간에 끊기고 말았다.

그의 옆에서 대화를 나누던 남자의 옆모습에서—10년 전과 거의 달라지지 않은 외모와 기묘할 만큼 맑은 눈동자에 형광등 불빛이 반사되는 모습에서 눈을 뗄 수 없었다.

"…바이유."

바로 이름을 부르자 그가 가볍게 시선을 돌렸다. 스미레를 몇 초 동안 응시하나 싶더니 '아' 하고 입을 벌리며 들고 있던 노트북 PC를 떨어뜨릴 뻔했다.

그런 모습에 약 10년 전의 대학 시절이 선명히 되살아났다. 유학생이라는 게 믿기지 않을 만큼 일본어를 잘하고, 몰래 다가가서 말을 걸거나 툭 건드리면 재미있을 만큼 당황하는 사람이었다.

"스미레가 왜 여기 있어?"

바이유는 그렇게 말하면서도 지금 상황을 빠르게 이해한 눈치였다. 스미레 역시 마찬가지였다. 다다오미 혼자 의아한 표정으로 두 사람을 번갈아 바라보았다.

"너희… 아는 사이였어?"

"제가 대학교 2학년, 3학년 때 일본에 유학을 왔었거든요."

스미레가 도쿄에 있는 대학에서 2학년이었을 때, 여기 있는 린 바이유가 대만에서 유학을 왔다. 같은 교수님 밑에서 공부했고 국제 교류 동호회에서 함께 활동한 적도 있었다.

"바이유, 너 뉴욕에서 일한다고 하지 않았어?"

대학을 졸업할 무렵에 이미 대만으로 돌아간 바이유에게서 그런 연락을 받았고, 스미레도 도쿄에서 취직했다는 소식을 전했다. 그 이후로 새해나 서로의 생일 등에 생각날 때마다 연락을 주고받곤 했다.

"블루아의 뉴욕 본사에서 3월까지 일했지…."

"취직한 곳이 블루아였구나."

"스미레야말로, 왜 하나모리 비누에 있는 거야?"

한숨을 내쉰 바이유가 난감하다는 듯이 뒤통수를 긁적였다. 이쪽도 그러고 싶은 심정이었다.

"바이유, 마시바 씨랑 같이 있다는 건 총무부에서 일하는 거야? 4월 1일부터 지금까지? 지금까지 전혀 몰랐어."

"나도 스미레가 여기서 일하는지 전혀 몰랐어."

총무부에 가끔 찾아가긴 하지만 보통은 영업부 사무실에 있을 때가 많고, 매수 뒤에는 주요 거래처를 돌아다니느라 바빴다. 그렇지만 같은 사옥에서 대학 시절 친구가 일하는데 한 달 넘는 시간 동안 전혀 몰랐을 줄이야.

"바이유는 터너 사장님의 통역이기도 하니까 하필 지도리가 총무부에 올 때마다 자리를 비웠을 수도 있어. 블루아의 일본 지사에 가 있을 때도 많거든."

신임 사장의 통역으로 뉴욕에서 일본으로 왔다니. 못 본 사이에 그는 사회인으로서 꽤 많은 활약을 한 것 같았다. 마지막으로 연락했던 게 언제였는지도 기억나지 않았다.

"그래도 바이유와 지도리가 아는 사이라 다행이야. 분과회가 더 원활히 진행될 수 있겠네."

이쪽은 아직도 혼란스러운데, 다다오미 혼자 잘됐다는 듯이 유쾌한 표정을 짓고 있었다. 하마터면 '그 분과회에서 대체 뭘 하는 건데요'라는 질문이 나올 뻔했을 때, 회의실 문을 노크하는 소리가 들렸다.

문을 열고 나타난 사람은 연구개발부의 여자 직원이었다. 직접 대화해본 적은 거의 없지만 가끔 회사 입구에서 본 적이 있는 얼굴이었다.

"이즈미사와, 바쁜데 오게 해서 미안해."

다다오미는 스미레가 왔을 때와는 전혀 다르게 황공해하는 얼굴로 그녀에게 고맙다는 말을 연발했다.

"좀 더 어린 직원을 참가시킬 생각이었는데, 정말 괜찮겠어?"

"괜찮아, 괜찮아. 오히려 평소에 내가 단축 근무하느라 후배들한테 부담을 많이 줬는걸. 이런 일이라도 내가 해야지."

다다오미가 친근하게 말을 건네는 걸 보면 두 사람은 동기 같았다. 흑발을 수수하게 뒤로 묶은 그녀는 스미레와 바이유에게도 고개를 숙이며 인사했다.

"연구개발부의 이즈미사와 아오이입니다. 잘 부탁해요."

말이 분과회지 멤버는 이 네 명이 전부였다. 다다오미가 권하는 대로 테이블을 둘러싸듯 앉자 그는 시작에 앞서 이번 사내 소통 분과회의 취지를 설명했다.

블루아에 의한 매수와 자회사화의 경위를 되짚는 것으로 시작해서 5월 현재까지 다다오미가 파악한 회사 내 분쟁 상황, 보다 원만한 사내 소통이 필요하다고 생각하게 된 경위를 장황하게 설명한 뒤에 지긋지긋하다는 듯이 어깨를 축 늘어뜨렸다.

"…정리하자면 하나모리와 블루아 양쪽이 좀 더 원활하게 일할 수 있는 환경을 조성하려면 어떻게 해야 좋을지 논의해보고 싶다는 말입니다."

다다오미를 지지하듯이 바이유가 "맞습니다"라며 고개를 힘있게 끄덕였다. 스미레와 아오이는 나란히 어깨를 움츠리며 "네에…" 하고 대답했다.

"그게 말이지, 원래는 바이유 외의 블루아 쪽 직원도 참여시키고 싶었지만 누굴 데려와야 할지도 모르겠고, 갑자기 얼굴을 마주해도 속내를 털어놓기는 어려울 것 같아서 일단은 이 멤버로 시작해보려고 해."

"네. 갑자기 블루아 쪽 사람과 얼굴을 맞대고 '우린 왜 사이좋게 지내지 못하는 걸까?' 같은 말을 하면 엄청 거북하겠죠…."

스미레의 시선이 무의식중에 바이유를 향했다. 그와 시선이 딱 마주치면서 왠지 견딜 수 없이 안타까운 기분이 들었다.

설마 그와 '매수당한 쪽'과 '매수한 쪽'으로 재회하게 될 줄이야.

"어쨌든 지도리와 이즈미사와가 블루아 하나모리가 된 이후의 업무 환경에 관해 솔직한 의견을 말해줬으면 하는데."

"솔직한…."

이즈미사와를 슬쩍 쳐다봤지만 먼저 하라는 눈빛이었기에 "그럼 저부터…" 하며 자세를 바로 했다. 그리고 바이유를 최대한 시야 밖으로 밀어냈다.

"영업부의 상황을 말씀드리자면, 같은 사무실에서 일하고는 있지만 하나모리는 하나모리의 업무를, 블루아는 블루아의 업무를 각자 수행하는 식이라 서로 전혀 협력하지 못하고 있어요. 비슷한 제품을 취급하긴 해도 구매층이 전혀 다를뿐더러, 슈퍼나 드럭스토어가 주력 고객인 하나모리와 멀티숍이 주력인 블루아는 업무 방식도 다르니까요. 그리고 매수 이후로 하나모리 쪽 아저씨들의 불쾌 지수가 점점 높아지고 있죠. 아마 그 짜증을 받아줘야 하는 젊은 직원들도 지긋지긋할걸요."

사카키바라 때문에 짜증이 난다는 말은 절대 아니었다. 하지만 그건 스미레의 경우일 뿐이고, 비슷한 처지인 부하 직원들의 마음이 편할 리 없다.

"예를 들면 하나모리의 급여 체계는 연공 서열로 정해지지만, 그것도 블루아에 맞추게 되면 바뀔 수밖에 없잖아요. 근속이 길수록 급여도 오르고 승진할 수 있다는 생각으로 열심히 일해온 윗세대일수록 불만이 클 거예요."

그런 시스템이 합리적인지 아닌지는 둘째치고, 그 안에서 열심히 일해왔던 사람들에게 하루아침에 전혀 다른 시스템을 들이댄다면 반발이 있을 수밖에 없다. 자신들이 내 집처럼 일해온 환경을 어떻게든 지키려는 심정도 이해가 갔다.

"영업부는 특히 애사심 강한 베테랑 직원들이 많아서 그런 경향이 두드러지지만, 다른 부서도 다들 비슷하지 않을까요?"

아오이에게 바통을 넘기며 이야기를 마무리했다. 아오이는 이에 시금치와 참깨가 함께 낀 듯한 얼굴로 쓴웃음을 지으며 입을 열었다.

"뭐… 맞아요. 연구개발부는 애초에 자기 기술이 외부로 유출되는 걸 극단적으로 꺼리니까 같은 공간에 다른 회사 사람이 있다는 것 자체가 스트레스겠죠. 연구개발동에서도 하나모리와 블루아는 완전히 분리된 사무실을 쓰고 있어요."

아아, 그건 영업부도 마찬가진데. 스미레는 천장을 올려다보며 새어 나오는 한숨을 참았다. 영업부에는 유출되면 안 될 노하우 같은 건 특별히 없다. '발로 뛰어 벌어라'라는 신조로 그저 땀나게 영업하러 돌아다닐 뿐이다.

"안 좋은 형태로 시작을 끊게 된 것 같군요. 저희의 준비가 완전히 부족했습니다."

미간을 살짝 찡그린 바이유가 작게 신음하며 팔짱을 꼈다. 옆에서 다다오미가 비슷한 포즈를 취했다. 같은 총무부, 그리고 사무국의 멤버라고 했지만, 의외로 이 두 사람은 사이좋게 지내는 건지도 모른다.

"두 사람은 지금의 업무 방식에 대한 불만이나 개선하고 싶은 점은 없어?"

다다오미가 다시 물었다. 야근 줄이기? 회사 차량을 새 걸로 교체? 눈치 보지 않고 배달음식 시키기? 스미레가 그런 생각을 하고 있을 때 아오이가 "나는…" 하고 입을 열었다.

"육아휴직이 끝난 뒤로 쭉 단축 근무였으니까 더 이상 내 사정만 생각할 순 없는 것 같아. 아, 그래도 젊은 친구들의 이야기를 윗사람들이 더 잘 들어줬으면… 하고 생각해."

아오이가 말끝을 흐리는 것을 보며 아까 그녀가 '내가 단축 근무하느라 후배들한테 부담을 많이 줬는걸' 하고 말했던 것이 생각났다.

"맞아요. 그러다 아무도 모르게 이직하기로 마음먹으면 어쩌려고 그러나 싶더라고요."

"어, 지도리, 이직할 생각이야? 결정하기 전에 꼭 상사랑 진지하게 상담해봐. 그리고 그만둘 거면 일찍 총무부에 오고. 퇴직 수속부터 연차 소화랑 보험이랑 연금까지, 한 명 그만두는 것만 해도 할 일이 얼마나 많은데!"

갑자기 '총무부의 마시바 씨' 모드로 들어간 다다오미에게 고개를 저어 보였다.

"아니, 안 그만둬요, 계속 여기 있을 거예요. 하지만 분명히 이제부터 많아질걸요? 이직하는 사람. 마시바 씨는 그런 생각 안 하세요?"

그렇게 말하면서도 이 사람은 안 할 것 같다는 이상한 확신이 들었다. 회사가 어떻게 바뀌어도 마시바 다다오미는 총무부 직원으로서 마지막 날까지 자신들을 돌봐줄 것이다. 그는 그런 안도감을 주는 사람이었다.

스미레의 예상대로 다다오미는 눈을 몇 번 깜빡거리며 대답했다.

"이직 같은 건 안 해. 그래도 이미 각 부서에서 사직서가 몇 통 오긴 했어. 이런 흐름이 얼마간 계속되겠지."

그에 대한 대처로 바쁘다는 게 다다오미의 얼굴에 선명히 써 있었다.

"이 분과회의 임무는 하나모리와 블루아의 기업문화를 융합시키는 일이야. 그러기 위해서는 일단 각 부서의 의견을 듣고 문제점을 도출할 필요가 있어. 부장급에겐 안 보이는 문제가 지도리와 이즈미사와 같은 일반 사원의 눈에는 보일 때도 있으니까."

"마시바 군, 의외로 개방적이었구나."

아오이가 불쑥 꺼낸 말에 다다오미가 숨을 죽이는 게 느껴졌다. 눈을 동그랗게 뜨나 싶더니 대답할 말을 찾듯 천천히 입을 열었다.

"이제 와서 매수 전으로 돌아갈 수는 없으니까."

그는 지금 무언가를 얼버무리는 것처럼 보였다. 신입 연수를 마친 뒤로 같은 부서에서 일해본 적은 한 번도 없지만 신기하게 그걸 알 수 있었다.

"이건 나와 바이유가 생각해낸 아이디어인데, 의견 수렴을 원활하게 진행시키기 위해 사내 홍보지를 발행해보려고 해. 각 부서의 상황을 공유한다는 명목으로 문제점을 도출해낼 수도 있지 않을까 싶어서."

"그러면 저와 이즈미사와 씨는 그 작업을 도우면 되는 건가요?"

"그것보다도 두 사람은 영업부와 연구개발부의 상황을 자세히 살펴봐 줬으면 해. 그리고 가능하다면, 장차 이 분과회에 협력해줄 만한 사람을 하나모리든 블루아든 상관없이 찾아봐줘."

어쨌든 사카키바라는 제외다. 영업무 면면을 떠올리며 일단 그렇게 생각했다. 아마 부서 내의 분열이 가장 심한 곳이 영업부와 연구개발부인 것이리라. 이 두 곳을 원만히 하나로 묶기 위한 실마리가 될 직원을 찾는 것… 의외로 매우 어려운 임무일지도 몰랐다.

무엇보다도 다른 누구도 아닌 마시바 다다오미가 '기업문화의 융합'을 솔선해서 이끄는 걸 보면, 보이지 않는 곳에서 좋지 않은 일이 벌어지고 있다는 예감을 떨칠 수 없었다.

분과회 뒤에 주요 거래처를 몇 곳 돌아다닌 다음 회사로 돌아와 사무 작업을 마무리하고서야 8시쯤에 사무실을 나왔다. 엘리베이터를 타자 같은 영업부의 후배인 시바 교이치가 스윽 따라 탔다. "수고 많으셨습니다" 하고 한숨처럼 말하며 1층 버튼을 눌렀다.

그와는 같이 퇴근할 때가 많았다. 특별히 그녀를 잘 따르는 건 아니지만 그는 반드시 나이가 비슷한 선배와 시간을 맞춰서 퇴근하곤 했다.

시바는 올해로 입사 3년 차였다. 스물다섯 살인 그는 아마도 혼자 '먼저 가보겠습니다'라고 말하며 사무실을 나가기 싫은 것 같았다. 상사가 '마시바, 벌써 가네? 오늘은 일찍 퇴근하나 보군'이라고 생각하지 않게 하려는 것이다. '오늘은 일찍 퇴근하나 보군.' 뒤에 '일은 제대로 하는 건가?'라는 생각이 이어지지 않도록 꼭 누군가의 그림자에 섞여 퇴근하곤 했다.

그런 심정을 이해하지 못하는 건 아니다. 스미레도 그처럼 신입이었을 때는 업무가 끝났는데도 '주위에서 아직 일하고 있으니까'라는 이유로 늦게까지 남았던 적이 있었으니까.

"시바, 요즘 어때?"

스미레는 엘리베이터에 두 사람만 타게 된 김에 물어보았다. 스마트폰을 들여다보던 시바는 얼굴을 들며 "갑자기 왜요?"라며 웃었다.

"이번 달은 정신없었잖아? 조금은 여유가 생겼나 싶어서."

"확실히 너무 바빴지만 회사 분위기는 완전히 바뀔 거라고 기대했는데, 결국 거의 그대로라 조금 맥이 빠지더라고요."

시바는 맥이 빠진다는 부분에서 노골적으로 얼굴을 찡그렸다.

"바뀐다면 어떻게 바뀌길 기대했는데?"

"구체적으로 뭘 기대한 건 아니지만요. 일단, 사무실에 있으면 '영업 사원은 밖으로 돌아다녀야지!'라고 말하면서 막상 사무실에 나타나지 않으면 '땡땡이치는 거 아냐?'라는 말을 안 듣게 된다던가요."

"우와아, 완전 공감되네."

스미레 본인도 들어본 적 있는 말이었다. 동기나 후배가 그런 말을 듣는 걸 목격한 적도 있다. 너무나 공감되는 이야기라 하마터면 큰 소리로 웃을 뻔했다.

"그리고… '일하기 좋은 직장을 만들기 위해 뭘 하면 좋을지, 젊은 직원들도 마음껏 의견을 내봐'라고 회의에서 말씀하길래 과자 구비 서비스를 도입하는 게 어떠냐고 제안했더니, '회사가 놀러 오는 덴 줄 알아?'라며 혼나지 않게 되는 거요."

"아, 그거. 그건 사카키바라 씨가 잘못한 거야. 시바는 제대로 설득력 있는 자료까지 준비했는데, 제대로 읽지도 않고 반려시켰잖아."

영업부는 외근과 실내 업무를 반복하다 보면 점심 먹을 시간을 내기 어려울 때가 많았다. 그런 상황을 위해 시바가 제안한 것이 대형 제과 업체에서 제공하는 과자 구비 서비스였다. 100엔짜리 과자가 든 상자를 사무실에 놓고, 먹고 싶은 사람은 돈을 넣고 마음에 드는 과자를 가져가면 된다. 과자가 줄어들면 자판기처럼 서비스 회사가 와서 보충해준다.

스미레도 듣고 좋은 제안이라고 생각했다. 점심을 못 먹었는데 편의점 갈 틈도 없을 때, 가까이에 과자가 놓여있다면 얼마나 고마울까. 그러나 사카키바라를 비롯한 4, 50대 직원—쉽게 말해 결정권을 가진 사람들의 반응이 지극히 나빠서 시바를 포함한 젊은 직원들은 '사회인으로서의 자각을 가져라'라는 긴 설교를 들어야 했다.

그 일이 있었던 게 아마 작년 이 시기였을 것이다. 스미레는 그때부터 시바의 마음이 하나모리 비누에서 떠나가기 시작했다는 느낌을 지울 수 없었다.

"젊은 사람한테 의견을 구할 거면, 받아들이는 쪽도 진지하게 들어줘야 하는데 말이야."

그는 매수 소식에서 막연한 희망을 본 것이리라. 업무를 끝낸 젊은 직원도 마음 놓고 퇴근할 수 있는 회사가 될지도 모른다고 생각했던 걸까?

엘리베이터가 1층에 도착했다. 시바는 "수고 많으셨습니다"라고 한 번 더 말하고는 먼저 서둘러 가버렸다. 역까지 함께 가지 않는 건 매번 그랬다. 하지만 스미레에게 찰싹 달라붙어서 퇴근하는 걸 보면 나름 신뢰받고 있다고 생각해도 되는 걸까?

천천히 걸어간 것도 아니었는데 시바의 뒷모습은 금세 보이지 않게 되었다. 신메지로 거리를 빠져나와 다카다노바바역까지 가서 역 옆의 대만 음식점으로 들어갔다. 메뉴판을 보는 사이에 약속 상대도 도착했다.

"많이 기다렸어?"

스미레 맞은편에 앉은 바이유는 아직도 겸연쩍은 얼굴이었다. 분과회가 끝난 지 몇 시간이나 지났는데, 설마 계속 이런 상태였던 걸까?

"금패 맥주로 할지 과일 맥주로 할지 고민하던 참이었으니까 괜찮아."

뭐든 먹을 수 있으니까 좋아하는 걸로 주문하라며 메뉴판을 건네자 바이유는 내용을 가볍게 훑어보더니 바로 점원을 불렀다. 마실 것과 함께 나온 음식이 전부 이 가게에 오면 먹어야만 하는 일품요리들뿐이라 이곳에 처음 온 게 아닌 듯했다.

"여기 전에 와봤어?"

"몇 번."

"혼자?"

"아… 다다오미 씨랑."

거짓말을 할지 잠깐 고민한 끝에 결국 사실을 털어놓으며 시선을 피하는 바이유를 보니 웃음이 나올 뻔한 것을 겨우 참았다.

"같은 부서긴 해도 사이가 꽤 좋은가 봐? 나도 제법 친한 편이라고 생각하는데, 마시바 씨를 성이 아닌 이름으로 부르려고 했던 적은 없거든."

점원이 망고 맥주와 금패 맥주가 든 잔을 가져다주었다. 소심한 건배를 하는 짧은 순간 동안, 바이유는 또 '거짓말을 할지 고민하는' 얼굴이었다.

"같은 아파트에 살아. 그것도 옆 호실에서."

그는 옅은 황금색의 금패 맥주를 들이키고 나서 체념한 듯 어깨를 축 늘어뜨렸다. 스미레는 입에 대려던 망고 맥주를 테이블에 내려놓고 "뭐어?"라며 몸을 앞으로 내밀었다.

"같은 아파트? 어딘데? 그 선배, 자전거로 통근하니까 회사 근처에 살지?"

"회사에서 자전거로 15분 정도 걸리는 곳이야. 집주인도 좋은 분이라 이번에 마당에 심은 매실을 수확해서 매실주를 만들기로 했어."

"어쩌다 그렇게 된 거야?"

"다다오미 씨가 이삿짐 정리를 도와주셨는데, 다음날 매수 소식이 TV에서 보도돼서 터너 사장님과 함께 하나모리 비누로 갔더니 다다오미 씨가 있었어."

"뭐야 그게. 연속극도 아니고! 연속극 1화 내용이잖아!"

거품 빠진 맥주를 절반 정도 쭉 들이킨 다음, 이번에야말로 웃고 말았다. 바이유도 "내 생각도 그래"라며 어깨를 들썩거렸다. 그들을 둘러싼 공기가 단숨에 대학 시절로 돌아간 듯한 느낌이었다.

"그래도 다행이다. 마시바 씨는 좋은 사람이니까. 바이유도 블루아 직원으로서 블루아 하나모리에 와 있는 게 여러모로 힘들잖아?"

"확실히 다다오미 씨에게 도움받는 부분이 정말 많은 것 같아."

점원이 막 가져다준 오징어 경단을 젓가락으로 집더니 입에 쏙 넣은 바이유는 진지한 얼굴로 고개를 두어 번 끄덕거렸다. 으깬 오징어를 경단으로 만들어 튀겼을 뿐인데 정말 절묘하게 맛있었다.

"그래도 마시바 씨가 적극적으로 사내 소통 분과회를 주최했다는 게 조금 의외였어. 그 선배는 애사심의 화신이라고 할까… 하나모리 비누를 정말로 좋아하는 사람이거든."

오징어 경단을 먹으며 다다오미가 자신의 교육 담당이던 시절을 떠올렸다. 그는 대학을 막 졸업한 스미레에게 '총무부는 다른 부서 사람들이 열심히 일할 수 있도록 지원하는 역할이야'라고 가르쳐주었다.

영업부에 배속된 뒤에도 신세 진 적이 많다. 기한을 넘긴 영수증을 몰래 처리해준 적도 있고, 중요한 프레젠테이션 전에 자료 인쇄와 제본을 도와달라고 했더니 흠잡을 데가 없을 만큼 완벽하게 완성해주었다.

"총무부는 눈에 보이는 이익을 창출하는 부서가 아니라서 제대로 인정을 못 받지만, 만약 마시바 씨가 당장 내일부터 회사를 그만둬버리면 우리 영업부는 복사기 토너 교환도 제대로 못 하게 될 거야."

사카키바라는 자기 PC에 업데이트가 뜰 때마다 컴퓨터가 이상하다며 다다오미를 부를 정도다.

"월급을 특별히 많이 주는 것도 아니고, 다른 부서 사람들이 제대로 된 감사 표시를 해주는 것도 아니고…. 어떨 때는 '총무부는 이익 창출을 못 하는 부서'라면서 조금 무시당할 때도 있어. 그런데도 회사를 위해서 10년 넘게 숨은 공신 역할을 해오고, 거기서 보람을 느끼는 사람이니까. 하나모리 비누가 어지간히 좋은가보다 싶은 생각이 들거든."

그의 애사심에는 무슨 이유가 있는 걸까? 대체 어디서 그런 원동력이 나오는 걸까? 직접 물어보고 싶기도 하지만 후배이자 타 부서 사람인 자신이 침범하면 안 되는 영역인지도 몰랐다.

"다다오미 씨가 하나모리 비누를 좋아하는 건 알지만, 백오피스 업무가 정당한 평가를 못 받는 환경은 당연히 개선되어야 하지 않을까? 이번 매수는 그걸 바꿀 만한 기회라고 생각하는데."

지극히 당연하다는 얼굴로 묻는 바이유를 보며 젓가락을 움켜쥔 채로 말문이 막혔다. 맥주잔을 비운 바이유는 스미레의 속내를 떠보듯이 이렇게 덧붙였다.

"이게 일본 기업 특유의 문화인지, 아니면 하나모리 비누에 한정된 건지는 모르겠지만, 아무래도 하나모리 쪽 사람들은 매수를 '탈취'나 '강탈' 같은… 안 좋은 행위로 인식하는 경우가 많은 것 같아."

"그야 이쪽은 매수당한 입장이잖아. 그것도 어느 날 갑자기."

매수 뉴스가 TV로 보도된 순간, 스미레는 매일 아침 마시는 우유를 요란하게 뿜고 말았다. 같은 식탁에 있던 아버지와 어머니, 남동생 모두가 입을 쩍 벌린 채 입가를 하얗게 적신 스미레와 TV를 번갈아 보고 있었다.

"기업 매수는 결코 나쁜 면만 있는 게 아니야. 보다 강력한 기업으로 성장할 기회가 되기도 하고, 지금까지 안고 있던 문제점을 한꺼번에 찾아내서 해결할 기회가 되기도 하지. 이번 기회에 하나모리 비누를 요즘 시대에 적합한 형태로 업데이트할 수 있을지도 몰라."

"그렇게 말하는 건, 바이유가 블루아 쪽 사람이기 때문이야. 매수당한 쪽은 그렇게 긍정적으로 생각하기는 어렵다니까."

자연스레 미간에 주름이 잡혔다. 언쟁을 벌인다고 생각했는지, 점원이 굉장한 속도로 두 사람 앞에 요리를 내려놓고는 재빨리 사라졌다. 말린 무가 들어간 계란말이, 공심채 볶음, 샤오롱바오, 어로우〔鵝肉〕라는 이름의 삶은 거위 고기까지. 테이블 위는 시끌벅적한데 스미레의 표정은 밝지 않았다.

"그러면 마시바 씨는 하나모리 비누가 블루아 하나모리가 되어서 예전보다 훨씬 좋은 회사가 될 거라는 생각으로 그 뭐시기 사무국에서 일한다는 거야?"

그건 스미레가 잘 아는 다다오미의 모습과는 약간 거리가 있었다. 그 사람이야말로 하나모리 비누가 매수당했다는 사실에 가장 큰 충격을 받고 당황했을 것이다. 자기 업무를 더 인정받고 싶다는 욕심을 위해 합병에 기를 쓰고 나서는 모습은 상상하기 힘들었다.

"다다오미 씨도 그렇게 깔끔한 결론을 내진 못했을 거야. '회사의 만능 살림꾼'으로서 부탁받은 일은 완벽히 해내는 게 버릇이라고 전에 말했고."

"맞아. 확실히 마시바 씨는 '만능 살림꾼'이지."

하지만 아무리 만능 살림꾼이라지만 그런 식으로 하나모리와 블루아의 융합을 추진해도 괜찮은 걸까? 가뜩이나 영업부 내부에서는 '총무부는 어딜 가든 업무는 똑같으니까 회사에 대한 애정이 없다'라는 말이 나오는 상황이다. 주로 경비 처리가 허술하다는 지적을 받았을 때 나오는 불평이긴 하지만.

"나도 하나모리 비누가 엄청 좋은 회사라고 생각하는 건 아니고, 오히려 엉망인 부분이 더 많이 보여. 그래도 매수당한 덕분에 그런 점이 개선될 거라는 생각까진 하기 힘든 단계랄지…."

공심채를 자기 그릇에 덜어놓은 바이유가 커다란 스푼을 스미레에게 건넸다. 스미레도 자기 그릇에 공심채를 두둑하게 쌓아 올리며 아까 시바가 했던 말을 떠올렸다.

"스미레는 매수와 상관없이 하나모리가 어떤 식으로 바뀌길 원해?"

"바뀌어야 할 부분이야 많지. 난 머리에 피가 간신히 마른 애송이 같은 입장이니까 상사들은 물론이고 회사 제도나 구조에도 불만은 있어. 젊은 사원들이 의견을 좀 더 편하게 말할 수 있는 분위기가 되면 좋겠고, 원격 근무에 관대해지면 거래처를 돌아다니는 이동시간도 더 유효하게 쓸 수 있을 거야. 쓸데없이 시간만 오래 걸리는 회의가 많은 것도 개선되었으면 좋겠고, 내가 만약 결혼하고 아이가 생겨서 출산 휴가나 육아 휴가를 받게 되면 어떻게 될지도 걱정이고."

스미레가 처음 입사했던 시기와 비교하면 사회적으로 원격 근무가 꽤 보편화되어가고 있음에도 하나모리 비누는 바뀔 시늉조차 하지 않았다. 월요일 아침에는 조례를 갖고, 정례회의에도 모두가 직접 참가해야 한다. 얼굴을 마주하지 않으면 사기가 떨어진다거나 재택근무를 하면 젊은 직원들이 제대로 일하지 않는다는 이유에서다.

"다른 건? 더 있지 않아?"

바이유가 공심채를 먹으며 물었다. 말 중간에 공심채를 씹는 소리가 들렸다.

그러고 보면 그는 대학 시절에도 이런 식으로 스미레의 이야기를 경청해주었다. 그는 남의 이야기를 잘 들어주는 재주가 있어서, 자기도 모르게 속내를 줄줄이 터놓게 되곤 했다.

"회사 전체에 관해서 말해보자면, 지난 몇 년 동안은 내놓는 신상품마다 폭삭 망했어. 그 탓에 회사 전체가 잔뜩 겁을 집어먹어서 안정적인 수익을 보장하는 주력 상품인 하나모리 비누에만 의존하고 있고. 연구개발부를 이끌던 베테랑 직원이 정년 퇴임한 뒤로 개발 능력이 많이 떨어졌거든."

젊은 직원이 의견을 내기 힘든 건 아마 연구개발부도 마찬가지일 것이다. 낮에 분과회에서 만난 이즈미사와 아오이의 피곤한 옆얼굴만 봐도 짐작이 갔다.

"대단하네, 스미레. 부서 바깥의 일들도 정확히 보고 있구나."

"10년 가까이 일했는걸. 알기 싫어도 알게 돼. 난 어쩔 수 없이 윗선에 대한 불만만 생각나지만, 윗선도 윗선 나름대로 사정이 있고, 우리 말단 직원에 대한 불만도 있겠지."

사카키바라는 확실히 조금 성가신 상사였고 매수 뒤에는 성가신 아저씨의 면모까지 부각되었지만, 그래 봬도 영업부의 과장이었다. 상사와 부하 사이에 끼어 옴짝달싹 못 하는 부분도 있을 것이다.

"사카키바라 과장님은 내가 처음 영업부에 소속되었을 때 옆에 붙어서 많이 가르쳐주셨어. 지금도 자주 같이 술을 마셔. 여기도 자주 오고."

사카키바라는 애주가라서 간장에 절인 바지락이나 가라스미다이콘⁴⁾을 안주 삼아 맥주와 소흥주를 마신다. 스미레는 거위 고기와 루러우판[5]을 배불리 먹고, 마지막에는 당연히 사카키바라가 계산을 한다. 같이 식사할 때는 절대 부하가 지갑을 못 꺼내게 하는 게 그의 가장 큰 장점이었다.

"스미레, 사회생활을 잘하고 있구나."

"아니, 뉴욕에서 일하다가 사장 비서까지 하는 바이유가 그런 말을 하면 비아냥처럼 들리거든."

그러고 보면 대학 시절에 취업 활동을 시작했을 때, 바이유가 사회인이 되고 싶지 않다며 잔뜩 푸념했던 게 기억났다. 그도 같은 기억을 떠올렸는지, 큰 수저 위에서 샤오룽바오를 가르며 웃었다.

"그렇게 대단한 일을 하는 건 아냐."

잘게 썰린 거위 고기를 젓가락으로 찢어 생강과 함께 입에 넣었다. 여전히 훌륭한 맛이었다. 반들반들한 거위 고기는 식감이 좋고 지방 부분이 살짝 달콤했다. 소금물에 삶았을 뿐인데 어째서 이렇게 맛있을 수 있는 걸까?

"동아리 친구들은 잘 지내?"

바이유가 갑자기 화제를 바꾸었다.

"맛있는 거 먹을 때는 즐거운 이야기를 하는 게 낫잖아."

웃으며 말하는 그를 보자 자연스레 입가에 미소가 맺혔다.

그 여자애는 작년에 이직했고, 그 남자애는 재작년에 결혼을 했

---

4) 가라스미다이콘: 숭어알과 무를 함께 내놓는 음식.

5) 루러우판: 魯肉飯, 돼지고기 덮밥.

어ㅡ. 그런 식으로 친구들의 근황을 알려주며 마무리로 루러우판을 주문하고 후식으로 토우화[6]도 먹었다.

몇 시간 전에 매수당한 쪽 사람과 매수한 쪽 사람으로 재회했을 때는 어떻게 될지 걱정했지만, 타피오카와 땅콩이 토핑된 달콤한 토우화를 먹다 보니 대학 시절에 그와 대만 디저트 가게에서 토우화를 먹던 기억이 떠올랐다.

ㅡ일본에서 파는 토우화도 맛있는데?

일본에 온 지 얼마 안 되었던 그가, 그런 말과 함께 하얀 이를 드러내며 웃었다. 그때의 스미레는 그가 짧은 유학 기간에 즐거운 추억을 많이 만들 수 있기를 막연히 기원했다.

오늘의 두 번째 배달이 끝났을 때 마침 다음 주문이 들어왔다. 대형 음식배달 업체의 배달 파트너로 일하는 기리야마 도모키는 스마트폰으로 지도를 확인한 뒤 하이브리드 자전거를 출발시켰다. 지정된 음식점까지는 5분 거리다.

대학에서 4학년이 될 때까지 제법 착실히 학점을 따둔 덕분에 올해는 주 2일만 수업을 나갔다. 이자카야의 서빙 아르바이트와 달리 스트레스 받지 않고 돈을 벌 수 있다는 소문을 듣고 시작한 배달 파트너

6) 토우화: 豆花, 두부 푸딩.

일은 도모키의 성격에 딱 맞았다. 늘 우거지상인 회사원들의 불평을 듣지 않아도 되고, 뭐라도 된 양 뻐기는 선배한테 갈굼당할 일도 없다. 자기 페이스에 맞춰서 일하고 싶을 때만 자전거를 달리면 되었다. 사람들과 쓸데없이 엮일 일이 없다는 게 정말로 편했다.

대학 친구들은 취업 준비에 한창이었다. 도모키도 일단 면접용 정장을 차려입고 취업 설명회에 몇 번 나가보았다.

하지만 할 수만 있다면 대학 졸업 후에도 이런 식으로 자유롭게 돈을 벌 수 있다면 좋을 텐데… 하는 심정이었다.

지정된 음식점에서 반미 샌드위치를 받아 들었다. 새우 아보카도와 닭고기 리버 페이스트, 구운 돼지고기까지 세 종류였다. 구운 돼지고기에는 고수를 많이 넣어달라는 요청이었다. 보냉 기능이 있는 배달용 백팩에 넣고 다시 자전거를 출발시켰다.

배달 장소는 다카다노바바역 근처에 있는 블루아 하나모리 본사였다. 얼마 전까지는 하나모리 비누라는 이름이던 회사다. 외국계 기업에 매수되면서 이름이 바뀌었다는 걸 뉴스에서 몇 번인가 본 적이 있다.

1층의 접수 데스크에서 주문한 사람의 이름과 부서를 말했다. 1분쯤 지나자 토모미와 비슷한 또래로 보이는 여직원이 내려왔다. 목에 건 사원증에는 '영업부: 박소영'이라고 적혀 있었다. 한국 출신으로 보이는데, 그렇다면 블루아—매수한 쪽 회사의 사람일까?

"새우 아보카도랑 닭고기 리버 페이스트, 구운 돼지고기까지 세 개입니다. 구운 돼지고기는 고수 많이 넣었고요."

반미 샌드위치가 들어간 쇼핑백을 건네자 소영은 "감사합니다!" 하고 팡팡 터지는 듯한 발랄한 얼굴로 인사했다. 돈은 앱으로 결재했기에 도모키는 "또 이용해주세요" 라는 말만 남긴 채 돌아가려 했다.

"아, 전부 제가 먹을 건 아니거든요? 같은 부서에서 일하는 선배님 것도 같이 주문한 거라서요."

갑자기 그런 변명을 하자 뭐라고 대꾸해야 할지 몰라 민망하게 웃으며 사옥을 나왔다.

정면 현관을 빠져나올 때 중년 남자와 스쳐 지나갔다. 도모키의 아버지뻘인 그는 배달 회사의 로고가 들어간 백팩을 보고는 약간 불쾌한 표정을 지었다. 신성한 일터에 자기처럼 새파란 배달원이 드나드는 게 거슬렸던 것일까?

목에 건 사원증의 이름은 보이지 않았지만, 영업부라는 글자는 얼핏 보였다.

나이 차이가 크게 나긴 해도 같은 부서인데 전혀 다른 분위기였다. 도모키는 소영과 중년 남자의 얼굴을 번갈아 떠올리며 다음 배달을 위해 자전거에 올라탔다.

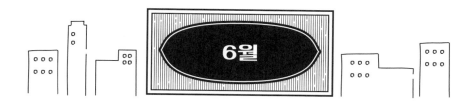

6월

"그러니까, 비난만 오가다가 아무 결론도 안 나왔다는 이야기지?"

마시바 다다오미가 나름대로 신중하게 단어를 골라가며 오랫동안 보고한 내용이었지만 하마나는 온화한 미소로 일축해버렸다. 언성을 높인 게 아닌데도 회의실 분위기가 살짝 얼어붙었다.

PMO—경영 통합 사무국의 미팅은 한 달에 두 번 열린다. 사무국 멤버는 하나모리와 블루아의 부·과장급과 임원급에서 4명씩, 총 8명이 속했고 거기에 잡무 담당으로 다다오미와 바이유가 들어갔다. 사옥에서 가장 큰 회의실을 10명이 사용하는 만큼 묘하게 으스스하고 경직된 분위기가 매번 감돌았다.

미팅에서 하는 일은 각 분과회의 성과 보고인데, 아무리 잘 포장한다 해도 하마나의 말마따나 '비난만 오가다가 아무 결론도 안 나온' 상황은 변함없었다.

"간단히 정리하자면 그런 셈입니다…"

블루아 하나모리의 재무 체계를 재정비한다는 건, 하나모리 입장에선 자신들이 관리해온 지갑을 블루아에게 빼앗기는 심정이었으리라. 또한 물류 거점의 재정비 역시 자신들이 정비해온 도로를 어느 날 갑자기 사용정지당한 거나 마찬가지였다.

자회사화되는 과정에서는 피할 수 없는 일이었지만, 제조, 영업, 인사, 사내 시스템 등의 온갖 것들을 블루아에게 맞춰나가는 작업은 사무국이 예상했던 것 이상으로 하나모리 측에서 심한 알레르기 반응을 일으키고 있었다.

"특히 지금까지 원재료를 구매해오던 주거래처를 정리하고 블루아와 공동구매한다는 제안에는 물류부와 제조부에서 사무국에 대한 직접적인 항의가…"

그 말이 끝나기도 전에 하마나가 "항의보다는 행패에 가까웠지" 라며 어깨를 들썩이며 웃었다. 사무국의 창구는 다다오미와 바이유가 담당했으므로 총무부에 직접 쳐들어와서 불만을 말하는 부·과장급 직원이 많았다. 하마나가 있을 때는 15분 정도 들어주다가 좋은 말로 타일러서 돌려보내 주지만, 그가 없으면 1시간도 넘게 상대해야 할 때가 많았다.

다다오미가 이야기를 들어줌으로써 그들도 부하들 앞에서 강하게 항의했다는 체면을 세울 수 있으니 그 정도의 시간을 내어주는 건 상관없었다. 그것 역시 다다오미의 업무 중 하나일 테니까. 하지만 분과회마다 그게 반복되다 보면 질릴 수밖에 없었다.

"항의 내용과 분과회 상황을 통해 제가 개인적으로 느낀 건데, 매수당했다는 것에 대한 하나모리 측의 비통함이 날이 갈수록 분노나 짜증으로 바뀌어 가는 것처럼 보입니다. 신속하게 그 점을 개선해야 한다고 생각합니다…."

"그러기 위해 마시바가 사내 소통 분과회를 만들었잖아? 그 뒤로는 좀 성과가 있나?"

하마나가 즐거워하는 얼굴로 물었다. 다다오미의 제안에 바로 찬성해준 것도 바로 그였다.

"각 분과회의 결정사항을 정식으로 공지할 창구가 없다 보니 입소문으로만 전파되는 상황이라, 그게 직원들 사이의 불신감을 조장하고 있는 것 같습니다. 그 점을 개선하기 위해 홍보지를 좀 더 활용해보려고 하는데요."

그렇게 말하며 자신에게 쏠리는 시선을 하나하나 확인했다. 블루아에서 파견된 네 명은 당연히 본사로부터 신속한 경영 통합을 주문받았을 것이다. 한편 하나모리 측은 하마나를 제외하면 세 명 모두 이직 출신… 회사 내에서 '외래종'으로 불리는 직원들이었다. 당연한 말이지만 회사 내의 승진은 '재래종'—대학 졸업 후 입사해서 하나모리에서만 쭉 일해온 직원들이 압도적으로 유리했으므로, 그들에게 이번 매수는 기존의 환경을 뒤엎어버릴 절호의 기회인지도 모른다.

"솔직히 큰 위기감을 느낍니다."

그렇게 말한 건 블루아에서 파견된 임원이었다.

"Day 100까지 약 한 달이 남았습니다. 그때까지 구체적인 성과를 내지 못하면 합병의 추진력이 급격히 떨어질 거예요. 지금보다도 더 심각한 상황이 되겠죠."

그녀는 그렇게 덧붙이며 어깨를 축 늘어뜨렸다.

Day 100—다시 말해 매수로부터 100일간은 기업 매수에서 매우 중요한 의미를 지닌다…는 건 다다오미도 PMI를 공부하는 과정에서 알게 된 사실이다. 석 달 남짓한 기간 동안 새로운 회사로서의 기반을 탄탄하게 쌓아둬야 한다. 기반이 불안정하면 100일 이후부터 문제점이 두드러지기 시작하므로 최대한 긍정적인 분위기로 새 회사의 출발을 끊는 것이 중요하다. 간단한 논리지만 현실에 적용하는 게 쉽지만은 않았다.

분과회의 진행이 원활하지 못하다는 건 그 위에 위치한 사무국의 미팅까지 정체시키는 셈이었고… 이날도 모두가 영 탐탁지 않은 표정으로 회의실을 나왔다. '분과회에서 논의된 내용을 더욱 깊이 검토해보자'라는 모호한 결론만을 남긴 채로.

"분과회라는 건 말이지, 쉽게 말해 우리를 납득시키기 위한 구실일 뿐이야."

혼자 남은 하마나는 회의실 의자를 정돈하는 다다오미와 바이유 옆에서 테이블 위로 뺨을 괴었다. 멍하니 천장을 올려다보고 있지만 그의 말은 명확히 다다오미를 향하고 있었다.

"우리라는 건 하나모리 비누… 를 가리키는 건가요?"

"그래, 맞아. 사무국이든 분과회든, 두 회사가 제대로 된 협의를 거친 끝에 이런 형태로 확정되었다는 걸 내세우기 위한 구실에 지나지 않아. 어린아이는 부모가 원하는 모습이 되고 부모가 시키는 대로 살아가지. 그건 바뀌지 않는 사실이야. 남은 건 아이에게 '이건 네가 원해서 하는 일이야'라는 생각을 얼마나 잘 심어줄 수 있느냐지. 그걸 실패하면 결국 몇 년 뒤, 혹은 몇십 년 뒤에 회사가 공중 분해될 수도 있으니까."

슬며시 바이유를 돌아보자 그는 표정을 드러내지 않은 채 빔프로젝터를 정리하고 있었다.

"하나모리에서 사무국으로 소집된 직원들은 날 빼면 전부 이직 출신이잖아? 그 사람들이야 오래 근속한 사람들에 비해 회사에 대한 집착도 없고, 오히려 이번 매수가 높은 자리로 올라갈 기회인 셈이지. 그래서 사무국 멤버로 뽑힌 거야. 나야 로마에 가면 로마 법을 따르자는 주의니까 뽑힌 거고."

"하마나 씨 본인은 어떻게 생각하세요? 매수에 대해서, 그리고 지금의 경영통합에 대해서요."

매수 소식이 날아든 그날 아침부터 하마나는 전혀 달라진 게 없었다. 그의 동기들이 말도 안 된다며 목소리를 높이거나 분노를 이기지 못해 회사를 떠나버리는 가운데, 계속 혼자 온화하게 웃고 있었다.

"그야 나도 첫 직장으로 이 회사에 입사해서 30년 가까이 일했다고. 어떻게 마음이 편하겠어? 하지만 벌어진 일은 벌어진 일이고. 열심히 적응해나가야지."

하마는 하하하, 하고 웃으며 가벼운 발걸음으로 회의실을 나갔다. 아마 지금까지도 저런 식으로 하나모리 비누에서 버텨왔던 것이리라.

"이제부터 어떻게 할래?"

바이유가 기재 정리를 끝마치는 것을 기다렸다가 한숨과 함께 물었다. 미팅 중에도 살짝 주름이 잡혀 있던 미간이 한층 찡그려졌다.

"저로서는 아직도 이해할 수 없는 점이 있습니다. 재무 체질이나 물류 거점, 주거래처의 재검토에 거부반응이 나오는 건 그렇다 쳐도, 인사제도와 노동 환경의 문제점을 찾아내어 개선하려는 움직임까지 어째서 이 정도로 싫어하는 건지…"

"노동 환경이나 실적이 좋아지고 나빠지는 건 중요하지 않아. 이건 자존심 문제니까."

"하나모리 비누 쪽 직원들이 전부, 한 명도 빠짐없이 그렇다고 생각하세요?"

"물론 그렇진 않겠지. 회사에 불편함을 느끼면서 일하는 직원들도 있을 테고… 이즈미사와가 바로 그런 경우니까. 다만 자기 상사가 자회사화를 강하게 비난하는 상황에서 그걸 환영하는 티를 내진 못할 거 아냐."

만약 자회사화를 기회로 회사의 근무 환경이 개선될 수 있다는 점을 긍정적으로 인식하고 환영하는 사람이 그런 생각을 자유롭게 드러낼 수 있는 분위기가 조성된다면—상황은 좀 더 나아질지도 모른다.

바이유도 같은 생각을 한 것일까? 그와 눈이 마주치자 어깨를 으쓱거리며 "여러 가지 생각이 드네요"라고 말했다.

난 생각할 게 너무 많아서 미치겠어… 그렇게 대답하려 할 때였다.

"'생각'이라니, 너무 느긋한 소리를 하는군 그래."

분명 들어본 적이 있지만 뭔가 어색하게 느껴지는 목소리가 등 뒤에서 날아들었다.

아무래도 하마나가 회의실 문을 제대로 닫아놓지 않은 모양이었다. 반쯤 열린 문에 기대듯 서 있는 사람은 블루아 하나모리의 사장인 터너였다.

"사장님…."

안녕하십니까, 라고 말하다 방금 느낀 어색함의 정체를 파악한 순간 혀가 멈춰버렸다.

이 남자, 방금 무척이나 유창한 일본어로 이야기했던 것 같은데?

천천히 바이유를 돌아보았다. 그도 같은 생각이었는지 평소에 비서로서 깍듯이 모셨을 그 앞에서 눈알이 튀어나올 만큼 두 눈을 동그랗게 뜨고 있었다.

터너는 정답을 말해주듯이 다시 입을 열었다.

"아무래도 하나모리 쪽 녀석들은 자기들한테 시간이 아직 많이 남았다는 착각을 하는가 보군."

역시 일본어였다. 그것도 어제오늘 배운 수준의 일본어가 아니었다. 익숙한 단어를 입 안에서 굴리듯 경쾌하게 발음하는 솜씨에서 상당한 축적이 엿보였다. 일본어로 생활해온 시간의 축적이.

바이유가 터너의 이름을 불렀다. 영어로 불러야 할지, 아니면 일본어로 불러야 할지 고민한 끝에 결국 일본어로 말했다.

"터너 사장님…. 조모께서 일본인이시지만 일본어를 전혀 못 하시니까 제가 일본에 동행하게 된 것 아니었습니까…?"

"하나모리 비누가 블루아로 합병될 마음이 없다면, 하나모리 비누 쪽 인원을 감축할 수밖에 없겠지."

터너는 바이유의 질문에는 답하지 않고 다다오미를 똑바로 바라보며 그렇게 말했다. 등줄기가, 견갑골과 견갑골 사이가 경련하듯 떨렸다. 인원 감축. 회사원에게 그것만큼 두려운 단어는 없다.

하물며 하나모리 비누는 블루아에 매수당한 입장이다. 하마나가 말한 '분과회는 구실'이라는 말이 뒤늦게 공포로 바뀌었다.

"인원 감축을 검토하는 건… Day 100까지의 성과를 봐서 그러겠다는 겁니까? 아니면 그 뒤의 상황을…."

"Day 100이든 200이든 상관없네. 더 이상의 대화가 무의미하다는 생각이 들면 그 시점에서 결단할 테니. 회사의 방침에 반발하는 사람을 굳이 품고 가야 할 필요가 도대체 어디 있다는 건가?"

터너는 입꼬리를 비틀 듯 웃었다. 처음 만난 날처럼 싱글거리는 미소가 수상해 보여서 간담이 서늘해졌다.

"그게 싫다면 열심히 노력해 보라구."

터너는 그 말만을 남긴 채 아무렇지 않은 얼굴로 바이유에게 말을 건넸다. 물론 영어였다.

아직도 입을 쩍 벌리고 있던 바이유는 터너의 말을 듣고 있는 건지, 연신 고개만 끄덕거릴 뿐이었다. 마치 방금 그가 일본어로 말한 것이 꿈이나 환상이었다는 설명을 듣는 것처럼.

그게 4월이었던가? 그렇다, 다다오미가 처음 사내 소통 분과회를 발족하기로 마음먹었을 때다. 점심을 먹을 만한 괜찮은 가게가 없냐는 바이유의 질문에 튀김 가게와 해물덮밥 가게를 알려주었다.

그때 터너는 바이유가 통역하기도 전에 '외국인이라고 다들 일본 음식을 좋아하는 줄 알아?'라는 뜻의 영어로 대답했다. 그는 튀김, 해물덮밥이라는 단어만 알아들은 게 아니라 애초에 다다오미가… 아니, 하나모리 비누의 직원들이 일본어로 무슨 말을 하는지 전부 알고 있었던 것이다.

터너 앞에서 자신은 어떤 이야기를 했을까? 다른 직원 중에, 터너가 일본어를 못 하는 줄 알고 모욕적인 말을 한 사람은 없었을까?

이런 맙소사…!

터너는 바이유를 데리고 회의실을 빠져나갔다. 그는 나가기 전에 딱 한 번 다다오미를 돌아보았다.

그리고 오른손을 입가로 가져가 입술에 지퍼를 채우는 듯한 몸짓을 했다.

닥치고 있으라는 명령이었다. 그가 일본어를 할 수 있다는 것? 아니면 인원 감축 문제에 대해?

어느 쪽이든 간에 지금 다다오미는 명백한 협박을 받았다. 아니, 저주 같은 것에 걸린 게 틀림없다. 이런 이야기를 어디 가서 할 수 있을 리가 없다.

자연스레 무거워진 입술을 간신히 비집어서 크게 심호흡했다. 아무도 없는 회의실에서 무겁게 울리는 숨소리가 그의 양어깨를 내리눌렀다.

"크로스셀을 도입해요?"

지도리 스미레는 면을 입에 넣은 채 되물었다. 매우 단정치 못한 대꾸였지만, 사카키바라는 신경 쓰지 않고 야채 탄멘을 후루룩 빨아들였다.

"크로스셀… 이면 주력 상품에 다른 연관 상품을 끼워 넣어서 판매하는 거잖아요."

"오오, 지도리. 잘 아는데?"

"대학교 때 배웠어요. 햄버거를 사러 온 손님에게 '감자튀김이랑 음료수를 함께 드시는 건 어때요?'라고 권하는 것도 일종의 크로스셀이라는 걸요."

"그래. 그걸 우리도 도입한다는군. 이걸 봐봐."

사카키바라가 가방에서 A4용지에 인쇄된 자료를 꺼냈다. PPT 자료를 그대로 인쇄한 내용이었는데, 한눈에 봐도 하나모리의 영업부에서 만든 자료는 아니었다. 그래프의 디자인부터 폰트 선택에 이르기까지, '우리는 획기적인 생각을 하는 사람들이다'라는 자부심이 묻어나는 듯했다.

스미레가 자료를 넘겨보는 동안 사카키바라는 탄멘 그릇을 비웠다. 스미레도 면이 불어버리기 전에 먹어버리려고 젓가락을 움직이며 자료를 읽었다.

이 가게의 야채 탄면은 맛있지만 양이 너무 많아서, 사카키바라는 자기가 교육을 맡은 신입을 반드시 여기로 데려왔다. 스미레도 영업부에 배속된 직후에 여기서 야채 탄멘 신고식을 치렀고, '네 동기인 사토와 야마베는 울먹이면서 다 비웠거든?' 이라는 압박을 받으며 전부 먹어 치웠다. 사카키바라는 여자 직원이 그릇을 다 비울 거라고 생각 못 했는지, '제법이네' 라며 눈을 동그랗게 떴다.

입사 직후에 똑같은 신고식을 경험한 후배인 시바는 '그건 완전히 가혹행위 아닌가요?' 라며 잔뜩 찡그린 얼굴로 투덜거렸다. 그러고 보면 직장 내 갑질이나 다름없는 짓이긴 하다.

"쉽게 말해 우리 상품을 사주는 고객에게 플러스알파로 블루아 제품을 구매하도록 유도하겠다는 거죠? 어떤 판매 전략을 세울 수 있을지, 고객 리스트를 검토하고 타겟층을 설정해야 할 테고요."

"하나모리 비누를 쓰는 집에서 블루아의 독한 향이 나는 세제를 같이 살 리가 없잖아. 안 그래?"

"그렇게 이야기하면 더 할 말은 없지만, 그렇지 않을 가능성을 찾기 위해 두 회사의 고객 리스트를 대조해서 새로운 가능성을 모색한다는 게 아닐까요?"

블루아 하나모리의 영업부에서는 하나모리와 블루아가 각자의 구역을 사수하려는 듯이 따로 분리된 채 업무를 보고 있었다. 자료에서는 그걸 슬슬 하나로 묶으려는 속셈이 엿보였다. 크로스셀 도입을 위한 지원 체제와 새로운 팀 편성까지 명기되어 있었다.

"사카키바라 씨, 마지막 페이지는 왜 펜으로 마구 칠해진 거예요?"

페이지 일부가 무슨 이유인지 볼펜으로 지워져 있었다. 신경질적으로 선을 마구 그었다는 게 느껴지는 필적이었다. 스미레는 종이를 뒤집어서 반대쪽으로 비춰보며 "열받는 내용이라도 적혀 있었어요?" 라고 말했다.

"최근의 하나모리는 다운셀에만 의존하는 경향이 있었다나 뭐라나, 그런 무례한 말이 써있더군."

"아, 정말이네."

고객에게 다양한 장점을 내세워 원래 희망하던 상품보다 상위의 제품을 구매하도록 유도하는 판매 방법이 업셀이다. 다운셀은 그 반대로 희망하던 상품보다 하위의 저렴한 제품을 구매하도록 유도하는 것이다. 직접적인 이익보다는 거래처에서 주문을 따내고 경쟁사로 넘어가지 않도록 방지하기 위한 판매 전략이었다. 확실히 지난 몇 년은 신제품이 몽땅 실패한 탓에 그런 경향이 두드러졌다.

다시 말해 하나모리 비누의 경쟁력이 약해졌다… 아니, 약해지고 있었다는 증거이리라.

"음… 그러니까 아픈 곳을 찔린 게 열 받아서 펜으로 마구 칠해버렸다는 거네요."

"지도리는 꼭 중요할 때 블루아 편을 들더라?"

"편을 드는 게 아니라, 생각나는 대로 말한 것뿐인데요. 제가 전에는 안 그랬나요?"

매수 전이었다면 같은 말을 해도 '이 자식, 또 건방지게 구네' 정도로 넘어갔으리라.

사카키바라의 불평(주로 블루아에 대한)이 시작되었기에 아직 시간

여유가 있음에도 이제 슬슬 가봐야 한다고 재촉해서 가게를 나왔다. 음식값은 당연히 사카키바라가 계산했다.

오후에 방문할 곳은 스미레가 담당하는 카밀레 드럭이라는 체인점의 본사였는데, 원래는 사카키바라가 담당하던 곳이다. '그쪽 담당자가 여자로 바뀌었으니까 우리도 여자로 바꾸자' 라는 단순한 이유로 이어받은 곳이지만, '아카이시 부장님께 가끔은 인사하러 가고 싶거든' 이라며 사카키바라가 함께 갈 때가 있었다. 회사 차량도 사카키바라가 운전해주니까 옆에 앉아있기만 하면 되고 점심값도 굳어서 의외로 좋은 일만 가득했다.

매수 이후에 처음 본다는 사카키바라와 부장의 대화가 길어졌지만, 간신히 예정된 시간에 회사를 빠져나올 수 있었다.

"회사로 복귀할 거지? 난 나온 김에 이케조에 약국의 세타 씨를 만나러 가야 해서. 그 근처에서 내려줘도 되지?"

사카키바라는 10분 정도 운전하다가 스미레를 역앞 사거리에서 내려주고 거래처로 향했다. "감사합니다~" 하며 고개를 꾸벅 숙이자 운전석 밖으로 무심하게 손을 흔들었다. 그런데 그렇게 손을 흔드는 시간이 다른 상사들보다 2초 정도 길다. 게다가 '그 근처에서 내려줘도 되지?' 라고 말하면서도 반드시 이동하기 편리한 역 앞에 내려주었다. 성가신 성격이긴 해도 결코 나쁜 사람은 아니었다.

물론 그걸 깨닫기까지 계속 옆에 붙어 있는 게 여간 힘든 일이 아니므로 후배들에게 권할 수는 없는 일이다.

전철로 다카다노바바까지 가서 회사로 복귀하자 영업부 직원들은 거의 외근 중이라 몇 명밖에 남아있지 않았다.

"시바, 수고가 많아."

상사들이 없는 시간을 골라 사무 작업을 하러 돌아온 걸까? 시바가 스미레 자리 뒤에서 엑셀 화면을 노려보고 있었다.

"지도리 씨, 사카키바라 씨와 같이 나가신 거 아니었어요?"

"이케조에 약국에 인사하러 간다고 해서 중간에 헤어졌어."

사카키바라가 돌아오지 않는 걸 알고 안심한 걸까? 등 뒤에서 들려오는 키보드 소리가 조금 느긋해진 것 같았다.

"저기, 시바. 크로스셀을 도입하고 새로운 팀을 편성할지도 모른다는 얘기 들었어?"

아마 그는 모를 거라고 생각하면서도 미확인 메일을 한 통씩 열어보며 물어보았다. 예상대로 못 들었다는 대답이 돌아왔기에 사카키바라가 보여줬던 자료의 내용을 간단히 설명해주었다.

"아무렴 어때요? 크로스셀을 하든 뭘 하든."

"어, 의외로 긍정적이네. 역시 젊은 친구."

"지나치게 부정적인 말은 긍정적으로 들릴 수도 있는 거죠."

자연스레 독설을 내뱉는 갈색 버섯 머리를 보며 살며시 물어보았다.

"시바는 아직도 기대하는 마음이 남아있어?"

"뭘요?"

"이번 매수로 회사가 바뀌는 거. 아직도 기대하고 있나 싶어서."

"그야 기대는 하죠. 계속 이 모양일 거라고 절망했던 직장이 마침 매

114

수 덕분에 바뀔지도 모르는데요."

"우와, 거침없이 말하네, 시바 군."

"아저씨들 비위나 맞추면서 나이를 먹고 싶진 않으니까요."

시바가 그렇게 말하면서도 주변을 경계하는 게 보였다. 일단 스미레가 그 발언을 사카키바라에게 일러바치진 않을 거라고 믿는 눈치긴 했다. 후배가 불만도 털어놓지 않게 되는 게 가장 위험하다는 걸 절실히 깨닫는 순간이었다.

"역시 그렇게 생각하는 젊은 직원들이 많으려나?"

"젊은 사람 말고도 많지 않을까요? 지도리 씨는 하나모리가 그렇게 좋은 회사라고 생각하세요?"

"그럴 리가. 융통성도 없고 폐쇄적인, 전형적인 일본 회사라고 생각하지."

사카키바라나 그 윗세대의 직원들이 힘든 업무를 수행하며 지금의 하나모리 비누를 만들었다는 건 스미레도 잘 알았다. 그들이 자신들에게 편안한 환경을 만들고 싶어하는 것도 당연했다.

다만 그 결과 베테랑에겐 편한 대신 젊은이들은 불편한 상황이 되어버리고 말았다. 스미레도 사카키바라와 시바 중에선 시바에 가까운 나이였다. 시바의 말도 이해가 된다. 정말 잘 이해가 된다.

"그래도 지도리 씨는 의외로 윗자리에 앉은 아저씨들하고도 잘 지내시잖아요?"

"잘 지낸다고 그 사람들이 하는 말에 뭐든 찬성하는 건 아냐. 지금도 매수 후에 사무실 분위기가 너무 안 좋아서 견디기 힘들 정도거

115

든."

그렇게 말하며 PC로 사내 메신저를 실행시켰다. 사내 소통 분과회… 는 조금 기니까 스미레가 멋대로 '사소 분과회'라고 이름 붙인 단체 채팅방이었다. 견적이라도 내고 있는지, "아~ 어떡하지?" 하는 시바의 신음 소리를 들으며 방금 들었던 생각을 솔직하게 써내려갔다.

'이렇게 된 이상 '지금부터 회사가 이렇게 좋은 방향으로 바뀔 겁니다!' 라고 어필하는 방법밖에 없지 않을까요? 이번 매수를 통해 무언가가 바뀔 거라고 내심 기대하는 사람들에게 하나모리의 변화를 약속하는 것 말고는 회사 분위기를 좋게 바꿀 방법이 없는 것 같아요.'

아이디어가 떠오르면 뭐든 채팅방에 적으라는 다다오미의 말을 떠올리며 기세 좋게 올려본 건데, 의외로 반응은 빨리 나타났다.

처음엔 바이유가 '저도 그렇게 생각합니다' 라고 간결하게 동의했고, 그 몇 분 뒤에는 다다오미가 '불안감을 뛰어넘는 메리트를 제시할 수밖에 없겠죠' 라고 적었다. 묘하게 경직된 분위기가 느껴지는 말투였기에 심각하기 그지없는 얼굴로 키보드를 두드리는 다다오미의 얼굴이 떠올랐다.

🏃

"날 전혀 못 믿는 건가."

시바 교이치가 자기도 모르게 중얼거렸다. 다행히 같은 영업부 선배인 지도리가 자리를 비워서 근처에는 아무도 없었다.

시바가 작성한 견적서를 메일로 확인한 상사는 '실수가 없도록 꼼꼼히 확인해봐' 라며 마치 입사 1년 차 신입에게 주의를 주는 듯한 답신을 보냈다. 급한 용무라 '서둘러 확인 부탁드립니다' 라고 덧붙였는데, 거래처나 고객한테도 서둘러 확인하라고 재촉할 거냐는 트집까지 잡혔다.

그런 실수를 대체 누가 한단 말인가? 진심으로 자신을 고작 그 정도로밖에 생각하지 않는 걸까? 물론 한 번의 실수도 없었던 건 아니지만 이 사람은 자신을 조금도 신뢰하지 않는다는 게 드러나는 말투였다.

승인받은 견적서를 혹시 몰라 한 번 더 확인한 다음 인쇄 버튼을 눌렀다. 입사 3년 차인데도 견적서 하나도 상사의 확인 없이는 거래처로 제출할 수 없었다. 모든 행동에 허락을 받아야만 한다는 건 은근히 스트레스였다.

이럴 때는 속았다는 생각이 든다. 취업 활동에 한창이던 무렵, 취업 설명회와 면접 시험을 찾은 학생들을 상대하는 건 전부 총무부 직원들이었다. 다들 온화한 태도에 학생들에게도 정중하게 대했다.

취업 설명회에서의 질의응답과 시바의 1차 면접을 담당한 총무부의 마시바 다다오미는 특히 그랬다. 다다오미는 영업직을 희망한다고 말한 시바에게 '신입일 때는 선배와 딱 붙어서 업무를 배워나가게 돼요. 신입 교육은 정중한 편이라고 생각합니다' 라고 미소로 설명했다.

정중? 교육을 담당하는 상사가 있긴 하지만 잡심부름이나 떠맡길 뿐, 영업이라는 게 구체적으로 어떤 것인지 전혀 감을 잡지 못한 1년 차였다. 그런 주제에 갑자기 마음이 바뀌었다는 듯이 '언제까지 대학생 같은 기분으로 일하지 마'라면서 제대로 된 업무를 배우지도 못한 그에게 새 제품 설명회의 내용을 제안해보라는 지시를 내렸고 영업부 회의에서 직접 프레젠테이션까지 하게 되었다. 결과는 비참했다. 어떨 때는 '신입은 닥치고 보기나 해' 라고 했다가, 또 어떨 때는 '신입도 좀 더 의견을 내봐' 라고 이랬다저랬다 하니 어느 장단에 맞춰야 할지 알 수 없었다.

전에 물비누의 리뉴얼을 검토하는 자리에 함께 참가했던 연구개발부의 젊은 선배도 비슷한 고생을 하는 것 같았다. 최근엔 바쁜 것 같아 거의 연락하지 못했지만, 꽤 오래전에 '선배가 출산 휴가로 쉬자마자 업무가 늘어나서 죽겠어' 라는 불평을 했다.

결국 취준생 시절에 본 '하나모리 직원'은 총무부 쪽 사람이었고, 그들은 하나모리의 상품을 만들거나 팔지 않는다. 회사 설명회와 면접 시험에서 접한 그들이 입사 후에도 상사가 되는 건 아니었다. 입사해 오면 당연한 일인데도 당시에는 전혀 몰랐던 게 너무 안일했다는 생각이 들었다.

최종 면접에서 마주친 부장과 과장이 묘하게 고압적인 태도를 보였을 때 눈치챘어야 했다. 난감한 질문을 받았을 때의 대처를 보려고 일부러 그런 거라는 낙관적인 생각은 하지 말았어야 했다.

이제와서 그런 후회를 해봐야 늦었지만 말이다.

시바는 대형 프린터 앞에서 휴우, 하고 한숨을 쉬었다. 견적서 인쇄는 좀처럼 끝나지 않았다.

'수신 중'이라고 표시된 모니터를 손끝으로 툭툭 두드렸을 때, "저기요"라는 목소리가 들렸다. 시바는 그게 자신에게 한 말이라는 걸 알아챌 때까지 조금 시간이 걸리고 나서야 천천히 얼굴을 들었다.

"전 블루아에서 온 박소영이라고 하는데요."

항상 창가 쪽 테이블에서 일하던 영업부 여자 직원이었다. 몸집이 꽤 작았고 무슨 일인지 태블릿으로 얼굴을 가리듯 하며 시바 옆에 서 있었다. 마치 프린트 순서를 기다리고 있을 뿐이라는 걸 어필하려는 듯이.

"영업부의 시바라고 합니다. 우리, 비슷한 나이죠?"

블루아 쪽 직원과는 제대로 대화해본 적이 없지만 분위기를 통해 비슷한 또래라는 걸 알 수 있었다. 머리 모양과 치크 색상이 누가 봐도 젊은 층의 유행을 따르고 있다.

"비슷한 나이인 것 같아서 말을 걸어볼 기회를 엿보고 있었거든요."

태어난 해를 서로 확인하자 정확히 동갑이었다. 하나모리 영업부에는 동기가 없고 나이 차이가 가장 적게 나는 선배가 지도리였기에 사무실에 비슷한 또래의 여자가 있다는 게 신기한 느낌이었다.

대학 시절만 해도 또래의 여자들과 이야기하고, 놀고, 공부하고, 뭔가를 계획하는 게 당연했는데 말이다.

"블루아에서 파견된 동갑인 친구가 한 명 더 있는데, 다음에 우리끼리 식사라도 하지 않을래요?"

사회인이 된 뒤부터 술자리는 질색이었다. 상사와의 술자리를 젊은 직원이 즐길 수 있을 리 없다. 계속 눈치 보고 신경 쓰면서 아저씨들의 재미도 없는 자기 자랑과 무용담을 열심히 들어줘야 했다. '저도 배울 점이 많네요' 라고 굽실거리다가 잔소리가 시작되면 진지한 표정으로 경청하는 척을 한다.

하지만 '넌 왜 술 따르는 법도 모르냐', '사내자식이 술도 못 마시냐', '재밌는 개인기도 없냐— 그런 말을 들으면서 순수하게 '배울 점이 많다고' 생각하는 인간이 있다면, 그 녀석은 언젠가 그와 똑같은 상사가 될 게 뻔하다.

"좋죠."

그래도 대학 시절엔 술자리를 좋아했다. 동아리나 학과 친구들과 함께하는 술자리는. 매일 마셔도 즐거울 정도였다. 술을 잘 못 해도, 싸구려 체인점 이자카야에 가도 즐거웠다. 입사한 지 얼마 안 됐을 때는 대학 친구들과 술을 마시기도 했지만, 2년, 3년차가 되자 다들 자기 할 일이 바빠서 만나는 빈도가 줄어들었다.

무엇보다도, 다른 녀석들은 다들 즐겁게, 매일 보람차게 일하면 어쩌지— 그런 한심한 생각까지 하게 되었다.

"이 근처에 괜찮은 가게 알아요? 제가 한 번 찾아볼까요?"

"신오오쿠보에 맛있는 떡볶이집이 있거든요. 한국에서 먹던 거랑 똑같은 맛이에요. 혹시 매운 거 싫어하시면…."

"저도 한국 요리 좋아합니다. 거기로 갈까요?"

소영은 나쁜 짓이라도 꾸미는 양 주변을 경계하며 소곤거렸다.

"그럼 조만간 연락드릴 테니까 일정 맞춰봐요." 그 말만을 남긴 채 종종걸음으로 다시 블루아 쪽 진지로 돌아갔다.

같은 회사 안에서 진영이 이렇게 명확히 나뉘는 것도 참 이상한 이야기다.

만약 방금 대화를 하나모리 쪽 상사들이 알게 되면 배신자 취급을 받게 될까? 같은 편으로 신뢰받는 느낌은 조금도 못 받고 있지만 말이다.

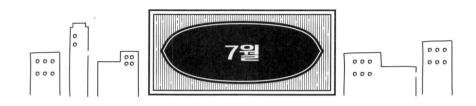

Day 100—매수 이후의 100일이 길었냐 짧았냐를 따진다면, 분명 짧았다. 마시바 다다오미는 특히 그렇게 느꼈다. 하지만 매수 소식을 처음 들었던 날을 떠올려보면 마치 2, 3년 전의 일처럼 느껴졌다.

Day 100을 기념하는 보고회는 다카다노바바역 근처의 이벤트 홀에서 열렸다. 단순한 보고회라면 회사 회의실에서 각 부서의 대표자를 모아놓고 하면 되지만, Day 100의 보고회는 '하나모리 비누와 블루아가 확실히 하나가 되었다'라는 점을 대내외적으로 공표하는 이벤트기도 했다.

따라서 어느 정도 화려하고 대대적인 행사가 되어야만 했다. 200명까지 수용 가능한 대회의실을 빌렸는데 꽤 많은 인원이 모여주었다. 블루아 측의 강한 요청으로 직접 참석하지 못한 직원들을 위한 온라인 중계까지 하게 됐지만, 그걸 보는 사람이 과연 몇이나 될까?

다다오미는 사회석에서 진행표를 노려보며(보고회 운영은 당연히 사무국이 담당했으므로 다다오미는 필연적으로 사회를 떠맡게 됐다) 그런 생각을 하고 있었다.

무대 위에서는 조달부 부장이 하나모리와 블루아가 자재와 원료를 공동으로 구매하기 위한 공동 조달 센터를 설립한다는 내용을 발표하고 있었다. 하나모리의 기존 거래처를 정리하겠다는 거나 마찬가지라서 분과회에서도 상당한 반발을 샀던 제안이지만, 인연이 오래된 몇몇 거래처를 남기는 조건으로 무리하게 통과시킨 모양이다. 스크린에 표시된 PPT 자료에서도 강행 처리된 느낌이 묻어났다.

자재와 원료의 공동 구입에 따른 비용 절감은 사무국이 처음 발족되었을 때부터 기대하던 단기 성과 중 하나였다. 조달부의 신임 부장은 블루아에서 파견된 직원이니까 상당한 압박감 속에서 간신히 성과를 낸 것이리라.

"그럴 듯해 보이네요."

옆에 앉아있던 바이유가 사회석의 마이크가 꺼져 있는 것을 확인하고 불쑥 중얼거렸다. 살짝 피곤해 보이는 눈동자에 스크린의 색이 희미하게 반사되었다.

"공동 조달 센터 건립이라는 결과를 냈잖아. 다른 분과회에 비하면 우등생이야. 조달부가 그럴 듯한 성공 사례를 보여주지 않았다면 어떻게 됐을지…."

발표를 마친 조달부 부장이 무대에서 내려오고 제조부 쪽 사람이 올라왔다. 보고는 '업무 삭감량 목표를 설정하여 업무의 효율화를 꾀

하겠다'라는 간단한 내용으로 끝났다.

이어서 등장한 영업부도 사정은 비슷했고, '크로스셀 도입과 새로운 팀 체제 구축, 한 팀이라는 일체감 창출을 목표로 한다'라며 어디까지나 목표를 이야기하는 데 그쳤다. 심지어 연구개발부는 그것조차 없었고, '기술 축적 상황이나 진행 중인 프로젝트를 공유 중입니다'라며 사실 그대로의 보고만으로 끝나고 말았다.

"자, 마지막으로 그럴 듯한 보고를 하고 와야겠군."

다다오미는 넥타이를 고쳐 매며 자리에서 일어섰다. 바이유가 "잘하고 오세요"라며 격려해 준 뒤, 마이크에 대고 "마지막으로 총무부의 마시바 다다오미가 재무·인사·사내 시스템 등의 분과회 성과 보고를 발표하겠습니다"라고 안내 방송을 했다. 원래는 하마나가 나서야 하는 자리지만 좋은 말로 구슬려 떠넘긴 것이다.

무대 위로 올라가자 회의장 의자에 앉은 직원들의 얼굴이 잘 보였다. 아는 얼굴도 꽤 많았지만, 성과 보고가 미흡했던 영업부와 연구개발부의 직원은 유독 적었다. 블루아 측 직원들은 그나마 많이 참석한 것 같지만, 영업부의 경우 하나모리 쪽 사람은 고작 몇 명뿐이었다.

지도리 스미레의 모습이 보였다. 자기 일처럼 긴장하는 그녀의 시선을 느끼며 잠깐 헛기침을 한 뒤 연단 위의 노트북 PC를 조작했다.

"총무부 관련 각종 분과회 결과를 간단히 보고드리겠습니다."

준비해둔 자료를 스크린에 표시했다. 만약 하나모리 비누의 내부 보고회였다면 총무부의 이야기에는 아무도 귀를 기울이지 않았을 테지만, 다다오미가 새로운 재무관리 시스템의 구축 상황과 내부 통제를 위한 보고 플로차트의 정비 스케줄, 새로운 인사 규정, 사내 시스템의 개요를 설명할 때마다 회의장의 분위기가 팽팽하게 긴장되었다. 인사와 급여 조정에 관해 이야기할 때는 특히 그랬다.

"블루아 하나모리의 급여 체계는 모회사인 블루아와 마찬가지로 베이스급+인센티브의 형태로 연봉을 계산합니다. 베이스급은 기존 하나모리 비누에서의 기본급에 해당하고, 각자의 등급에 따라 산출됩니다. 인센티브란 성과에 따라 지급되는 특별 보수를 말합니다."

분과회에서 제출된 자료를 인용해서 이야기할 뿐인데도 '등급'이라는 단어에서는 심한 위화감이 느껴졌다.

여기서 말하는 등급이란 직원의 역할과 업무 능력을 토대로 각 개인에 대한 회사의 기대치를 나타낸 것이다.

하나모리 비누의 급여 체계는 일본 기업답게 근속 기간을 토대로 직원 개인의 능력에 따라 산출되었다. 쉽게 말해 거의 연공 서열로 정해지는 급여였다.

'등급'이라는 사고방식은 근속 기간이 '회사의 기대치'로 바뀐 것뿐이지만, 그것이 '등급'이라는 단어로 표현되면서 기묘한 혐오감을 불러일으켰다. 마치 고기와 쌀, 야채의 품질을 평가하는 것처럼 느껴졌으니까.

회의장을 둘러보자 험악한 표정을 짓는 직원들이 여기저기 보였다. 베이스급과 인센티브라는 낯선 단어를 사용하는 것부터 일단 거슬릴 것이다. 온라인에서 지켜보는 직원들은 과연 어떤 반응을 보일까?

"그래서 결국, 하나모리 비누 쪽 직원들의 급여는 지금까지와 똑같습니까? 아니면 낮아집니까?"

"지금까지의 내용 중에서 혹시 질문이…" 까지 말했을 때 기다렸다는 듯 손을 드는 직원이 있었다. 제조부 쪽 직원이었다.

"급여 체계 자체가 새롭게 바뀌니까 올라갈 가능성도, 떨어질 가능성도 있겠죠."

다다오미는 분명하게 대답했다.

"등급, 베이스급, 인센티브의 금액은 각 부서의 부·과장에 의한 조정과 직원 개인의 성과 보고, 상사와의 면담을 거쳐서 통합적으로 산출됩니다. 기존 하나모리 비누의 직원이라는 이유만으로 급여가 내려가는 일은 없습니다."

…정말 그렇다면 좋겠지만. 목구멍까지 올라오는 말을 도로 삼키며 다음 질문에 대답했다.

쉽게 말해 지금까지는 근속 기간이 곧 회사에 대한 공헌도와 동일시되었지만, 앞으로는 회사에 구체적으로 얼마만큼의 이익을 가져다주었는지로 바뀌는 셈이다. 베테랑이지만 낮은 등급으로 조정되어 베이스급을 낮게 받는 직원도 있을 수 있다. 반대로 입사한 지 얼마 안되지만 상사보다 높은 베이스급을 받는 직원도 나올 수 있었다.

그렇게 되었을 때, 회사의 분위기는 어떻게 될까? 상상하는 것만으로 옆구리 쪽에 한기가 돌았다.

다행히 그에 대한 질문은 나오지 않았다. 아무래도 다른 직원들 앞에서 '내 급여가 신입보다 낮아질 수도 있는 거야?!' 라고 물어볼 수 있는 직원은 없었으리라.

"재무·인사·사내 시스템 등의 분과회 보고를 이상으로 마치겠습니다. 새로운 사내 시스템과 인사 규정의 운용 과정에서는 많은 문제와 맞닥뜨릴 수밖에 없지만, 새로운 블루아 하나모리로서 잘 대처해나가며 여러분과 협력해나가자는 것이 분과회의 공통된 의견입니다. 앞으로도 부디 잘 부탁드리겠습니다."

깊게 허리를 숙이자 정수리 근처로 날카로운 시선이 느껴졌다. '새로운 블루아 하나모리 좋아하시네' 라는 눈빛으로 다다오미를 노려보는 사람이 있었다. 어차피 총무부 업무는 어느 회사든 똑같으니까, 저 녀석들은 하나모리 직원이라는 자긍심이 없지. 그런 눈빛이었다.

"고생 많으셨습니다."

바이유가 사회석으로 돌아온 다다오미에게 살짝 고개를 숙였다. 휴우, 하고 한숨을 쉰 다음 발밑에 놓아둔 페트병의 물을 한 모금 마셨다.

"블루아 하나모리로서 전진해나가는 느낌이 나름대로 잘 연출됐어야 할 텐데."

"터너 사장님의 눈에 어떻게 비칠지는 아무도 모르는 거겠죠."

바이유의 시선은 무대 건너편의 사무국 멤버들이 앉은 긴 테이블을 향했다. 그곳에는 당연히 블루아 하나모리의 사장인 터너의 모습도 보였다.

"바이유, 그런데 넌 오늘 사장님 옆에서 통역해야 하는 거 아냐?"

"분과회에서 제출된 보고서는 전부 읽어봤으니까 필요 없으시다고…"

"그 말을 영어로 했어?"

"물론 영어였습니다. 그때 이후로 일본어는 한마디도 안 하셨어요."

터너가 일본어를 할 수 있다는 사실은 블루아 내부에서도 아는 사람이 없는 것 같았다. 일본어로 인원 감축 가능성을 내보인 이후로 바이유에게조차 아무 일도 없었던 것처럼 영어로 이야기할 줄이야.

"…무섭군."

"통역을 하는 제가 가장 무섭죠. 터너 사장님의 거친 언행을 정중한 일본어로 고쳐 말했던 것도 전부 알고 계셨던 거니까요."

그런 속내를 알 수 없는 남자가 '블루아 하나모리로 합병될 마음이 없다면 하나모리 비누 쪽 인원을 감축할 수밖에 없다'라고 말했다. 그는 오늘의 보고회를 보고 인원 감축에 대한 판단을 내릴지도 모른다.

그걸 막기 위해 '블루아 하나모리의 새로운 체제가 갖춰져 나가고 있다'라는 인상을 줄 수 있도록 각 분과회의 보고서와 씨름하며 보고회의 발표 순서까지 철저히 고민했다. 새로운 시스템 도입이 어느 정도 정리된 총무부 관련 보고를 맨 마지막으로 뺀 것도 마무리를 그럴 듯하게 하면 괜찮게 넘어갈 수도 있다는 생각에서였다.

사무국 멤버인 임원이 각 분과회에 대한 치하의 말을 꺼냈다. 지난번 미팅에서 "큰 위기감을 느낍니다"라고 말한 여자 임원이었다. 보고회가 나쁘지 않게 끝나서인지 그녀의 옆얼굴에서 희미한 안도의 표정이 엿보였다.

그녀와 교대하듯이 터너가 무대에 올랐다. 바이유가 '내가 통역하러 가는 게 무슨 의미가 있나' 하는 얼굴로 마이크 스탠드를 들고 무대로 올라갔다.

머리 위로 조명을 받은 터너의 머리카락은 색이 바래지며 하얗게 빛나는 것처럼 보였다. 평소처럼 웃고 있어서 더욱 무서워 보였다.

터너가 표정을 유지하며 영어로 말하기 시작했다. 바이유가 조금 떨어진 곳에서 그걸 일본어로 통역해나갔다. 조금 전의 임원과 마찬가지로 각 분과회에 대한 치하의 말로 시작해 참가해준 직원들에게 블루아 하나모리로서 새로운 체제가 갖춰져 나가고 있음을 선언했다.

분위기가 바뀐 건 바로 그 직후였다.

영어 자체는 제대로 들리지 않았지만, 마이크 앞에 선 바이유의 뺨이 경직되더니 천천히 터너 쪽을 돌아보았다. 영어를 알아듣는 직원도 있었으므로 회의장에 약간의 동요가 번져나갔다.

터너가 바이유를 보며 영어로 '빨리 일본어로 통역해'라고 재촉한 것 같았다. 바이유가 머뭇거리며 입을 열었다.

"블루아 하나모리로서의 신제품 개발을 명령한다…"

분명한 일본어로 전달되면서 동요가 크게 번졌다. 회사에서 온라인 중계를 보던 직원들도 PC 앞에서 "뭐어?"라고 중얼거렸을 게 틀림없다. 사무국 멤버들조차 눈을 껌뻑거렸다. 당황하지 않는 건 평소에도 자기 페이스를 잃지 않는 하마나 정도였다.

"이건 연구개발부뿐만 아니라 모든 부서에게 '실패가 용납되지 않는 임무'가 될 것이다."

바이유는 자기가 무슨 말을 하는 건지 모르겠다는 얼굴이었다. 평소엔 여기서 바이유 나름대로 정중한 일본어로 바꾸는 작업이 들어가지만, 오늘은 그럴 여유조차 없었다. 복화술에 쓰이는 인형처럼, 터너가 말한 영어를 일본어로 옮겨나갈 뿐이다.

"신제품 발매는 내년 4월 1일. 블루아 하나모리의 1주년에 맞춰 대대적으로 발표한다. 모든 직원이 힘을 모아 각자의 미래와 경력을 위해 노력하도록…."

길고 긴 침묵 끝에, 바이유가 간신히 말을 맺었다.

"…라고 하십니다."

다다오미는 터너의 옆얼굴을 구멍이 뚫릴 만큼 노려보았다. 정말 구멍이 뚫려서 이 남자가 사라졌으면 좋겠다는 생각까지 했다.

다다오미의 마음속 목소리가 들린 것일까? 눈을 짧게 깜빡인 터너가 이쪽으로 시선을 돌렸다. 그리고 미소조차 짓지 않고 곧바로 무대에서 내려왔다.

불과 몇 초 만에 벌어진 일인데도 목구멍 안쪽이 죄어들 듯 아팠다. 이런 어설픈 '마무리'로 날 속일 수 있을 거라 생각했나? 그런 비웃음이 들려오는 듯했다.

매수 사실을 알게 된 그날부터 계속 뇌리를 맴돌았고, 무시할 순 없어도 계속 외면해온 '인원 감축'이라는 네 글자가 선명한 윤곽과 무게로 다다오미 앞에 자리 잡았다. 터너의 '각자의 미래와 경력을 위해'라는 말에는 그 뜻이 노골적으로 담겨 있었다.

어금니가 서서히 아파오고, 혀의 뿌리 부분에서 쓴맛이 번졌다.

"위험하군."

터너가 자리로 돌아갈 때까지 손을 들고 질문하는 사람은 없었다.

없었지만, 어둑어둑한 회의장에 모인 직원들의 술렁임은 몇 분 동안 멈추지 않았다.

"여러분, Day 100 보고회의 준비와 진행, 정말 수고 많았습니다."

다다오미의 감사 인사와 함께 총무부 직원들은 "수고하셨습니다!" 라며 손뼉을 쳤다. 보고회 준비를 사무국에서만(정확히는 다다오미와 바이유 둘이서만) 할 수 있을 리가 없고, 결국 총무부의 힘을 빌리게 되었다. 11명 밖에 없는 총무부가 총출동하여 어제부터 열심히 준비했던 것이다.

하마나가 자기 돈으로 사온 주스와 차, 바바 양과자점의 슈크림을 모두가 하나씩 들고 있는 것을 확인한 뒤, 바이유가 "주제넘지만 제가 먼저 건배 선창을 하겠습니다" 라며 진지한 얼굴로 주위를 돌아보았다. 총무부의 베테랑 직원 하세가와의 "다니엘 씨는 정말 일본어 잘하네" 라는 말에 보고회 중간부터 계속 딱딱하게 굳어 있던 그의 오른쪽 뺨이 많이 풀어졌다.

건배를 하고 모두가 일어선 채로 슈크림을 맛있게 먹었다. 큰 행사가 마무리되었는데도 모두의 얼굴에는 아직 당혹감이 서려 있었다.

"신제품, 개발할 수 있을까요?"

부서 내에서 젊은 축에 끼는 나루미가 모두를 대변하듯 입을 열었다.

"아무래도 힘들겠지?"

하세가와가 어깨를 으쓱거리며 말했고 다른 직원들도 힘들지 않겠

131

냐는 얼굴이었다.

"신제품 개발뿐만 아니라 급여나 인사 체계 같은 새로운 제도가 시작되니까 총무부도 한동안 바빠지겠어…."

다다오미는 그런 생각만으로 식욕이 사라져서 아직 입에 대지 않은 슈크림을 나루미에게 주었다.

"아, 그래도 급여 조정과 인사 조정 과정에 면담이 들어가서 잘됐다고 말하는 동기도 있었어요."

순식간에 슈크림을 먹어 치운 나루미가 두 번째 슈크림을 한 입 베어 물며 말했다. 자신의 급여와 인사 이동이 결정되는 과정에서 자기 의견이나 실적을 어필할 기회가 생긴 것이다. 그 점을 환영하는 젊은 직원들이 있다는 건 다행인지도 모른다.

"잔업 시간 삭감이나 업무 방식 개혁 같은 다양한 목표가 세워진다고 하니까, 그런 부분은 참 잘됐어요. 전에는 잔업 시간을 줄이려는 노력도 하지 않았으니까요. 아, 그리고 저는 디지털 청구서가 통과된 게 가장 기쁘네요."

월말에 충혈된 눈으로 청구서를 보내던 나루미가 떠올랐다. 다만 그 옆에서 하세가와가 "내가 전자 청구서를 제대로 활용할 수 있을지 모르겠네…"라고 걱정하는 걸 보면 그런 변화를 통해 업무가 얼마나 원활해질지는 미지수였다.

"부정적인 의견만 있는 게 아니라 다행이군요."

바이유가 겨우 한숨 돌렸다는 듯이 중얼거렸다. 다다오미도 "동감이야"라고 동의하려다가 그대로 입을 멈추었다.

사내 소통 분과회에서 홍보지를 발행하기로 결정한 지 한 달이 지났다. 일단 첫 호에서는 각 분과회에서 결정된 사항을 알기 쉽게 소개하고, 특히 인사와 급여 조정의 변경점이나 잔업 시간의 삭감을 비롯한 노동 환경 개선에 많은 지면을 할애했다.

그게 얼마나 효과가 있었냐고 묻는다면, 고작 한 달 만에 그럴 듯한 효과가 나올 리는 없다. 다만 그들이 할 수 있는 일은 이번 매수로 꼭 나쁜 일만 생기는 게 아니라는 분위기를 만들어 나가는 것 정도다.

"…그걸로 무조건 일하기 좋은 회사가 되는 것도 아닐 텐데."

자기도 모르게 작은 소리로 중얼거리고 있었다. 바이유가 "네?" 하며 고개를 갸웃거렸다.

"좋은 회사와 나쁜 회사의 기준은 사람마다 다르잖아. 이번 변화로 큰 문제가 터져 나오지 않으면 좋으련만…."

법률을 무시한 잔업 시간이나 악질적인 직장 내 갑질 같은 극단적인 예를 제외하면, '일하기 좋은 회사'의 기준은 사람마다 다르다는 걸 다오미는 오랜 총무부 근무를 통해 잘 알고 있었다.

아무리 깨끗해 보이는 물이라도, 그런 물에서는 살아갈 수 없는 물고기도 반드시 있는 법이니까.

"뭐, 블루아 하나모리로써 본격적으로 가동되는 지금부터가 더욱 힘들어질 거라는 점은 저도 동의합니다."

"게다가 백오피스 쪽 분과회에서 영 수상쩍은 제안이 나오기도 했고."

명확히 언급하지 않았지만 바이유는 뭘 가리키는지 알아들은 눈치

133

였다. 미간을 살짝 찡그린 그는 말없이 어깨를 으쓱거렸다.

인건비 절감을 위한 블루아 그룹 내 셰어드 서비스 활용——두 회사에 독립되어 존재하는 총무·인사·법무 등의 백오피스 업무를 한 곳으로 통합하여 공유하는 것이다. 업무의 효율성이 증대되고 많은 인원을 배치할 필요도 사라진다.

다다오미 본인도 출석했던 분과회에서 블루아 측이 그런 아이디어를 제안했다.

쉽게 말해 그것은 총무부의 인원 감축안이었다. 어른스럽지 못한 행동임을 알면서도 상대의 말이 끝나기도 전에 강한 어조로 반대 의견을 말했다.

블루아에서 바이유 한 명만 총무부로 파견한 것도, 백오피스 분과회를 블루아 일본 지사와 진행한 것도 셰어드 서비스 도입 검토 때문이었으리라.

총무부 부장으로서 분과회에 참가한 하마나가 분위기를 잘 몰아가서 간신히 저지할 수는 있었다. 그러나 터너가 사장 자리에 앉아 있는 이상, 언제 또 그런 논의가 나와도 이상할 게 없다.

다른 부서의 인원 감축에는 반발하는 목소리가 나올지도 모르지만, 총무부의 인원 감축안을 반대하는 사람은 없지 않을까? 오히려 찬성하지 않을까? 당연히 그런 두려움도 있었다.

이 사실은 다른 총무부 직원들에게 말하지 않았다. 굳이 사기를 떨어뜨릴 만한 사실을 알리고 싶지 않았다. 그러나 이러고 있는 지금도 그들은 의도치 않게 외줄 타기를 하고 있는 셈이다.

"…어쨌든 보고회는 무사히 끝났잖아. 월요일부터 분명 또 바빠지 겠지."

현역 시절에 자주 챙겨주었던 쓰치야가 부하 몇 명을 데리고 인사하러 왔다.

하나모리 비누 연구개발부의 은퇴자인 기리야마 가쓰미는 쓰치야를 응접실이 아닌 자기 서재로 안내했다. 토요일 오후의 기리야마 저택에는 가쓰미 외에 아무도 없었다. 아내는 제빵 교실인지 색연필화 교실인지에 갔고, 아들 부부는 토요일에도 나란히 출근했으며, 손자는 아르바이트였다. 다들 몇 시에나 돌아올지 알 수 없었다.

가쓰미는 머릿수만큼의 보리차를 서재로 옮겼다. 쓰치야 일행은 죄송하다는 얼굴로 보리차를 반쯤 들이키더니 철저히 변해버린 하나모리 비누의 현재 상황을 들려줬다.

40년 넘게 근무해온 회사가 외국계의 잘 알지도 못하는 회사에 매수된 지 몇 달이 지났다. 매수 뉴스가 TV에서 흘러나온 날, 가쓰미는 즉시 동기 은퇴자들에게 연락했다. 그러나 사정을 아는 사람은 누구 하나 없었고, 바로 이 쓰치야와 연락이 닿았던 게 그날 오후였다. '저희도 아직 뭐가 뭔지 잘…'이라고 당혹스러워하는 쓰치야를, 가쓰미는 '네가 모르면 어쩌자는 거냐!'라며 수화기 너머로 다그쳤다.

그 녀석이라면 뭔가 알지도 모른다는 생각에 옛날에 여러모로 보살

폈던 영업부의 사카키바라에게 연락했지만, 역시 영문을 모르겠다는 대답만 돌아왔다.

난 용납 못 해. 매수라니, 절대 용납 못 한다. 잔뜩 흥분한 채 주니어… 하나모리 마사쓰구의 자택으로 전화를 걸었다. 연락이 닿은 것은 다음다음 날이었고, 이미 쓰치야에게서 상세한 매수 내막과 4월부터 하나모리 비누가 블루아 하나모리가 된다는 보고를 받은 뒤였다.

『아버님의 회사를 팔아버리다니, 무슨 생각이냐! 네가 그러고도 사장이야!』

가쓰미의 말에 마사쓰구는 코웃음을 쳤다. 수화기를 통해 선명히 들리는 코웃음이었다.

『기리야마 씨, 절 사장으로 생각하지도 않으셨으면서 그런 말이 잘도 나오시네요?』

하나모리 비누는 마사쓰구의 아버지 하나모리 마사오가 창립하여 크게 발전시킨 회사였다. 회사의 역사 속에는 가쓰미의 이름이 선명히 남았고, 하나모리 비누 발전의 일익을 담당했다는 자부심도 있었다.

주니어, 즉 하나모리 마사쓰구는 대단한 실적도 없는 채로 총무부의 부장이 되었고, 이러니저러니 하는 사이 임원이 되었다. 그의 능력을 인정하는 사람은 아무도 없었다. 그 해에 입사한 직원들을 보면, 마사쓰구도 그렇고 지금은 총무부장이 된 하마나도 그렇고 기개도 근성도 없는 녀석들이 눈에 띄었다.

가쓰미도 '저런 방탕아가 사장이 되는 건 위험하다' 라는 생각을 평소부터 갖고 있었다. 그러나 사장은 '그 녀석도 때가 되면 정신을 차리겠지'라며 웃었다. 마사쓰구의 나이가 이미 마흔을 넘었는데도 말이다.

사장이 말한 '때'는 느닷없이 찾아왔다. 10년 전 쯤에 사장이 급사하면서 마사쓰구가 2대 사장으로 취임했다.

『주니어, 호부견자, 아무것도 할 줄 모르는 얼간이, 얼굴마담이나 시키면 된다. 그런 말을 들으면서 10년이나 사장 자리에 앉아 있던 게 대단하다고 생각하지 않으십니까?』

마사쓰구는 가쓰미에게 자기 할 말을 다 하던 사람이 아니었다. 항상 쭈뼛거리며 가쓰미나 다른 베테랑 직원의 안색을 살피듯 창백한 얼굴로 자신 없게 말하곤 했다. 그래서 영원히 진짜 사장이 될 수 없는 '주니어'라는 별명으로 불린 것이다.

애초에 대학 졸업 후에 하나모리 비누로 들어온 것도 언젠가 아들에게 사장 자리를 물려주길 원한 선대 사장의 폭주였다고 마사쓰구는 말했다. 하나모리에서 일하는 것도, 주니어라는 이유만으로 파격적인 승진을 거듭한 것도, 동기나 선배들의 싸늘한 시선을 받는 것도 전부 짜증 나서 견딜 수가 없었다고 말했다.

『비싸게 사줄 회사가 나타나서 다행이었죠.』

마사쓰구는 그런 말을 마지막으로 전화를 끊었다. '이런 불효자 놈 같으니라고!' 라는 가쓰미의 호통이 그에게 들렸는지는 알 수 없다.

그리고 하나모리 비누는 블루아 하나모리라는 이름으로 바뀌었다. 뿐만 아니라 간판 상품인 하나모리 비누의 존재를 지워버리려는 듯이 신제품 개발 프로젝트의 명령이 떨어졌다고 한다.

"기리야마 씨를 비롯한 은퇴자들이나 마사오 사장님의 뜻을 저버리는 짓은 절대 안 합니다. 저희가 반드시 하나모리 비누를 지켜낼 겁니다."

애송이일 땐 영 못 미더웠던 쓰치야가 각오를 굳힌 얼굴로 고개를 힘있게 끄덕거렸다. 함께 온 부하들도 똑같이 고개를 끄덕였다. 가쓰미는 자신이 남기고 온 것이 아직 회사 안에 살아있다는 사실이 자랑스러웠다.

그들은 블루아에 대항하기 위해 하나모리 비누의 리뉴얼을 검토하고 있었다. 오늘 방문한 목적도 가쓰미의 조언을 얻기 위해서였다.

서재에는 현역 시절에 축적된 실험 데이터와 상품 아이디어 자료가 대량으로 잠들어 있다. 은퇴 뒤에도 부하들이 이런 식으로 찾아와주니까 가쓰미는 그것들을 아주 소중히 보관하고 있었다.

바인더에 가득 꽂힌 자료를 꺼내 테이블 위에 펼쳐놓고 서로의 지혜를 교환했다.

"잘 들어라. 절대 블루아가 시키는 대로 해선 안 돼."

가쓰미는 그 말을 몇 번이고 거듭했다. 말할 때마다 부하들의 사기가 올라가는 것을 알 수 있었다.

은퇴한 뒤로 집에서는 할 일도 없고 하루가 무척이나 길었다. 하지만 이러고 있으니 연구개발부에서 일하던 시절로 돌아간 기분이었다. 그때는 하루가 24시간인 걸로는 부족했다. 30시간이나 40시간이면 좋겠다고 생각했다. 그런 시절이었다.

몇 시간 동안 충실하게 토의한 끝에 쓰치야 일행은 "많이 배우고 갑니다!" 라며 시원한 표정으로 돌아갔다.

그리고 곧 손자인 도모키가 돌아왔다. 등에 멘 커다란 사각 백팩에는 최근 거리에서 자주 눈에 띄는 음식 배달 회사의 로고가 그려져 있었다.

"다녀왔습니다."

짧게 말한 도모키가 그대로 2층으로 이어지는 계단을 올라갔다.

"그런 아르바이트나 하고 있고, 취직은 안 하냐? 취직은?"

집에서 할 일이 없을 때의 무료한 기분이 되살아나며 도모키의 뒤에다 대고 그런 말을 던졌다. 도모키는 걸음을 멈추지도 않고 "네에, 네에" 하고 노래하듯 대답하더니 2층으로 올라가버렸다.

서재로 돌아오니 수많은 자료가 테이블 위에 펼쳐진 채 남아 있었다. 쓰치야 일행에게 정리하지 말고 그냥 가라고 한 건 자신이지만, 견딜 수 없이 귀찮은 기분이 들었다.

제2부

인원 감축은
총무부부터?!

8월

이즈미사와 아오이는 회의실에 들어올 때부터 무거운 공기를 느꼈다. 회의가 시작되자 그 느낌은 더욱 심해졌다. 하나모리와 블루아 양쪽의 연구개발부, 영업부, 마케팅부(매수되었으니 이런 식으로 나눠서 부르는 것도 이상하지만, 그럴 수밖에 없다는 게 난감했다)가 같은 회의실에 있으니 화기애애한 분위기가 조성될 리는 없으리라.

게다가 그게 블루아 하나모리의 신제품 개발 회의라면 말할 것도 없다.

"이번 신제품 개발 프로젝트는 블루아와 하나모리 비누의 합동팀으로 진행합니다."

그렇게 선언한 사람은 새롭게 영업부 제너럴 매니저(GM)로 취임한 이케타니였다. 영업 사원다운 상쾌한 분위기와 묘하게 날카로운 미소가 특징적인 40대 남자였다. 물론 블루아에서 파견된 사람이다. 기존의 하나모리 비누에서 40대의 영업부장이면 상당히 젊은 편에 속한다.

Day 100 보고회 뒤에 새로운 인사가 발표되면서 대부분의 부서 수장 자리가 블루아 쪽 사람으로 교체되었다. 분과회 무렵부터 그럴 징조가 보였으므로 놀랄 일은 아니었지만, 막상 현실이 되니 정말 다른 회사가 되었다는 게 실감 났다.

"알겠습니까?"

이케타니가 연구개발부, 영업부, 마케팅부 직원들을 둘러보았다. 이케타니의 가늠하는 듯한 눈빛을 보며 힘있게 고개를 끄덕이는 사람은 절반… 이나 될까. 나머지 절반은 시선을 피하며 떨떠름한 얼굴로 대답했다.

회의실에 모인 직원들은 전부 15명. 연구개발부에서 6명, 영업부에서 5명, 마케팅부에서 4명이었다. 영업부의 과장(정식 명칭은… 매니저였을 것이다)인 사카키바라와, 연구개발부의 프로젝트 매니저인 쓰치야의 경우, 그들보다 어린 이케타니가 직급은 위였다. 블루아에서는 흔한 일일지도 모르지만… 하나모리의 분위기와는 영 맞지 않았다.

"우리는 터너 사장님, 그리고 블루아 본사로부터 신제품 개발이라는 임무를 받았습니다. 이건 단순한 신제품이 아닙니다. 블루아 하나모리의 새로운 얼굴이 되는 동시에, 앞으로 만들어나갈 새로운 역사의 주춧돌이 될 제품입니다. 블루아 하나모리의 모든 사원이 하나가 되어 힘을 모아야 합니다. 그리고 그 발판을 만들기 위해 우리가 먼저 리더십을 확립해야 하고요."

143

봄기운 섞인 상쾌한 바람이 불어오는 듯한 이케타니의 영업용 미소에 깜빡 속아 넘어갈 것만 같다. '맞아, 다 맞는 말이야' 라는 생각이 드는 걸 꾹 참아냈다.

"우리에겐 하나모리 비누라는 주력 상품이 있소."

쓰치야가 퉁명스러운 얼굴로 말했다. '우리'라는 단어로 블루아와 자신들 사이에 명백히 선을 긋고 있었다. 무슨 심정인지 이해 못 하는 건 아니지만 매수로부터 벌써 네 달이 지났다. 계절은 여름이 되었고, 이제 곧 백중 연휴를 앞두고 있다. 계속 그렇게 고집을 부리면서 지치지도 않는 걸까? 그리고 그런 생각이 드는 자신은 애사심이라는 게 부족한 걸까?

"우리는 하나모리 비누를 소홀히 할 생각도 없고, 그걸 뛰어넘을 만한 상품을 쉽게 만들 수 있다고 생각하지도 않소."

"하지만 그 주력 상품도 지난 10년 동안 조금씩 판매량이 떨어지고 있을 텐데요. 특히 지난 3년간은 그런 경향이 두드러졌고요."

가볍게 반박한 이케타니가 들고 있던 태블릿을 살짝 조작했다. 등 뒤의 대형 모니터에 하나모리 비누를 비롯한 하나모리 제품의 판매량 추이를 나타낸 그래프가 표시되었다.

연구원과 영업 사원은 서로 자주 다툰다. 판매량, 비용, 스케줄… 이유는 늘 제각각이지만 어쨌든 자주 다투고 연구개발동으로 돌아온 연구원들은 이쪽 사정을 전혀 모른다는 불평을 늘어놓는다. 거기에 마케팅부까지 소비자 동향이 어떻고, 경쟁사의 신제품이 어떻고 하며 끼어들면 이야기가 더욱 복잡해진다.

제품을 만든다는 일은 결국 그게 기본이지만, 거기에 하나모리와 블루아의 대립까지 존재한다는 게 문제였다. 실제로 쓰치야는 미간에 핏대까지 세우고 있었다. 아오이 옆에서 후배 여자 연구원인 이누카이 미호가 살짝살짝 어깨를 움츠렸다.

판매량이 떨어졌다는 데이터에 대해 쓰치야는 '하나모리 비누를 모욕하는 거냐?'라는 취지의 반론을 했고, 이케타니의 '감정 싸움을 하자는 게 아니라, 앞으로의 구체적인 대책을 검토하자는 겁니다'라는 반박에 부딪혔다. 보통 영업부는 문과뇌, 연구개발부는 이과뇌라고 단순하게 구분하곤 하지만, 이런 식이면 어느 쪽이 문과뇌고 어느 쪽이 이과뇌인지 알 수가 없다.

아오이도 하나모리 비누가 세탁용 세제로서 문제점이 있다고 생각하진 않았다. 오히려 불필요한 것을 빼버리고 기본에 충실한 것을 극한으로 추구한 제품이라 할 수 있다. 그 점이 가정에서 매일 빨래를 하는 주부층의 호응을 얻어 하나모리 비누는 '가정 내 단골 상품'의 지위를 확립했다.

변한 것은 오히려 세상 쪽이다. 세상은 '하나의 상품에 얼마만큼의 부가가치가 있는가'에 주목하기 시작했다. 세정력, 제균력, 항균력, 향, 방취, 섬유 보호, 환경에 대한 배려와 가성비… 몇백 엔짜리 가루 세제와 액체 세제, 세탁비누까지도 철저한 플러스알파를 계산했다. 실제로 경쟁사인 대형 제조사는 그런 부분을 철저히 추구한 상품을 개발하고 있다.

그러나 하나모리 비누는 그렇게 하지 않았다. 하나모리 비누라는 킬러 상품의 존재가 방심과 자만을 낳았다…고 하는 건 조금 가혹할까? 그러나 하나모리 비누를 능가할 만한 주력 상품을 만들어낼 능력은 회사 내의 어디에도 남아있지 않았다.

"이런 타이밍에 신제품 개발이라니, 하나모리 비누를 배제하려는 속셈으로밖에 보이지 않소."

쓰치야의 목소리가 더욱 험악해졌다. 아무도 목소리를 내진 않았지만 하나모리 쪽 직원들은 '옳소, 옳소' 하는 얼굴로 고개를 끄덕거렸다.

그 순간, 아오이의 상의 주머니 안에서 스마트폰이 진동했다. 계속 이어지는 진동음에 전화가 왔다는 걸 알 수 있었다. 진동음이 생각보다 크게 울려서 주위의 시선이 아오이에게 집중되었다. 쓰치야도 굳이 말을 멈추고 아오이를 쳐다보았다.

스마트폰을 꺼내 발신자를 슬쩍 확인했다. 이름의 첫 글자가 보인 순간 "윽…" 하는 소리가 나왔다. 자기도 모르게 통화를 끊어버리고 말았다.

부탁이니까 제발 조금만 기다려주세요. 아오이는 마음속으로 빌며 주위를 향해 "죄송합니다"라고 머리를 숙였다.

그 순간, 일 생각으로만 가득 찼던 머릿속이 다른 것으로 채워지기 시작했다.

그러나 곧바로 다시 스마트폰이 울렸다. 아오이가 일부러 전화를 끊었다는 걸 알아차렸는지 진동이 멈추지 않았다. 아오이는 다시 한번 죄송하다고 말하며 스마트폰을 손에 쥐었다.

"받지 그래? 급한 일인 것 같은데."

쓰치야가 배려하듯 말했지만 목소리에는 그런 마음이 요만큼도 담겨있지 않았다. 방 안에 날아다니는 모기라도 발견한 듯한 옆얼굴이었다. 아오이가 출산 휴가와 육아휴직을 받을 때도 '뒷일은 걱정하지 말고'라며 똑같은 표정을 짓고 있었다.

"아뇨, 괜찮습니—."

뭐가 그리 긴장됐는지, 손끝이 미끄러지며 통화 버튼을 누르고 말았다. "아잇" 하고 스마트폰을 떨어뜨렸다. 스마트폰 모서리가 테이블 위로 부딪치는 소리는 이상할 만큼 크게 들렸다.

게다가 더욱 불운하게도 황급히 스마트폰을 주우려다가 손가락이 스피커폰 버튼에 닿은 것 같다. 『이즈미사와 씨, 맞으시죠?』라는 목소리가 회의실에 울려 퍼졌다.

『소노베 씩씩 어린이집입니다. 쇼 군이 점심을 먹은 뒤부터 열이 나서요.』

보육교사의 말은 항상 정중했다. 하지만 이따금 아무 감정도 느껴지지 않을 때가 있다. 회의 중이었는데… 하는 짜증과 항상 수고를 끼치는 것에 대해 미안함이 뒤섞이기 때문이다.

죄송합니다, 죄송합니다, 하고 몇 번이나 고개를 숙인 끝에 일단 회의실을 빠져나왔다. 통화는 금방 끝났다. 아들의 얼굴이 빨개져서 열을 재보니 37.5도였고 데리러 와줬으면 한다는 용건이었다. 말이야 쉽지만 실제로 그러는 건 결코 쉽지 않다. '그 정도라면 저녁까지 맡아주실 순 없을까요?'라는 말이 목구멍까지 나왔다가, 결국 "최대한 서둘러서 갈게요" 라고만 대답했다.

『몇 시쯤에 오실 수 있으세요?』

보육교사가 다짐을 받듯이 말했다. '저도 알고 싶네요' 라고 대답할 순 없다. 엉뚱한 사람에게 화풀이하는 꼴이라는 걸 모르는 건 아니다. 모르는 건 아니지만….

결국 '그 엄마는 자기 애가 열나는데 억지로 맡아달라고 했대.'라고 다른 부모들이 험담하는 걸 상상하며 일찍 조퇴하기로 마음먹었다. 선택지는 처음부터 그것밖에 없었음에도 어쩔 수 없는 선택이었다고 생각하기로 했다.

"실례했습니다."

회의실로 돌아와 고개를 숙였다. 아오이 때문에 흐름이 끊겼는지, 쓰치야와 이케타니의 언쟁이 끝나고 다른 화제로 넘어가 있었다. 아오이는 누구에게 고개를 숙여야 할지도 모르면서 일단 "정말 죄송합니다" 하며 허리를 꺾었다.

"아이가 열이 난다고 해서 어린이집으로 데리러 가야 할 것 같습니다."

죄송합니다, 죄송합니다. 사죄의 말로 침묵의 시간을 채운다. 그러는 사이 쓰치야가 "고생이 많네. 빨리 가봐" 라며 턱짓으로 문을 가리켰다. 후배인 이누카이는 "나중에 회의록 공유해드릴게요" 라며 노트북 PC에서 시선도 떼지 않고 말했다.

이런 기묘한 민망함에 언젠가 정확한 명칭을 붙이고 싶지만, 어떤 표현이 좋을지 전혀 감이 안 잡혔다.

"죄송합니다, 감사합니다."

회의실을 나와 엘리베이터로 달려갔다. 여름의 엘리베이터는 미적지근한 공기에다, 목덜미에 들러붙는 듯 불쾌한 쉰 냄새가 났다.

중간 층에서 남자 직원이 한 명 올라타고, 그를 뒤쫓듯이 총무부의 마시바 다다오미가 서류를 들고 뛰어 들어왔다.

"사이토 씨, 제출하신 영수증에 문제가 있어서 빨리 확인을 해주셔야…."

"아아~ 나중에 해줘. 지금 급하니까."

사이토가 성가시다는 듯이 얼굴을 찌푸렸지만 다다오미는 물러서지 않았다.

"다행이네요. 저도 지금 급하거든요. 금방이면 됩니다."

웃는 얼굴로 서류의 어디에 문제가 있는지를 재빠르게 지적했다.

"아~ 알았어, 알았어. 알았다니까."

사이토가 고개를 가로저으며 말했다. 마치 주변에 날아다니는 모기를 쫓는 듯한 말투였다.

대체 어째서 다다오미는 저렇게 아무렇지 않은 얼굴을 할 수 있는 걸까?

"방금 얘기한 부분을 전부 포스트잇에 붙여서 사이토 씨 책상에 놔둘 테니까, 내일까지 다시 제출해주세요."

다다오미가 싱긋 웃는 동시에 엘리베이터는 1층에 도착했다. 사이토는 "아, 급하다니까 그래"라고 투덜거리며 사옥을 빠져나갔다.

"미안, 이즈미사와. 백중 연휴 전이라 바빠서 말야. 그런데 빨리 나

149

왔네? 신제품 검토 회의가 벌써 끝났어?"

다다오미가 아오이를 돌아보며 어깨를 축 늘어뜨렸다. 하지만 아오이는 오히려 감탄스러웠다. 역시 '총무부의 마시바 씨'라고 불릴 만하다. 타 부서의 회의 일정까지 전부 파악하고 있을 줄이야.

"아니, 아이가 열이 났다고 어린이집에서 연락이 왔거든."

"어, 괜찮대?"

"우리 애가 체온이 원래 높아서 조금만 운동해도 금세 37도까지 올라가거든. 오늘도 아마 괜찮을 거야."

대부분 아오이가 데리러 갈 쯤 되면 36도로 진정되곤 했다. '열도 내렸으니까 이대로 좀 맡아주세요' 라고 말할 수는 없기에 아오이는 쇼를 데리고 집으로 돌아가야 했다.

"어린이집은 꽤 엄격하구나."

"감염증에 걸린 애가 한 명만 나와도 난리가 나니까, 발열이나 기침, 콧물에는 예외가 없어. 뭐, 어쩔 수 없지. 그래서 오늘은 이만 이탈하려고."

스스로 말한 '이탈'이라는 단어가 생각했던 것보다 무겁게 느껴져서, 뱃속에서부터 깊은 한숨이 나올 것만 같았다.

"괜찮아?"

다다오미가 한 번 더 물었다. 이번엔 쇼가 아니라 날 걱정하는 거지? 그런 생각에 대답이 바로 나오지 않았다.

"괜찮…지 않은가보네."

오늘은 회사로 돌아올 수 없다. 회의에서 결정된 사항은 부서 내에서 공유되고 검토된다. 아오이는 내일 그것을 이누카이 같은 동료에게 서 전달받게 될 것이다. 중요한 순간에 현장에 있을 수 없다는 건, 최전방에서 공을 세울 수 없는 군인이나 마찬가지다. 그걸 각오하고 복귀한 직장이지만, 역시 답답한 마음은 어쩔 수 없다.

이제부터 이 회사의 급여 체계는 소위 성과임금제로 바뀐다. 아이를 키우며 성과를 낼 수 있을지, 아니면 아이를 키우고 있으니까 너그럽게 봐줄지 알 수 없었다. 그런 부분에 대한 배려를 받더라도, '저 사람은 일도 제대로 안 하는데 왜…' 라는 시선을 받게 될지도 모른다.

만약 매일 늦게까지 야근하는 이누카이보다 아오이의 급여가 높게 측정된다면, 본인이 이누카이였어도 '저 사람이 단축 근무하는 탓에 내가 매일 야근하는데, 왜?' 라고 생각할 것이다.

"신제품뿐만 아니라 어제부터 진행 중인 부엌 세제의 세정력 실험도 아직 못 끝냈고, 사무 작업도 많이 남아 있는데. 마음이 편치가 않네."

불평을 늘어놓는다고 달라지는 건 없다. 아이를 낳은 것도, 이혼한 것도, 직장으로 복귀한 것도 전부 자신의 선택이었다. 누군가가 억지로 시킨 게 아니다.

"난 아직 점심을 못 먹어서 이제부터 나가려던 참인데…"

갑자기 다다오미가 그런 말을 꺼냈다. '총무부의 마시바 씨'스러운 얼굴로, 마치 이것도 자기 업무의 일환이라는 듯이.

"아무나 가도 괜찮으면 내가 데리러 갈까? 이즈미사와의 집이 나카노에 있었지? 한 시간 정도면 돌아올 수 있을 텐데…. 아, 그래도 역시 전혀 모르는 사람이 가면 안 되려나? 어린이집이니까, 그런 부분은 엄격하댔지?"

쓴웃음을 짓는 그를 보며, 영업부의 동기가 '마시바는 참 이상한 녀석이야'라고 전에 말했던 게 떠올랐다.

다른 부서는 경험과 나이가 쌓여갈수록 담당하는 업무가 조금씩 중요해진다. 그만큼 책임도 늘어나지만 보람도 크다. 반면 총무부의 업무는 아무리 경력이 쌓여도 달라지는 게 없다. 회사 내 비품을 관리하고, 청구서를 매달 발행하고, 직원들이 제출한 영수증을 확인하고, 정산하고… 복사기 상태가 이상하다거나 PC가 망가졌다는 말이 들리면 수리하러 달려간다.

38세의 독신 남성, 마시바 다다오미는 거기서 어떤 보람을 느끼며 일하는 걸까? 영업부의 동기는 그게 견딜 수 없이 궁금했던 것 같다. 솔직히 아오이도 전혀 감을 잡을 수 없었다.

그래도 어쨌든 지금은 하늘에서 내려온 목숨줄이나 다름없다.

"…어린이집에 연락하면 괜찮긴 할 텐데…. 정말 그래도 되겠어? 그것보다, 회사로 데려온다고? 우리 애를?"

"오후에 쭉 비어있는 회의실이 한 곳 있으니까, 혼자서 놀 수만 있다면 반나절 정도는 어떻게 될 것 같은데. 나도 가끔 보러 가줄 거고."

"너무 고마워!!!"

자신도 모르게 다다오미의 양 어깨를 꽉 움켜쥐었다. 앞뒤로 마구 흔들리는 그의 표정이 당혹감에서 서서히 온화한 미소로 바뀌어 갔다. 육아휴직 뒤의 직장 복귀, 그 직후의 이혼에 이르기까지, 보험과 연금 같은 문제를 처리할 때마다 다다오미에게 얼마나 도움을 받았는지 모른다. '마시바느님, 앞으로도 제발 저를 외면하지 말아 주세요!' 라는 농담으로 식사를 대접한 적이 있었는데, 지금의 그는 그야말로 '마시바느님'이었다.

"정말로 괜찮겠어? 마시바 군, 아까 급하다고 하지 않았어?"

"그렇게라도 말하지 않으면 총무부 이야기는 안 듣는 사람이니까 그랬던 거고."

아오이는 하하하 웃는 다다오미에게 다시 한번 고맙다는 말을 했다.

신제품 개발 프로젝트는 아오이가 회의실로 돌아오자 이미 결렬된 뒤였다. 연구개발동으로 돌아와 이누카이를 통해 회의록 내용을 확인했는데, 결렬된 원인은 쓰치야가 '블루아의 기술로는 하나모리 비누를 뛰어넘는 제품을 만들 수 없다' 라고 말했기 때문이었다. 자신들의 기술력을 무시당한 연구원들이 잠자코 있을 리 없다. 게다가 영업사원들 앞에서 그런 일을 당했다는 게 더욱더 치욕이었으리라.

'하나모리 비누 같은 건 시대착오적인 상품이다' '블루아 상품은 냄새만 지독할 뿐이다' 라며 언쟁의 수위가 점점 높아진 끝에, 결국 하나모리팀과 블루아팀이 각자 신제품을 제작해 연초에 열리는 제품 시연회를 통해 승부를 겨루는 쪽으로 결말이 났다.

"블루아 하나모리로서 신제품을 개발하는 게 목적이었을 텐데…"

"그게 저 때문은 아니잖아요."

자신에게 튄 불똥을 털어내려는 듯 가시 돋친 말투였다. 그런 의도는 전혀 없었는데도 그녀가 그렇게 받아들일 수밖에 없다는 게 괴로

왔다.

미팅용 부스에서 노트북 PC를 들여다보는 이누카이의 얼굴은 눈에 띄게 지쳐 있었다. 어제는 몇 시까지 야근한 걸까? 백중 연휴 기간엔 제대로 쉴 수나 있는 걸까?

"응, 알아. 방금은 그냥 답답해서 투덜거린 거야."

"합동팀을 꾸려도 어차피 실패할 텐데, 그냥 따로 하는 게 최선 아닐까요?"

"그건 그렇긴 한데…."

"아, 맞다. 이즈미사와 씨는 사내 소통 분과회?의 멤버니까 그냥 두고 볼 수도 없으시겠네요."

시간을 확인한 이누카이가 자리에서 일어났다.

"죄송해요. 이제 그만 세정력 실험을 하러 가야 해서요."

발소리는 조용하지만 상당히 빠른 걸음으로 연구실의 두꺼운 문 너머로 사라졌다. 깨끗이 세탁된 흰 가운이 왠지 모르게 칙칙해 보였다.

아오이도 의미 없이 잠시 기다린 다음 연구실 문을 열었다. 이누카이는 연구실 구석에서 미간을 찡그리며 PC 모니터를 노려보고 있었다. 오전 중에 복합 오염물의 세정력 실험을 거듭했으므로 그 결과를 분석 중인 것이리라.

모처럼 다다오미가 어린이집으로 대신 가준 만큼, 어제부터 진행한 세정력 실험 마무리에 아오이도 참여했다. 검토에 검토를 거듭한 시작품 세제와 세정력 판정용 지표 세제를 완전히 동일한 조건으로 물에 녹이고, 모델 오염물을 부착시킨 유리 조각과 함께 세정력 시험기에 넣은 것이 어제 오후였다. 헹굼까지 끝낸 유리 조각은 하룻밤 만에 완전히 건조되어 있었다.

건조된 유리 조각에 남은 모델 오염물을 클로로폼에 녹여 비색관(比色管)이라 불리는 용액의 물질 농도를 조사하는 기구에 넣어 금속제 비색관꽂이에 나란히 놓았다. 가늘고 긴 유리 비색관의 내용물은 희미한 붉은색을 띠고, 뒤에 하얀 판을 놓으면 그것이 더욱 두드러진다. 색이 짙을수록 오염물이 남아있는 것이고, 옅을수록 깨끗이 세척되었다는 의미였다.

"오오, 꽤 다른데?"

자기도 모르게 중얼거렸다. 시작품 세제와 지표 세제는 한눈에도 알 수 있을 만큼 색이 달랐다. 이 정도면 좋은 결과다. 내일은 부서 내 전체 정기 보고회가 있으니까, 좋은 보고 거리가 생긴 셈이다.

연구개발부의 업무는, 잘못하면 미간의 주름이 펴질 일이 없다. 자신들이 개발한 기술과 마케팅부, 영업부의 의견을 토대로 신제품의 콘셉트를 구상하고, 시작품을 만들어 제품화를 위한 실험을 거듭해야 한다. 세정력은 충분한지, 사람의 피부에 닿아도 안전한지, 공장에서 대량으로 생산할 수 있는지 등의 엄격한 품질 기준이 요구된다.

하지만 그걸 연구실의 작은 책상 위에서 구상하는 건 꽤 즐거운 일이었다. 결혼하고 아이를 낳은 뒤에도, 그런 마음만큼은 대학 연구실에서 실험만 하던 시절과 똑같았다. 아오이는 비색관 안에서 불그스름하게 물든 액체를 바라보며 진심으로 그렇게 생각했다.

이번 배합으로 세정력이 어떻게 변화할까? 배합을 바꾸면 어떻게 될까? 실험을 거듭하고, 유리 기구와 측정 기구, PC, 수많은 보고서가 보관된 파일로 정신없는 연구실 책상에서 이 제품이 일본의 모든 가정에서 쓰이는 장면을 상상한다. 어떻게 편리해지고, 어떤 식으로 일상생활이 조금이나마 풍요로워질지를 상상한다.

하루종일 그런 상상만 할 수 있다면 얼마나 좋을까? 이누카이의 책상 쪽에서 크게 기지개를 켜며 괴롭게 신음하는 소리가 들리자 아오이는 조금 전까지 모델 오염물이 부착되어 있던 유리 조각을 손가락 끝으로 집어 들었다.

이 모델 오염물을 제작한 사람도 이누카이였다. 연구개발부에서 가장 어린 그녀는 이런 잡일까지 도맡았다. '이 정도는 내가 할게'라고 말하고 싶을 때마다 '이즈미사와 씨, 이제 곧 4시잖아요'라며 시계를 가리키면 '미안! 잘 부탁해!'라며 두 손을 모으고 사과할 수밖에 없었다.

원래 사소 분과회의 멤버로는 이누카이가 소집될 예정이었다. '이즈미사와는 바쁠 테니까…'라는 다다오미의 말에 '아니, 내가 할게'라며 아오이가 나선 것이다.

스물여덟 살인 이누카이는 아오이가 같은 나이일 때에 비해 눈에 띄게 많은 업무를 맡고 있었다. 그녀가 지금 관여하는 일만 해도 영업부에서 최근에 공을 들이는 물비누의 리뉴얼, 새로운 세탁조 클리너 개발, 여성용 세안 비누의 개발 프로젝트까지…. 전부 한때 아오이가 담당하던 업무들이었다.

육아휴직에 들어간 아오이에게서 업무를 인계받은 이누카이는 정말 열심히 일해주었다. '선배님이 하던 일은 제가 최대한 잘 처리해볼 게요'라며 임신 8개월 차의 아오이를 미소로 배웅해주었기에, 육아휴직 중에도 그녀를 최대한 돕고 싶었다.

그러고 싶었지만 막상 이누카이의 문의 전화가 오면 제대로 도와주기 힘들었다.

타이밍이 좋을 때는 괜찮았다. 이누카이의 급한 전화에도 '그 데이터는 ××를 보면 알 수 있어.' '○○ 때 자료를 보면 돼'라며 조언해줄 수 있었으니까. 하지만 타이밍이 최악일 때는 최악이었다. 전화 중간에 쇼가 울음을 터뜨리자 이누카이가 다급히 '죄송해요, 나머진 제가 알아서 해볼게요!'라며 전화를 끊은 것이다.

더욱 최악의 타이밍이라면. 쇼가 갑자기 낫토를 뒤섞고 싶지만 먹기는 싫다는 이유로 냉장고를 열거나, 말도 안 되는 운동 신경을 발휘해서 집 밖으로 뛰쳐나갔을 때는 '아아, 미안. 지금은 진짜 안 돼. 나중에 얘기하면 안 될까?'라며 빠르게 말하고 전화를 끊어버렸다.

생각해보면 그 이후로 이누카이는 전화하지 않게 되었다. 아무리 급한 일이라도 문자로 문의하고 아오이가 답장을 줄 때까지 정시를 넘어서도 퇴근하지 않고 기다렸다.

육아휴직에서 복귀한 뒤에도 '단축 근무니까 이건 이누카이에게 맡기자' '회의에 나올 수 없다면 대신 이누카이를 참석시키자'라는 식으로 이누카이의 업무는 더욱 늘어났다. 보통 여자 직원이 담당하던 프로젝트나 여성용 상품은 무조건 다른 여자 직원이 맡는 게 관례였으므로, 여자가 적은… 아니, 여자가 아오이와 이누카이뿐인 직장에서 그녀에게만 부담이 가는 게 당연했다.

그게 미안해서 처음엔 적극적으로 도왔다. 그러나 어정쩡하게 돕다 보면 어린이집으로 아이를 데리러 갈 시간이 오고 만다. '둘이서 같이 힘내보자' 라고 말을 꺼내자마자 어린이집에서 전화가 온 적도 있었다.

이번 신제품 개발 프로젝트도 쓰치야가 '여자 직원도 있어야겠지. 하지만 이즈미사와 혼자서는 힘들 테니까, 이누카이도 도와주러 들어오라고 해. 이누카이에게도 좋은 경험이 될 테니까' 라며 그녀를 멤버에 포함시킨 것이다.

만성 피로 때문인지, 아니면 아오이의 말이 거슬리는 건지 모르겠지만, 이누카이의 짜증이 아오이를 향하고 있다는 건 이미 오래전부터 알고 있었다.

쓰치야가 신제품 개발 회의를 하겠다는 말을 꺼낸 건 세정력 실험 결과를 보고서로 정리하기 시작했을 때였다. 물론 그가 부른 건 하나모리 쪽 사람들뿐이다.

작업을 중단해야 한다는 게 꺼림칙했지만, 블루아 쪽 직원 없이 진행된 회의는 놀랄 만큼 순조로웠다.

하나모리 비누에는 분말형, 액체형, 고체형의 세 가지 종류가 있었고, 이전부터 액체형의 배합 재조정이 검토되어 왔다. 드럼식 세탁기에서도 사용 가능한 액체형은 판매량이 점점 줄어드는 하나모리 비누 중에서는 그나마 잘 팔리는 편이었다. 순비누 부분에 해당하는 지방산 칼륨과 지방산 나트륨의 배합을 바꿈으로써 거품이 더 잘 일어나고 향이 더 오래가도록 리뉴얼한다는 계획이 쓰치야에 의해 진행되어 왔다.

"이게 잘 되기만 하면, 신제품으로 당당히 내놓을 수 있어."

프로젝트의 중심인 쓰치야는 자신만만했다. 게다가 마케팅부가 몇 년 전에 제안한 '냄새 공해 줄이기 프로젝트'까지 끄집어내어 블루아 측을 비꼬는 식의 발표를 구상하는 듯했다.

아무도 이의를 제기하지 않았고, 하나모리팀은 하나모리 비누 액체형의 리뉴얼로 시연회에 참가하기로 결정되었다. '그걸 신제품이라고 할 수 있나?' 라는 생각은 들었다. 당연히 그렇게 생각했다. 하지만 그걸 입 밖으로 낼 수는 없었다.

무엇보다도 아오이의 퇴근 시간인 오후 4시가 임박했다. 아무리 다다오미가 총무부에서 쇼를 맡아주고 있다지만 더 이상 폐를 끼칠 수는 없다.

"아아, 이즈미사와 미안하군. 이제 곧 4시인데."

아오이의 시선을 느꼈는지, 시계를 확인한 쓰치야가 "그럼 오늘은 여기까지 하지" 라며 회의를 끝냈다. 다른 연구원들이 회의실을 빠져나가는 가운데, 아오이는 쓰치야에게 다가갔다. 마치 차가운 진흙탕에 두 다리가 빨려 들어가는 듯한 기분이었다.

불과 2시간, 다른 직원들보다 근무 시간이 짧을 뿐인데 어째서 이런 중요한 순간마다 좌절해야만 하는 걸까?

"죄송해요, 쓰치야 씨. 내일 보고회에서 제출할 보고서가 아직 끝나지 않아서…"

1시간이면 된다. 내일 오전 10시에 시작되는 보고회를 1시간만 늦출 수 있다면. 그렇게 말하려고 했지만 쓰치야는 아오이의 말을 기다리지도 않고. "아아, 그랬어?" 라며 이누카이를 불렀다.

이누카이는 모든 걸 예상한 듯한 얼굴—불쾌감을 드러내지 않도록 스스로에게 주문을 건 듯한 얼굴로 회의실에 남아 있었다.

"이누카이, 미안하지만 이즈미사와의 실험 데이터를 정리해서 내일 아침까지 보고서를 작성해주겠나?"

이누카이는 쓰치야의 말이 다 끝나기도 전에 "알겠습니다" 라고 대답했다.

아니, 제가 직접 할 테니까 보고회 시간을 늦춰주세요. 그렇게 말하지 못하는 걸 한심하다며 비난하는 자신과 어쩔 수 없다며 위로하는 자신이 있었다. 그도 그럴 것이, 만약 내일 쇼가 열이라도 나서 어린이집에 가지 못하게 된다면? 보고회를 늦춰달라고 말해놓고 오늘은 쉬겠다고 말할 수 있을까?

"이누카이 씨, 정말 미안해."

머리를 깊이 숙이며 사과하고 싶었지만, 이누카이는 바로 미소 지었다.

"아니요. 서로 도와야죠."

더 이상 말을 꺼내는 것조차 그녀의 시간을 빼앗는 느낌이 든다.

이누카이에게 실험 결과를 인계하고 서둘러 퇴근 준비를 한 뒤 연구개발동을 빠져나왔다. 이누카이는 서로 도와야 한다고 말했지만, 귀찮은 일은 전부 자신에게 떠넘긴다는 듯 신경질적으로 두드리는 키보드 소리에 비난받는 기분이었다.

"우와아, 이즈미사와, 이제 퇴근했어? 이제 퇴근한 거지?"

총무부 문을 열자 다다오미가 황급히 다가왔다.

"우리 애가 뭐 사고 쳤어?"

반사적으로 튀어나온 말에 옆에 있던 총무부의 하세가와가 쓴웃음을 지으며 설명했다.

"전혀, 전혀. 쇼 군은 회의실에서 조용히 TV만 봐줘서 다행이었어. 얼마나 얌전한지 감탄했다니까."

그런데 다다오미는 찡그린 얼굴로 복도로 나오더니 복도 안쪽을 가리켰다. 사장실 문 앞에 사소 분과회에서 만났던 바이유가 서 있었다. 아니, 어쩔 줄 몰라 하고 있었다.

"미안. 쇼 군이 얌전하니까 나도 방심해서 30분 정도 눈을 뗐더니 갑자기 안 보여서…"

"어, 설마…"

사장실 앞에 있던 바이유가 어깨를 축 늘어뜨리며 말했다.

"네, 그 설마가 맞습니다."

그와 동시에 사장실 안에서 "찾았다!" 라는 쇼의 목소리가 들렸다. 문 옆의 알림 표찰은 '재실중'을 가리키고 있었다.

"일단 들어갈까요?"

바이유가 마음을 굳힌 얼굴로 사장실 문을 두드렸다. "실례하겠습니다"라고 긴장된 목소리로 알리며 문을 열었다.

입사한 지 12년인데도 사장실에 들어오는 건 처음이었다. 일단 바닥부터 다르다. 바닥에 깔린 융단은 털이 길어서 발끝에 걸릴 것 같고, 오래된 응접용 소파와 테이블, 책장이 배치된 실내에서는 위압감이 느껴졌다.

쇼는 응접용 소파에 앉아있었다. 자기 집처럼 편한 모습으로 테이블 위에 펼쳐놓은 트럼프 카드를 진지하게 바라보고 있었다.

"…웬 트럼프야?"

"몇 년 전 직원 여행 때 레크레이션용으로 샀던 거야. 아까 쇼 군하고 같이 도둑잡기를 했거든."

블루아 하나모리의 사장인 터너는 쇼의 맞은편에 앉아 있었다. 우아하게 꼰 다리 위로 뺨을 괸 채 카드 한 장을 손에 들고 뒤집어보았다. 자기 차례가 된 쇼가 의기양양하게 카드를 두 장 뒤집고, 또 한 번 "찾았다!"라고 외치며 자기 쪽으로 가져가 버렸다. 아무래도 짝 맞추기 놀이를 하는 모양이다.

"쇼, 집에 가야지."

말을 걸고 나서야 쇼는 이쪽을 돌아보았다. "어, 엄마다!"라며 이를 드러내며 웃나 싶더니, 터너에게 "우리 엄마!"라며 아오이를 소개했다. 아오이는 터너에게 깊이 허리를 숙였다. 허리뼈가 빠질까 봐 걱정될 정도였다.

"저희 아이가 실례가 많았습니다."

터너는 아무 말도 하지 않았다. 얼굴을 들더니 테이블에 펼쳐놓았

162

던 카드를 정리해서 말없이 쇼에게 건넸다. 쇼는 그것을 다다오미에게 웃으며 돌려주었다.

"다다오미 삼촌, 고마워!"

죄송하다는 말을 추가로 50번 정도는 할 수 있을 만한 심정이었지만, 다다오미가 "그럼 이만 나가보겠습니다!" 라며 아오이와 쇼를 잡아끌 듯 밖으로 나왔다. 쇼를 제외한 세 사람은 복도로 나오고서야 제대로 숨을 쉴 수 있었다.

"마시바 군, 괜찮아? 나중에 엄청 혼나는 거 아냐?"

"아니, 분명 괜찮⋯ 괜찮을 거야⋯. 쇼 군하고 같이 짝 맞추기를 하고 있었으니까."

"하지만 가면 같은 얼굴이던데? 조금도 웃지 않던데? 집안 문제로 회사에 피해 끼치지 말라고 그러는 건 아니겠지?"

터너의 첫인상이라면 Day 100 보고회에서 '신제품을 개발하라' 라고 명령하던 모습이 잊히지 않았다. 입은 웃고 있는데 눈은 안 웃는다는 건 바로 그 모습을 두고 하는 말이었다. 자신의 못된 속내를 굳이 숨기려고도 하지 않는 미소였기에 온라인 중계를 보던 아오이는 소름이 돋았다.

"쇼. 너, 사장님한테 이상한 소릴 한 건 아니지?"

또 어딘가로 가버릴까 봐 손을 꼬옥 잡은 채로 쇼의 얼굴을 들여다보았다. 쇼는 장난스럽게 시선을 피하며 시치미를 뗐다.

"어어~? 난 그냥 카드놀이만 했는데?"

쇼는 결코 문제아가 아니었고, 비슷한 또래의 아이들에 비해 말을 잘 듣는 편이었다. 좋아하는 건 동물이 나오는 TV프로그램과 동물도감, 그리고 레고 블록이었다. '애는 나중에 커서 특정 분야의 오타쿠가 될 것 같아'라고 친구가 말한 적이 있다. 아오이 본인도 그런 예감이 들었다.

평소엔 얌전하지만 때로는 이상할 만큼 호기심에 휩쓸려 폭주할 때가 있었다. 수족관이나 동물원에 데려갔을 때는 특히 그랬다. 어린이집에 가면 당장 쫓겨날 정도로 빨개진 얼굴로, '엄마, 상어는 왜 다른 물고기를 안 먹어 치워?' '판다의 까만 털 아래쪽은 어떻게 생겼어?'라며 신나게 떠들어댄다. 오늘도 대충 그런 상태로 사장실 문을 연 것이리라.

"또 곤란한 일이 생기면 나한테 말해. 쇼 군은 얌전하니까 몰래 맡아주는 것 정도는 할 수 있을 거야."

엘리베이터까지 아오이와 쇼를 배웅해준 다다오미는 조금 전의 소동 따윈 없었던 일처럼 웃었다. 어쩌면 아오이와 쇼가 돌아가자마자 사장실로 뛰어가서 고개를 숙일지도 모른다.

"아무래도 또 부탁할 순 없지. 마시바 군에게 미안하잖아."

"나도 홀어머니 밑에서 자랐으니까, 엄마가 얼마나 힘든지 잘 알아. 사양 말고 언제든 말해."

다다오미가 닫히기 시작한 엘리베이터 문 너머에서 손을 흔들었다. "고마워"라고 말하며 손을 흔들었지만, '왜?'라고 묻는 듯한 어정쩡한 말투가 나오고 말았다.

다다오미가 홀어머니와 단둘이 살았다는 건 알고 있다. 이혼 후에 수많은 수속을 다다오미가 도와줬을 때도, 그는 '나도 어머니랑 단둘이 살았거든'이라고 말했다.

정신없는 하루였는데도 쇼의 손을 잡고 집으로 돌아가는 길은 이상하게 기분이 좋았다. 다카다노바바역 앞에 있는 바바 양과자점이라는 오래된 제과점에서 몽블랑과 쿠키를 사서 돌아가기로 했다. 평소와 다른 장소에서 다른 사람의 돌봄을 받아서인지 쇼도 기분 좋게 쿠키를 골랐다.

마시바 다다오미도 퇴근하는 어머니의 손을 잡고 함께 걸었던 적이 있었을까?

"매수라는 게 보통 일이 아니구나…"

건배하는 순간, 자기도 모르게 그런 말이 흘러나왔다. "그야 보통 일은 아니죠"라며 바이유가 한숨을 쉬었다. 다다오미는 지난 반년 동안 '매수는 보통 일이 아냐'라는 말을 대체 몇 번 했나 생각하며 캔맥주를 들이켰다. 평소엔 술을 거의 마시지 않지만, 밤에도 기온이 떨어지지 않는 요즘, 갑자기 술이 확 땡길 때가 있다.

사과 아파트 안뜰도 당연히 무더웠다. 하지만 대문 쪽에서 불어오는 기분 좋은 바람은 시원한 맥주와 잘 어울렸다.

"하지만 예상했던 것보다 험난하다는 걸 실감하고 있습니다."

한마디 한마디, 자신의 가슴에 새기듯 말한 바이유가 근처의 대만 음식점에서 테이크아웃 해온 대만식 닭튀김, 지파이를 젓가락으로 집었다. 평평하게 펴진 닭고기는 큼직했지만 상관하지 않고 호쾌하게 베어 물었다. 기름과 오향분의 향긋함이 밤바람에 퍼졌기에 다다오미도 그를 따라 한 입 먹었다.

"새로운 제도와 시스템이 도입되면서 혼란스러울 테니까 매뉴얼을 작성해둔 건데, 다들 읽어보지도 않고 직접 물어보는 게 빠르다고 생각하잖아."

매수와 자회사화가 진행된 지 반년 가까이 지났고, 8월 1일부터는 회사 체제도 새롭게 바뀌었다. 껍데기뿐만 아니라 내용물까지 새로운 회사가 된 것이다. 모든 내장이 새 걸로 교체된 셈이니 문제가 터져 나오는 게 당연했다.

사내 시스템 변경 때문에 업무 실수가 발생하고, 새로운 경리 제도와 인사 제도에 대한 문의가 매일 이어졌다. 하나모리 측뿐만 아니라 블루아 쪽 직원들도 새로운 환경에 적응할 때까지 시간이 필요한 것이리라. 앞으로 직원들의 업무방식은 크게 바뀌어갈 것이다.

"정말, 하루하루마다 다양한 일이 벌어진다니까…."

"저도 설마 뉴욕 본사의 지인에게 터너 사장님이 아이를 싫어하는지 물어보게 될 줄은 몰랐습니다."

"쇼 군이 사장실에 쳐들어갈 줄 누가 알았겠어? 그 터너 사장이 얌전히 카드놀이를 하며 놀아준 것도 그렇고."

터너는 쇼에게 일본어로 이야기했을까? 한 번 상상해봤지만, 그는 바닥이 보일 만큼 살짝 미소를 띤 채 어딘가로 사라져버리고 말았다.

다행히 쇼를 맡아준 것에 대한 문책은 없었다. 쇼와 아오이가 돌아간 뒤에 바이유와 다시 사장실로 사과하러 갔더니, '아이는 사회의 보물이다'라는 유창한 영어로 일축해버렸다. 사회복지적인 관점은 제대로 갖추고 있는 것 같다.

"다만 본사 쪽 사람한테 물어보면서 추가로 알게 된 사실이 있습니다. 아무래도 터너 사장님이 추진한 신제품 개발 프로젝트는 원래 본사에서 내려온 명령인 것 같아요."

"빨리 자회사로서의 성과를 내서 일체감을 높이려고?"

"그리고 그렇게 억지로 프로젝트를 추진하는 과정을 통해 판단하려는 거겠죠. 블루아 하나모리가 블루아의 자회사로서 어디까지 할 수 있을지라던가…."

지파이 조각을 삼킨 바이유가 말끝을 흐렸다. 아아, 쉽게 말해 전에 터너가 말한 인원 감축에 대한 결단이 신제품 개발에 걸려 있다는 말이리라.

"프로젝트가 잘되지 않으면 하나모리 쪽 인간은 인원 감축의 대상이 된다는 거군. 총무부 직원인 내가 가장 위험할지도 모르겠어."

"그렇게 되지 않기 위해 우리가 열심히 뛰어다니는 거잖아요."

"일단은 연구개발부가 문제야. 이즈미사와가 아까 문자로 알려줬는데, 하나모리팀과 블루아팀으로 나뉘어서 시연회 형식으로 신제품을 결정하기로 했다고 하거든."

"최악이군요."

이마에 손을 얹은 바이유는 질린다는 듯이 두 번째 캔맥주를 비웠다. 그래, 마시지 않고는 버틸 수가 없으리라.

하지만 연구개발부를 변화시키는 건 여간 힘든 일이 아니었다. 그들이 총무부의 다다오미의 조건 따윌 들어줄 리가 없다.

그들의 목소리가 들렸는지, 가즈코 씨가 현관문을 열며 얼굴을 쑥 내밀었다.

"저기, 거기 두 사람. 옥수수를 좀 쪘는데 먹을래?"

그녀는 대답을 듣기도 전에 옥수수가 담긴 그릇을 들고 안뜰로 나왔다.

9월

애초에 상품의 콘셉트 자체가 근본적으로 달랐다. 지도리 스미레는 블루아의 상품일람 자료를 넘겨보며 무심결에 '헤에' 하고 감탄했다.

영업부에서는 크로스셀의 본격 도입을 위한 팀이 편성되어 한동안 하나모리와 블루아의 각 제품에 관한 공부회가 열렸다. 스미레를 비롯한 직원들 앞에서 영업부 GM인 이케타니가 솔선해서 상품에 대한 프레젠테이션을 하고 있었다. 한편 하나모리 쪽 영업 직원은 스미레를 비롯한 젊은 직원이 중심이었다. '이런 건 젊은 친구들이 가는 게 낫지'라는 사카키바라의 판단으로 2, 30대의 직원들이 크로스셀 팀에 보내진 것이다. 물론 성가신 일을 떠맡았다는 느낌도 없지는 않다.

옆에서는 후배인 시바가 자료에 뭔가를 열심히 적고 있었다. 블루아 제품은 일단 바리에이션이 다양했다. 세탁 세제 하나만 봐도 열 종류에 가까운 향이 출시되었다. 가게 선반에 다양한 향기 샘플이 나란히 전시된 것만 봐도 상당한 박력이 있었다. 고객이 마음에 드는 향의 제품을 골라 세탁을 통해 몸에 두르는 것. 옷이나 화장품을 고르듯 비누, 세제, 섬유유연제, 입욕제 등을 구입하도록 만드는 것이 블루아의 판매 전략이었다.

공부회는 오후 6시에 끝났다. 총 1시간 정도였지만 다뤄지는 정보량이 너무 많아 미간이 아플 정도다. 평소의 영업 회의였다면 2시간은 걸릴 만한 내용을 1시간으로 응축시킨 느낌이었다. 쓸데없이 긴 회의도 싫지만, 비는 시간 없이 수많은 정보량을 따라가야 하는 회의 역시 이것대로 너무 힘들었다.

"시바는 의욕이 넘쳐 보이네."

영업부 직원들이 속속 회의실을 빠져나가는 가운데, 시바는 자기가 적은 메모를 노려보며 작게 신음하고 있었다.

"제가 담당하는 구역에는 대학생이나 젊은 가족이 많이 살아서 블루아 제품과 상성이 좋을 것 같거든요. 하나모리 비누에 블루아의 섬유유연제 샘플을 끼워 넣거나 함께 구매하면 혜택을 주는 행사를 하면 반응이 좋지 않을까 해서요."

"괜찮은데? 한 번 제안해봐. 크로스셀 팀이라면 사카키바라 씨보다는 말을 꺼내기 쉬울 거 아냐?"

그렇겠죠… 라고 시선을 돌리며 시바는 자료 뒤쪽에 일러스트 같은 것을 그리고 있었다. 가게 앞에서 행사를 전개하는 그림인 것 같았다.

"결과가 좋으면 시바에 대한 평가가 올라가서 급료에도 반영될 테니까, 아이디어가 있으면 전부 말해버리는 게 나아."

170

이제부터 그들의 급료는 소위 성과임금제로 바뀐다. 스미레도 기존의 방식을 고수하면 급료가 떨어질지도 모른다는 긴장감을 느끼고 있었다.

"가게 측의 의견을 들어보고 좀 더 생각해볼게요."

"오, 괜찮다. 영업사원의 귀감이네."

"매일 손으로 일일 보고서를 쓰는 것보다야 훨씬 보람이 있잖아요."

시바가 평소의 영업회의보다 훨씬 의욕 넘치는 얼굴로 고개를 끄덕이며 회의실을 빠져나갔다. 젊은 직원들만 의무적으로 손글씨로 제출해야 했던 영업 일일 보고서(이력서를 손글씨로 적지 않으면 사람 됨됨이가 전해지지 않는다는 것과 똑같은 논리라고 스미레는 생각했다)는 이번에 고맙게도 폐지되었다.

영업부 사무실로 돌아오자 사카키바라가 부하들에게 "6시 됐다~. 정시 됐다~"라고 말하고 있었다. 매수 전이었다면 절대 있을 수 없는 광경이었다. 오히려 6시에 바로 퇴근하려고 하면 "어, 오늘은 빨리 가네?" 라는 말을 들었다.

영업부는 다른 부서보다도 잔업 시간이 많은 편이었지만 지난달부터 본격적으로 잔업 시간 줄이기가 시작되었다. 덕분에 회의 시간은 짧아지고 종이 서류 제출도 줄어들었다.

이메일을 확인한 시바가 "수고 많으셨습니다~" 라며 퇴근했다. 다른 젊은 직원들도 7시까지는 속속 돌아갔다. 아마 영업부의 잔업 시간은 이번 9월부터 획기적으로 개선될 것이다.

다만—.

"사카키바라 씨, 크로스셀 공부회에서 나온 자료를 일단 정리해뒀으니까 시간 나실 때 읽어보세요."

이케타니의 프레젠테이션 내용을 추가해서 정성껏 인쇄해 클립으로 묶은 자료를 사카키바라의 책상으로 가져갔다. 급한 업무는 아니었지만… 뭐, 사실 사카키바라에게 말을 걸기 위한 구실이나 다름없었다.

"어, 고마워. 지도리도 빨리 돌아가. 인사과에 혼날라."

"그 점포는 사카키바라 씨의 담당 구역이 아니지 않나요?"

사카키바라의 명령을 무시한 채 PC에 표시된 자료의 가게명을 가리켰다. 영업부에서 각 점포에 제안할 판매장 구성에 대한 자료였다. 당연히 하나모리 비누의 제품을 중심으로 블루아 제품은 체면치레로만 끼워놓은 정도지만, 그 부분은 굳이 지적하지 않았다.

"어쩌겠어. 젊은 애들한테 남으라고 할 수는 없잖아."

"그야 그렇지만, 사카키바라 씨가 젊은 직원들 업무를 떠맡아서 야근하면 그게 무슨 의미가 있겠어요?"

슬며시 사카키바라의 책상에 놓인 다른 자료를 돌아보자 젊은 직원들로부터 받아온 듯한 일감이 몇 가지 더 있었다. 물론 입사 수년 차인 직원들보다는 사카키바라가 처리하는 편이 빨리 끝날 업무가 많았다. 사카키바라가 확인하고 수정해서 다시 제출하도록 하는 수고도 덜 수 있다.

"젊은 애들이 2시간씩 잔업하는 것보다는 사카키바라 씨 혼자서 4시간 잔업하는 게 부서의 총 잔업시간이 줄어들긴 하겠지만…"

"관리직 아저씨의 잔업 시간이 많아지는 건 아무도 뭐라고 안 하지만, 젊은 애들의 잔업 시간이 늘어나는 건 바로 문제가 되잖아."

달성해야 할 업무량이 그대로라면 자기 혼자 해치우는 게 편하다…는 게 사카키바라의 생각이리라. 비슷한 생각을 가진 4, 50대 직원들이 이 건물에 몇 명은 더 있을 것 같았다.

사카키바라의 입 주위와 관자놀이 쪽이 심하게 부르튼 걸 지적하려고 하는데, "지도리도 빨리 집에 가"라며 쫓겨나고 말았다. 어쩔 수 없이 퇴근 준비를 했다.

엘리베이터를 기다리는데 층계 표시가 총무부가 있는 6층에서 잠시 멈추었다. 혹시나 하면서 기다리는데, 문이 열리자 마시바 다다오미와 린 바이유가 타고 있었다. 마침 대화를 하고 싶었던 두 사람이 나란히 등장애준 것이다.

"직원들의 업무 능력은 그대로인데, 갑자기 잔업 시간을 줄이라는 건 비현실적이에요."

다다오미는 인사도 없이 엘리베이터에 올라탄 스미레를 보며 "갑작스럽군"이라며 쓰게 웃었다.

"우리 부서는 얼핏 보면 잔업 시간이 줄어든 것 같지만, 특정 직원의 잔업만 전보다 늘어났어요."

"파악하고 있어."

"이번에 홍보지에서 잔업 시간 줄이기 운동에 대해 다룬다면서요. 겉으로 보이는 데이터만으로 달성 여부를 따지는 게 아니라, 실태를 파악해야 하지 않나 싶어요."

그렇게 말하며 자신이 흥분했다는 걸 알아차렸다. 자기 잔업이 늘어난 것도 아니다. 오히려 줄어들었다. 줄어들었지만….

엘리베이터가 1층에 도착했다. 옆의 엘리베이터에서 사카키바라와 비슷한 세대의 직원이 내렸다. 재빨리 돌아가는 뒷모습을 눈으로 좇다가 자신이 흥분한 이유를 어렴풋이 깨달았다.

"젊은 직원들이 일하기 힘들던 회사가, 중년들에게 일하기 힘든 회사로 바뀔 뿐이라는 생각도 들어요."

"지도리는 상사들을 자세히 살피는구나."

"그렇다기보다, 아저씨들의 딜레마가 조금 이해가 된 거죠."

출구로 나와 자전거 주차장으로 향하는 다다오미와 바이유를 따라갔다.

"딜레마라니?"

그렇게 묻는 바이유에게, 스미레는 천천히 생각하며 머뭇머뭇 대답했다.

"그 사람들에게 '열심히 일한다'라는 건, 곧 '잔뜩 일한다'였어. 그게 당연한 시대에 회사원이 되었고, 실제로 그걸로 좋은 결과를 얻었지. 그런데 갑자기 노동 시간을 줄이면서 판매량은 떨어뜨리지 말라고, 오히려 올리라고 말하면 당연히 방법을 모르잖아. 그걸 말이지, 후배들은 전혀 알아차리지도 못하고 있다고."

예를 들면 시바가 그렇다. 아저씨 상사들에게 시달려온 그의 심정도 잘 이해가 된다. 그리고 지금의 변화에 적응하지 못해 악전고투하는 사카키바라의 심정도 잘 이해가 됐다.

"난 말이지, 지금의 스물다섯 살 정도의 친구들과는 세대적으로 조금 단절되었다고 해야 할지… 그런 식으로 '나답게 사는 게 최우선'인 느낌으로 사회인이 되진 않았거든. 취업 활동을 시작했을 때도 설명회에서 잔업 시간이나 연차 소화율이나 복리후생에 관한 질문을 하는 건 금기시되는 분위기였어. 입사 3년 동안은 일하는 기계가 될 각오로 회사에 들어왔고. 양쪽의 입장이 어중간하게 이해가 되니까 뭔가 안타까워."

불과 몇 년 사이에 회사는 조금씩 좋게 바뀌었다. 생각해보면 들어가고 싶은 회사에 한 달의 잔업 시간이 어느 정도냐고 물어보는 걸 '일하려는 의욕이 없다'라고 받아들이는 건 이상하다. 압박 면접은 스트레스에 대한 내성을 알아보기 위해 필요하고, 성희롱이나 다름없는 질문을 웃어넘길 수 있는 여자들만 채용되었다. 그게 당연시되던 시절이 비정상이었다. 사회는 조금씩이나마 업데이트되고 있는 것이다.

그리고 그 업데이트에 적응하지 못하는 사람과 직장이 있다는 게 이런 식으로 드러나고 있다.

"아무튼 단순히 잔업시간을 줄이라고 위에서 명령을 내리는 것만으로는 아무것도 좋아지지 않아요."

스미레의 말을 조용히 경청하던 다다오미가 자전거 자물쇠를 풀며 "그렇겠군…" 이라고 중얼거렸다.

"연구개발부에서도 이즈미사와가 단축 근무를 하는 만큼 다른 젊은 직원에게 부담이 가서 어떻게든 도와주고 싶다고 했고. 양쪽 모두 빨리 해결해야겠군."

"남는 자원을 부족한 부서로 돌릴 수 있다면 좋을 텐데 말이죠."

바이유의 말에 자전거 지지대를 발로 접어놓던 다다오미의 움직임이 잠시 멈췄다. 스미레도 '자원'이라는 단어에서 마음에 걸리는 게 있었는지 아무 말도 하지 않았다.

집으로 돌아오자 마침 스미레의 아버지도 퇴근한 참이었다. 어머니가 저녁식사는 냉동 피자라고 했기에 둘이 나란히 "뭐어~ 냉동 피자아?"라고 항의했지만, 오픈 마켓 사이트의 인기 상품이라는 말에 태도를 바꾸었다.

"아빠는 부서 내에서 잔업 시간 줄이라는 말 안 들어?"

아르바이트에 열심인 대학생 남동생을 제외한 세 식구가 싸구려 백포도주와 함께 마르게리타 피자를 먹는 도중 스미레가 불쑥 물었다. 퀴즈 프로그램을 보며 피자를 먹던 아버지는 "당연히 줄이라고 하지"라며 고개를 끄덕였다. 아버지의 나이는 56세니까 사카키바라보다도 한 단계 윗세대였다.

"우리 회사도 줄이라고 하는데, 아빠네 부서는 어떻게 하고 있어?"

스미레의 아버지는 도쿄 내의 식품 제조 회사의 프로모션부에서 부장으로 일하고 있다. 사카키바라처럼 잔업 시간 삭감을 위해 노력하는 것도 중요한 임무일 것이다.

"그래, 노력하고 있지. 매주 조례 때마다 모두 모아놓고 '잔업하지 마'라고 지겹도록 말하거든."

입에 머금었던 백포도주가 기도로 넘어갈 뻔해서, 스미레는 다급히

176

가슴을 치며 기침을 했다. 이런 식이면 연차 소화율을 올리라고 했을 때, 부하들을 불러놓고 '연차 다 써' 라고 말할 게 뻔하다. 그게 문제다. 그런 식이면 아무것도 해결되지 않는다.

"그게 문제야! 그게!"

오후 10시에는 간신히 회사에서 나올 수 있었다. 사카키바라가 올라탄 전철은 많이 붐볐고, 늦더위 탓인지 불쾌한 쉰내가 났다. 목덜미와 옷깃 주위는 땀과 피지로 계속 끈적거렸다.

전철을 갈아탄 뒤, 동네 역에서 집까지 가려면 버스에 타야 했다. 서른두 살 때 30년 상환 대출로 구입한 맨션은 근처에 역이 세 곳이나 있지만, 어느 역이든 걸어서 가기에는 은근히 먼 거리였다. 이 10분 정도의 버스 이용 시간이 사카키바라에게 오늘의 마지막 피로감을 안겨주었다.

간신이 집에 도착하니 거실에서는 아내 기미에가 TV를 보고 있었다. "이제 와?" 라는 인사 뒤에 "만두 구워줄게" 라며 소파에서 일어났다. 오늘의 저녁밥은 만두인가 보다.

작년까지는 집에 돌아오면 외동딸인 아야카가 거실에서 TV를 보고 있었지만, 스마트폰을 사준 뒤로는 밤마다 자기 방에 틀어박혀 버렸다. 친구와 채팅이라도 하는 건지, 유튜브에서 동영상이라도 보는 건지. 아니면 사카키바라가 모르는 재밌는 것에라도 빠져 있는 건지.

"오늘 학부모 면담을 다녀왔어."

사카키바라는 막 구운 만두를 젓가락으로 집으며 "아아, 그게 오늘 이었어?" 라며 되물었다. 아야카는 중학교 2학년으로 슬슬 고등학교 수험도 염두에 두어야 하는 시기다.

"성적이 엉망이라거나 품행이 불량하다거나, 그런 소리는 안 들었지?"

사카키바라의 눈에도 아야카가 특별히 문제 있는 학생으로는 안 보였다. 일주일에 두 번, 착실히 학원에도 가고 시험 점수가 처참했다는 이야기도 기미에는 한 적이 없다.

"응, 지망 고등학교도 이 근처의 공립 학교로 세 곳 써놨는데, 아야카의 성적이라면 괜찮을 것 같다고 담임 선생님도 그러셨어. 그런데, 그런데…"

기미에는 이제부터가 본론이라는 듯이 후후훗 웃으며 어깨를 들썩였다. 사카키바라는 만두를 간장에 찍으며 고개를 갸웃거렸다.

"그 지망 고등학교 조사서에 장래 희망을 적는 란이 있었거든. 아야카가 거기에 글쎄, 유튜버라고 적은 걸 보고 깜짝 놀랐지 뭐야."

기미에가 아하하하, 하고 소리 높여 웃는 바람에 사카키바라는 만두를 떨어뜨릴 뻔했다.

"아니… 유튜버라니…" 라며 당황한 나머지 말을 잇지 못했다.

"선생님 말씀으론 이건 야구선수나 연예인이 되고 싶다는 거랑 비슷한 거니까 걱정하지 않아도 된다고 하는데, 얘도 이제 그런 걸 멋있어 한다고 생각하니까 얼마나 웃기던지. 요즘엔 성우나 케이팝 아이돌이 되고 싶다는 애들도 있대."

그렇게 말을 이어나가는 기미에를 흘겨보며 맥주로 만두를 흘려보
냈다. 고기 기름과 씁쓸한 맥주의 탄산. 그리고 끈적끈적한 늦더위.
그 모든 게 최고의 조합일 텐데도 영 맛이 나질 않았다.

야구선수가 되고 싶다. 연예인이 되고 싶다. 만화가가 되고 싶다. 부
자가 되고 싶다. 아이들이 그런 눈부신 꿈을 갖는 것도 이해가 간다.
사카키바라도 그런 시기가 있었고(야구부였기 때문에 초등학교 졸업 문집
에는 '장래 희망: 프로야구 선수'라고 적었다), 비슷하게 생각하는 친구들도
있었다.

반면에 좀 더 현실적이고 어른스러운, 조금은 무미건조한 아이들도
있는 법이다. 그들은 장래 희망란에 학교 선생님이나 의사, 심지어 공
무원이나 회사원을 적기도 했다. 아야카는 굳이 따진다면 그런 쪽에
속하는 아이라고 생각해 왔다.

사카키바라가 8개의 만두를 다 먹었을 무렵, 기미에가 목욕하러 들
어갔다. 그리고 교대하듯이 아야카가 나와 냉장고에서 보리차를 꺼냈
다. TV에 흘러나오는 예능 프로그램에서는 인기 유튜버라는 청년이
개그맨과 게임을 하고 있었다.

"너, 유튜버가 되고 싶어?"

보리차를 마신 뒤 컵을 씻는 딸의 등에 대고 무심결에 묻고 말았다.
'뭐 어때, 내 마음이지.' '엄마, 아빠한테 왜 말했어?' 같은 반응이 돌
아올 줄 알았지만, 컵을 건조대에 놓은 아야카의 얼굴에는 '귀찮아 죽
겠네'라고 쓰여 있었다. 깊은 한숨과 함께 그게 선명히 보였다.

"그야 즐겁게 돈 버는 어른이 유튜버밖에 없는걸."

아야카는 그렇게 말하며 부엌을 빠져나갔다. 욕실 쪽으로 가는 걸 보면 양치를 하고 슬슬 자려는 것이리라. 그녀는 관악부에서 클라리넷을 불었고, 내일은 아침 연습이 있는 날이었다. '아침 연습도 매일 안 가도 되고, 연습도 전국 무대를 노리고 진지하게 하는 느낌은 아니니까 가성비가 좋아서'라는 게 관악부를 고른 이유였다. 사카키바라는 '동아리를 가성비로 고르는 녀석이 어딨어?'라고 물었지만, 제대로 된 대답을 들었던 기억은 없다.

즐겁게 돈 버는 어른이 유튜버밖에 없는걸.

그렇게 말하는 아야카의 표정이 회사의 젊은 직원들과 똑같았다. 사카키바라가 말을 걸면, 특별히 잔소리하는 게 아닌데도 맹렬히 귀찮아하는 표정이 순간적으로 스쳐 지나갔다. 시바 교이치는 온몸에서 '엮이면 피곤해진다'라는 아우라를 발산할 정도다. 아야카의 눈에도, 그들의 눈에도, 자신은 '즐겁게 돈을 못 버는 사람'으로 보이는 걸까?

모르겠다. 속내를 헤아릴 수 있을 만큼 친해지지 못했으니까.

"즐겁게 일해서 결과가 잘 나오면 누가 고생하겠냐!"

TV 화면을 향해 투덜거렸다. 뭐가 그리 즐거운지, 화면 속 사람들은 껄껄거리는 웃음소리로 가득했다.

'내가 땀을 흘림으로써 문제가 해결된다면 그게 가장 편하잖아….' 또 투덜거리는 말이 나오려는 순간, 미지근해진 맥주를 입에 털어 넣었다.

10월

"영업부문은 잔업 시간 줄이기가 순조롭지 않음. 성과임금제의 동향을 불안해하는 직원들이 나이를 불문하고 대다수. 연구개발부는 아직도 블루아와 하나모리로 나뉜 내분 상태. 제조, 조달 부문은 양쪽이 구역 다툼을 하는 탓에 업무 중복이 발생 중!"

마시바 다다오미는 키보드를 두드리다 말고 "으아아앗!" 하는 괴성과 함께 머리를 감싸 쥐었다. 옆을 지나가던 나루미가 "마시바 씨, 혼잣말까진 그렇다 쳐도 갑자기 소리 지르진 말아 주세요"라며 다다오미의 책상에 티롤 초콜릿을 놓고 갔다.

그 모습을 보고, 자기 자리에서 소금 찹쌀떡을 먹던 하마나 부장이 웃음을 터뜨렸다.

"마시바, 홍보지 내용에 그렇게 스트레스 받지 말라고. 그러다 흰머리 늘어날라."

"홍보지 원고에 이런 내용을 어떻게 쓰겠어요? 사무국 미팅에 제출할 자료입니다."

그때 마침 뒤쪽 책상에서 PC 앞에 앉아 있던 바이유가 말을 꺼냈다.

"홍보지 원고가 끝났습니다. 클라우드에 업로드해뒀어요."

클라우드를 확인하니 블루아 하나모리가 직면한 갖가지 문제를 얇은 포장지로 잘 감싸서 '여러모로 힘들겠지만 열심히 해봅시다' 라는 긍정적인 결론으로 끝맺음한 원고가 업로드되어 있었다. 그래 좋아, 이번 달 호의 홍보지는 이거면 됐다.

"하마나 씨. 미팅 자료, 한 번 확인해주세요."

클라우드에 업로드해도 거의 확인하지 않기에 프린터로 출력해서 하마나의 책상으로 가져갔다. 대충 훑어본 그는 "좋네!" 라며 엄지를 치켜올렸다.

"…제대로 보신 것 맞아요?"

"봤지. 꼼꼼히!"

정말 그렇게 생각하냐며 멱살을 잡고 싶었지만, 시간이 없었기에 참기로 했다.

"하마나 씨도 참석해야 하니까 서둘러 주세요!"

어쨌든 미팅은 이제 5분 뒤에 시작이었다.

막 완성된 자료를 회의실 스크린에 투사할 준비를 하고, 사무국 멤버들을 기다렸다. 한 명 두 명씩 입장하다가 마지막에 최종 보스가 등장했다.

"사장님, 시간을 내주셔서 감사합니다."

하마나가 은근히 공손하게 인사를 하며 터너에게 상석을 권했다. 터너의 표정을 살폈지만 평소처럼 입가에만 가식적인 미소를 짓고 있을 뿐, 기분이 좋은지 나쁜지 알 수 없었다. 그의 뒤에 대기한 바이유와 눈을 마주치자 자기도 모르겠다는 듯 고개를 살짝 저어 보였다.

오늘 미팅은 블루아 하나모리가 본격적으로 가동된 이후의 중간 보고를 겸하는 자리였다. 쉽게 말해 터너에게 자회사화가 얼마나 진행되었는지를 보여주기 위해 모인 것이다.

미팅 자체는 순조롭게 진행되었다. 각 부서의 질의응답 결과와 부장급에서 제출한 보고서, 근로 데이터 변화를 간결히 보여주고 수정이 필요한 부분에는 개선책에 대한 아이디어를 덧붙였다. 그걸 토대로 사무국 멤버들은 이렇게 하고 저렇게 하자는 의견을 냈지만, 터너는 시종일관 입을 다문 채였다. 토의 끝에 최종적인 의견을 구할 때도 아무 말도 하지 않았다.

"…어, 벌써 끝났어?"

총무부로 빠르게 돌아온 다다오미를 보며, 영수증을 처리하던 하세가와가 눈을 동그랗게 떴다. 하마나를 끌고 나간 지 아직 1시간도 되지 않았던 것이다.

"회의가 원활하게 끝났다는 건, 결국 나중에 문제가 터져 나온다는 얘기거든요."

이건 회사의 만능 살림꾼으로서 10년 넘게 일해오며 생겨난 감이었다. 회의에서 의견이 격렬하게 충돌하는 건 그것대로 피곤하지만, 아무 풍파도 없다는 건 그것들이 전부 나중에 휘몰아치게 될 전조였다.

"그렇게 부정적으로 생각하지 말라고. 괜찮을 거라니까 그래."

느긋한 발걸음으로 자리로 돌아온 하마나가 아까 마시던 커피를 입에 갖다 댔다.

"식어버렸군."

그는 자리에서 일어나 오피스 구석에 놓인 커피 메이커의 스위치를 켰다.

그때 고정 전화가 울렸다. 외선과 내선은 신호음이 다르기 때문에 회사 내에서 걸려 온 전화라는 걸 바로 알 수 있었다. 나루미가 신호음 한 번 만에 받으며 "네, 총무부입니다"라고 응대했다.

전화가 연달아 울리면서 하세가와와 다른 직원들도 고정 전화의 수화기를 집어 들었다. 근태 관리 시스템, 청구서와 경비의 관리 시스템이 새롭게 바뀐 이후로 가끔 이럴 때가 있었다. 문의 전화는 대부분 같은 타이밍에 쇄도하기 마련이다.

"아무리 그래도 너무 일제히 몰리는데."

다다오미도 자기 책상에서 전화를 받았다. 외부에서 온 전화였다. 청소 대행업체에서 3개월에 한 번씩 해주는 창문 청소에 대한 연락이었다. 스케줄을 확인하고 클라우드 상의 공유 달력에 입력하니 오래 알고 지낸 담당자가 "아, 그러고 보니 말인데…"라며 화제를 바꾸었다.

"저도 뉴스 봤습니다…. 많이 힘드실 테지만, 정식으로 결정되면 저희와의 계약도 다시 확인해주시죠…"

조심스레 말을 꺼내는 담당자에게 "네?"라고 되물으며 고개를 갸웃거렸다. 매수 뉴스가 처음 나왔을 때는 이런 식의 대화를 자주 했지만, 요새는 뜸해진 지 오래였다.

"뉴스라면…."

"마시바 씨, 혹시 아직 못 보셨어요?"

다다오미는 상대가 말하는 대로 눈앞의 PC로 하나모리 비누를 검색했다. 아, 지금은 블루아 하나모리였지…하면서 검색 버튼을 누른 뒤에야 떠올렸지만 그 뉴스는 '하나모리 비누'로도 검색되었다.

〈블루아 하나모리(구·하나모리 비누) 본사 이전. 창업지 떠난다〉

4월에 외국계 화장용품 제조 업체 블루아에 매수되어 자회사로 편입된 블루아 하나모리(구·하나모리 비누)는 창업지인 도쿄도 신주쿠구 시모오치아이의 본사 매각 검토에 들어갔다. 매각 후에는 본사 기능을 니시신주쿠의 블루아 일본지사로 이전할 것으로 보인다. 관계자는 이전과 함께 인원 감축안도 검토 중이라고 밝혔으며—.

기사 내용은 그 뒤로도 이어졌다. 하나모리 비누가 매각될 때까지의 경위와 창업자가 급사한 뒤로 실적이 악화되어 아들인 2대 사장이 가진 주식을 블루아에 매각하는 형태로 회사를 팔아넘겼다는 것. 역사가 오래된 일본 회사가 외국계 기업에 매수되는 사례가 끊이지 않고 나온다는 것…. 지금까지 질릴 만큼 봤던 정보가 무기질적인 고딕체의 소용돌이 속에서 꿈틀거렸다.

다시 연락드리겠습니다, 하고 말하며 전화를 끊었다. 다른 직원들은 아직 수화기를 들고 있었다. 아무래도 이건 뉴스를 본 직원들의 문의 쇄도인 것 같다. 나루미는 책상을 내리치며 소리쳤다. "제가 어떻게 알아요! 저도 방금 확인했는데요!"

사내 메신저에서도 비슷한 문의가 잇달았고, 회사용 스마트폰으로도 친한 직원들의 연락이 왔다.

"하마나 씨…!"

이게 대체 어떻게 된 겁니까! 라고 소리쳤지만 커피를 타던 하마나의 모습이 사라졌다. 설마 성가신 일이 벌어질 냄새를 맡고 재빨리 도망친 걸까? 정말 엄청난 후각이 아닐 수 없다.

"다다오미 씨, 이 뉴스…."

돌아보니 바이유가 다다오미의 PC를 내려다보며 미간을 찡그리고 있었다. 할 말을 잃은 채 침을 꿀꺽 삼키는 게 보였다.

"바이유, 알고 있었어?"

"아니요, 일본 지사에서도 이런 이야기는 못 들었습니다. 게다가 여기 나오는 관계자라는 건…."

본사의 매각이라는 중대 사항을 결정할 수 있는 사람이 그렇게 많을 리는 없다. '본사 매각', '인원 감축'이라는 단어가 뇌리에 낙인처럼 새겨지다 까맣게 타버렸다. 귀 안쪽이 자신의 사고회로가 타버리는 소리로 가득 차버렸다.

전화가 다시 울렸다. 이번엔 내선이었다. 다다오미는 손을 뻗으려다 말고 발걸음을 돌렸다. 어디로 가려는 건지가 몸짓에서 드러났는지, 바이유도 "다다오미 씨?" 하며 황급히 뒤쫓아왔다.

상관하지 않고 사장실로 향했다. 세 번 문을 두드렸다. 대답은 없었지만 "실례합니다" 라는 말로 문을 열었다.

미팅을 막 끝낸 터너는 창가 쪽 책상에 앉아 있었다. 한때 하나모리 비누의 사장이 쓰던 철제 책상과는 압도적으로 다른 중후한 책상에 한쪽 팔꿈치를 괸 채 얼굴을 들었다.

"본사 이전과 인원 감축에 관한 뉴스가…."

일부러 일본어로 말했다. 터너는 가죽 의자에 앉은 채 이쪽을 올려다보았다. 색소가 옅은 갈색 눈동자는 다다오미의 말을 분명히 이해하고 있었다.

"반년이네."

그는 영어로 이야기할 때의 상대를 총으로 저격하는 듯한 분위기와 조금 다른, 묘하게 맑은 음성으로 말했다.

"반년이나 지났는데 아직도 블루아 하나모리는 '블루아'와 '하나모리'로 나뉘어 있지. 서로 조금도 타협하려 하지 않고, 이물질을 이물질로만 보며 계속 불쾌해하고 있어. 마치 애들 싸움이나 다름이 없지. 사옥 이전과 인원 감축 정도의 극약 처방이 없다면 자네들은 계속 이대로일 것 아닌가? 이런 식이면 매수를 한 의미가 없네."

미팅에서 밋밋한 반응밖에 보이지 않던 터너의 속내를 이제야 알 것 같았다. 그는 다다오미가 만든 자료 같은 걸 보지 않아도 블루아 하나모리의 실태를 전부 꿰뚫어 보고 있었기에, 미팅에서 굳이 질문이나 지적을 할 필요조차 없었던 것이다.

시선을 느끼고 돌아보니 심각한 얼굴의 바이유가 뒤에 서있었다. 총무부 직원이자 사내 소통 분과회의 멤버이자 사장 비서 겸 통역인 그의 입을 통해, 터너는 얼마든지 회사 내의 상황을 전해 들을 수 있었으리라. 바이유도 터너가 물어보면 별 거리낌 없이 대답했을 것이다. 그는 결국 블루아 쪽 사람이니까.

"일본 지사가 입주한 빌딩에서 조만간 층 하나가 비게 되네. 거기서 200명 정도는 일할 수 있을 테니 자회사를 옮겨가기엔 딱 좋은 장소지."

"그것 때문에 인원을 감축하는 겁니까?"

매수 전, 하나모리 비누 본사에서 일하던 직원만 약 300명이다. 매수를 계기로 이직한 직원도 있지만 블루아에서 넘어온 직원들을 더하면 300명이 넘는 직원들이 있었다.

"100명을… 자를 겁니까?"

"그래야겠지."

터너는 별일 아니라는 듯 대답했다. 어깨에 묻은 먼지를 털어내는 듯한 가벼운 말투였다.

"자원이 부족한 부서를 보충하고, 자원이 남는 부서는 효율화를 꾀할 필요가 있지. 백오피스 쪽에는 셰어드 서비스 도입을 검토하고 있네."

이건 협박이었다. 지금 네 목은 단두대에 걸려있다는 협박이었다.

블루아 하나모리가 된 이후로 통합의 상징인 사무국에 발을 깊숙이 들인 채 열심히 뛰어왔다. 다른 직원들로부터 '하나모리로서의 자긍심이 없는 거냐'라거나 '총무부는 어차피 애사심 따위 없다' 같은 말을 들으며 블루아 하나모리에 하나모리 비누를 남기기 위해 노력해왔다.

회사명이 바뀌고 사옥이 사라지고 인원은 감축되며, 내년에는 블루아 하나모리로서 신제품을 내놓는다. 대체 그 어디에 하나모리 비누가 남아 있다고 할 수 있을까.

납득할 수 없는 현실 앞에서도 열심히 발버둥 친 결과가 고작 이것이란 말인가?

"다니엘."

터너가 바이유를 불렀다. 명백한 일본어 발음이었기 때문인지 바이유는 "네" 하고 일본어로 대답하며 자세를 바로 했다.

"대외적으로 성명을 발표하도록 해. '현시점에서 결정된 사항은 없다'라고."

"…사옥 이전 뉴스는 부정해도 되는 겁니까?"

"회사에서 정식으로 결정된 사항이 없다는 것뿐이야. 회사 내에도 똑같이 발표해두라고."

일본어로 대화하는 게 섬뜩했는지, 바이유의 대답이 한 박자 늦었다. 터너는 뭐가 그리 재밌는지 그런 비서의 모습을 유쾌하게 바라보았다.

그의 눈이 매끄럽게 움직이며 다다오미를 바라보았다.

"업무로 복귀하게."

입술 끝으로 싱긋 웃더니 곧바로 유창한 영어로 말을 이었다. 똑같은 명령을 영어로 다시 한번 말한 것 같았다. 더 이상 너와 할 말은 없다는 의사표시였다.

사장실을 나오자 등 뒤에서 "다다오미 씨" 하고 부르는 바이유의 목소리가 들렸다. 그제야 다다오미는 자신이 주먹을 있는 힘껏 쥐고 있었다는 사실을 깨달았다. 이렇게 힘을 주었던 건, 어머니가 누운 관이 화장로에 들어가는 걸 지켜본 이후로 처음인지도 모른다.

"터너 사장님은 '회사에서 정식으로 결정된 사항은 없다' 라고 하셨습니다. 사장님이 그런 식으로 말씀하시는 걸 보면 아직 상황을 뒤집을 여지는 있을 겁니다. 지금은 일단 영업부와 연구개발부를 비롯해 자원 불균형이 일어난 부서를 잘 처리하고 신제품의 개발을—"

"직원을 자원이라고 부르지 말아줘."

이건 전에도 그에게 하고 싶었던 말이었고, 방금 터너에게 하고 싶었던 말이기도 했다.

"난 나 자신을 자원이라고 생각해본 적이 없고, 다른 직원들을 자원이라고 생각해본 적도 없어."

언성을 높이진 않았지만 충분히 공격적인 목소리라는 게 스스로도 느껴졌다.

"총무부의 업무는 집안일 같은 거야. 어머니가 매일 당연히 해주시는 일들. 너무 당연해서 노동으로서의 가치를 발견할 수 없지. 그 정도로 당연한데, 없으면 난리가 나. 모두가 기분 좋게 열심히 일하려면 꼭 필요한 업무야."

이익을 창출하지 못하는 부서라도, 항상 똑같은 업무만 반복하더라도, 누군가가 그 일을 맡음으로써 다른 부서가 돌아갈 수 있다. 설령 알아주는 사람이 없다 해도, 안 보이는 곳에서 계속 사람들을 도울 것이다.

"그래서 난 너희의 가치관을 받아들일 수 없어. 직원을 자원이라고 부르는 것도, 직원을 평가하면서 등급이라는 단어를 사용하는 것도, 블루아 하나모리로 쉽게 통합될 수 있다고 생각하는 것도."

계속하다간 나중에 후회할 말이 나올 것 같아서 입을 꾹 다물었다. 뇌에 산소가 충분히 공급되지 못하는 것처럼 생각이 감정을 제대로 따라가지 못했다.

"오오, 한 판 벌이고 있군, 마시바."

대체 어디에 가 있었는지, 하마나가 태연한 얼굴로 돌아왔다. 그들의 대화가 들렸는지, 총무부 사무실에서 하세가와와 나루미가 이쪽을 지켜보고 있었다.

"마시바 군이 싸움을 다 하고, 별일이네."

미소 지으며 말하는 하세가와에게 아무 대꾸도 할 수 없었다.

"마시바, 이런저런 일들 때문에 다들 힘들어하는 것 같으니까, 먹으면 힘이 나는 슈크림이라도 사오겠어? 바바 양과자점에서 늘 사오던 그거."

하마나가 주머니에서 지갑을 꺼내 1만엔 지폐를 다다오미의 손에 쥐여주며 어깨를 두드렸다.

"가는 김에 바깥 공기 쐬면서 머리도 좀 식히고."

마치 아이에게 심부름을 시키는 아버지 같다. 아버지 같은 건 만나본 적이 없어서 실제로 어떨지는 모르겠지만.

"…알겠습니다."

머리 식힐 시간이 확실히 필요하다는 생각이 들었기에 자전거를 타지 않고 걸어서 회사를 나왔다. 이즈미사와 아오이가 "마시바 군!" 하고 부른 것은 바로 그 직후였다.

"아… 벌써 4시가 넘은 건가."

"무슨 일이야?" 까만 백팩을 멘 아오이가 달려오며 물었다. 단축 근무인 그녀는 이제부터 어린이집에 쇼를 데리러 가는 것이다.

"심부름. 부장님이 모두가 먹고 힘을 낼 슈크림을 사오라셔서."

"힘을 낸다니, 혹시 아까 뉴스 때문에?"

아무래도 연구개발부에도 사옥 이전과 인원 감축에 대한 소식이 전해진 것 같았다. 총무부에 그렇게나 문의가 쇄도했으니 당연한 일인지도 모른다.

"그럼 설마 사옥 이전이 사실이야?"

"사장님은 아직 결정되지 않았다고 하시는데, 검토되고는 있는 것 같아."

다카다노바바역을 향해 걸어가며 혹시나 하는 생각에 주위를 둘러보았다. 외근 나가는 영업사원이나 회사로 복귀하는 직원들은 보이지 않았기에 일단 사실대로 말했다.

"연구개발부의 실험 설비는 어떻게 되려나…."

"연구개발동만 남기고 연구원들은 그대로 근무하게 될 수도 있어. 블루아의 일본 지사는 니시신주쿠니까 여기서 그렇게 멀지도 않거든."

걸어가면서 목덜미 쪽이 조금 으스스했다. 웃옷을 걸치고 나오는

192

걸 깜빡한 것이다. 이제 10월 중순이 넘으면서 지독하던 늦더위도 자취를 감추고 말았다. 불과 얼마 전까지 무더위 속에서 통근하곤 했는데 계절 변화에 둔한 메시지로 거리에서도 짧은 가을 냄새가 났다.

"시간 참 빨리 가네…. 매수된다는 걸 처음 알았을 때는 쌀쌀한 3월이었는데."

그 무렵, 사과 아파트 안뜰에 자라난 매화 나무에는 연분홍색 꽃이 피어 있었다. 매화꽃은 금세 떨어지고, 열매를 맺고, 수확되어 매실주로 담가졌다. 지금 매실의 가지와 잎은 내년에 대비해 깊은 잠에 빠질 준비를 하고 있었다. 하지만 다다오미가 일하는 회사는 제대로 앞으로 나아가지 못하고 있다.

"내년 이맘때쯤에 마시바 군은 새로운 사옥에서 일하고 있으려나."

잉여 자원으로 분류되어 해고될지도 모르지. 운이 좋다면 다른 부서에서 일하고 있을지도 모르고. 굳이 그런 대답을 하는 대신 웃어 보였다. 하지만 한숨 소리인지 웃음소리인지 모를 애매한 반응이 되고 말았다.

"바이유 말로는 아직 상황을 뒤집을 여지가 있지 않겠냐고 했어. 그래도 터너 사장을 가장 가까이서 지켜본 사람이니까, 맞는 말일지도 모르지."

"그건 결국, 신제품 개발 프로젝트에 임하는 우리의 책임이 한층 더 무거워진다는 얘기네."

아오이는 익살스러운 말투였지만 조금 경직된 얼굴로 팔짱을 끼었다.

"여전히 하나모리팀과 블루아팀이 각자 따로 신제품을 개발하고 있는 거지?"

"블루아 쪽 연구원들은 화장실에서나 마주치고 있어. 사용하는 층도 각각 다르니까."

하나모리와 블루아가 각자의 신제품을 시연회에 선보여서 하나모리팀이 이기든, 블루아팀이 이기든 똑같은 결말을 맞이할지도 모른다. 블루아 하나모리로 통합되지 못한다면 많은 하나모리 쪽 사람들이 인원 감축의 대상이 될 게 분명했다.

"저기, 마시바 군."

신호등 앞에서 멈춰 섰을 때 아오이가 조심스럽게 그의 얼굴을 들여다보았다.

"3년 전까지 연구개발부에 있던 기리야마 씨 기억해?"

"아아, 기리야마 씨? 당연히 기억하지. 그분이 정년 후에 재고용제도로 계속 일하게 되었을 때, 그 수속을 내가 맡았는데."

기리야마 가쓰미는 연구개발부의 부장으로 60세의 정년을 맞은 뒤에도 65세까지 계속 일했다. 연구개발 외길의 고집스러운 성격이지만 그만큼 많은 실적을 낸 사람이기도 했다.

"기리야마 씨가 어쨌는데?"

"우리 부장인 쓰치야 씨나 과장인 요코스카 씨도 그렇지만, 다들 기리야마 씨의 제자나 다름없어서 기리야마 씨가 은퇴한 뒤로도 많이 의지하고 있거든. 지금도 가끔 기리야마 씨 댁에 공부 모임 겸 음주 모임을 하러 가는 것 같아."

"아, 혹시…?"

"아무래도 기리야마 씨가 쓰치야 씨 같은 사람들을 부추기고 있는 것 같아. 신제품 회의 때도 '기리야마 씨 같은 은퇴자분들을 위해서라도 패배는 용납될 수 없다'라거나 '은퇴자분들의 체면을 구길 수는 없다' 같은 말을 하거든. 애초에 하나모리 비누의 성분 리뉴얼도 원래는 기리야마 씨의 아이디어였던 것 같아."

다다오미는 자기도 모르게 미간을 손으로 눌렀다. 신호가 바뀌었지만 즉시 걸어갈 수 없었다. 결국 아오이 뒤로 천천히 뒤따라갔다.

"우리가 아무리 노력해도 기리야마 씨가 위에서 통제하고 있는 이상은 블루아와 타협할 가능성이 없다는 건가."

"반대로 기리야마 씨가 '블루아와 함께 열심히 해봐라' 같은 말을 하면 확 바뀔 것 같다고 생각하거든."

아오이를 보니 '하지만 힘들겠지' 하는 표정이었다. 다다오미도 기리야마가 그렇게 유연한 사람이라고는 생각하지 않았다. 그러고 보니 매수 보도 직후에 '주니어와 연락이 안 되는데 어떻게 되어가는 거냐!'라며 총무부에 연락해온 적이 있었다. 매수에 가장 분노한 사람은 틀림없이 기리야마일 것이다.

아오이는 입을 다물어버린 다다오미 옆에서 걸음을 늦추며 나란히 섰다. 그리고 "마시바 군" 하고 다시 한번 이름을 불렀다.

"미안. 쓸데없는 정보를 말한 건지도 모르겠어. 기리야마 씨 세대의 사람들은 자기가 몇십 년이나 일한 회사가 외국계 기업에 매수되었다는 걸 용납하기 힘들 거고, 기리야마 씨를 돌파구로 삼기는 어려울 거라고 생각해. 블루아의 세제 냄새도 그렇고, 기리야마 씨는 절대로 용납하지 않을 거야."

그렇겠지. 입이 바싹 마른 탓에 목소리가 제대로 나오지 않았다.

다카다노바바역이 가까워지면서 길 앞쪽이 조금씩 붐비기 시작했다. 근처 대학에 다니는 학생들이 즐겁게 떠들며 역을 향해 걸어갔다. "즐거워서 좋겠군 그래"라는 말이 자기도 모르게 흘러나왔다.

"저기, 이즈미사와는 하나모리가 매수되었을 때 어떤 생각이 들었어?"

갑작스런 질문이었지만 아오이는 생각에 잠기면서도 대답해주었다.

"그야 깜짝 놀랐지만, 기리야마 씨처럼 '용납 못 해!' 하면서 화가 난다기보다는 내 생활이 더 걱정됐지. 회사에서 잘리면 어떡하나, 잘린 뒤에는 어떻게 살아가야 하나, 그런 거. 물론 애사심 같은 것도 있긴 하지만, 그것보단 내 생활이나 미래가 걱정됐던 게 사실이야."

"…그렇겠지."

자신들의 자긍심을 빼앗겼다고 분노하는 직원이 있는가 하면 당장의 생활을 걱정하는 직원도 있고, 하나모리 비누에 불만이 있던 직원들은 뭔가가 바뀔지도 모른다는 기대를 품었으리라. 세대의 차이, 근속 기간의 차이, 노동 환경의 차이—다양한 차이를 짊어진 직원들이 같은 회사에서 일하고 있다. 블루아에서 파견된 직원들도 그건 마찬가지일 것이다.

그런데 어째서 아무리 시간이 지나도 하나의 회사로 합쳐지지 못하는 걸까? 합쳐지지 못한 채로 따로 떨어져 무너져가는 것일까?

"마시바 군은 어때?"

역까지 이제 수십 미터가 남았을 때, 아오이가 불쑥 물었다. 역으로 향하는 사람들, 역에서 빠져나오는 사람들로 역 앞 교차로는 매우 혼잡했다.

"지금 와서 하는 말이지만, 마시바 군은 블루아 하나모리를 위해서 어떻게 그렇게 노력할 수 있는 거야?"

"우리 회사에서 일하는 사람들을 위해 일하는 게 내 역할이니까."

당연한 듯 입에서 흘러나온 말은 마치 AI의 답변 같았다.

"마침 배속된 곳이 총무부였고, 총무부 일이 적성에 맞아서 쭉 일해오고 있지만, 난 하나모리에서 일할 수 있다면 뭐든 상관없었어."

"그랬어?"

눈을 크게 뜨며 놀라는 아오이를 보자 웃음이 나왔다. 동기들이 자신을 두고 '출세욕 없는 괴짜', '총무부에만 있는 게 뭐가 즐겁냐' 라고 수군거린다는 걸 잘 알고 있었다.

"돌아가신 어머니가, 내가 어릴 때부터 쭉 하나모리 비누를 사용하셨거든. 그냥 그 이유 때문이긴 해."

하나모리 비누의 냄새는 곧 엄마 냄새였다. 그 이야기를 최종 면접에서 선대 사장에게 했더니 그는 상당히 감격하는 눈치였다. 콧구멍을 벌렁거리며 '난 지금 정말로 감동하고 있네' 라고 직접 말할 정도였으니까. 그리고 전쟁 직후의 허허벌판 앞에서 회사를 세우겠다고 결심한 날부터 오늘까지의 이야기를 1시간 가까이 듣게 되었다. 자신이 맨 마지막 면접자라는 게 진심으로 다행이었다. 결국은 당시부터 총무부에 있던 하세가와가 '사장님, 적당히 좀 끝내주세요!' 라며 면접실로 쳐들어왔으니까.

입사 후에 연수를 거쳐 총무부로 배속되었을 때, 사장은 직접 '자네 는 하나모리 비누의 가장 깊은 곳에서 이 회사를 지탱해주게' 라며 어 깨를 두드려주었다.

그 이후로 12년이 흘렀다. 다다오미는 변함없이 총무부에서 일하고 있다.

"별로 나 자신을 비하하는 건 아니고 진심으로 하는 생각인데, 난 정말 아무것도 없는 인간이니까."

"어, 아니, 그, 그렇지는…"

당황하는 아오이를 보고 웃으며 "아무것도 없는 인간 맞아" 라고 거 듭 말했다.

"가족도 없고, 본가라고 부를 수 있는 장소도 없고, 인생에 특별히 커다란 목표나 야망이 있는 것도 아냐. 그래서 하나모리 비누에서 사 람들을 지원하는 게 정말 적성에 맞거든. 적성에 맞으니까 거기서 보 람을 발견하게 되었고."

자신의 그런 성격을 부정적으로 여기진 않았다. 자신이 진정 있어야 할 장소를 향해 매진하는 인생이 있다면, 우연히 발견한 안식처에서 '난 여기서 열심히 살아야지' 하고 결심하는 인생도 있을 수 있지 않 은가.

회사에 총무부가 반드시 필요한 것과 마찬가지다. 프론트 오피스 업 무만으로는 회사가 돌아갈 수 없고, 반드시 백오피스 업무가 그들을 지원해줘야 한다. 회사는 어느 한쪽만으로는 굴러가지 못한다.

"그래, 마시바 군은 그런 사람이었구나."

진지하게 고개를 끄덕이는 아오이가 무슨 생각을 하는지 손에 잡힐 듯이 알 것 같아서 무심결에 웃고 말았다. 웃을 때의 숨결이 따뜻해서 겨울이 가까이 왔다는 게 실감났다.

"안 보이는 데서 꼭 필요한 사람이 되고 싶어하는 괴짜. 동기 녀석들의 평가가 딱 정확했던 거지."

"괴짜라는 말은 좀 심한 것 같지만 말야. 마시바 군 덕분에 다들 일할 수 있는 건데."

"그런 식으로 생각해주는 사람만 있는 건 아니잖아."

총무부의 인원 감축안이 발표되면 하나모리 직원들조차 찬성하지 않을까? 자신들을 자르기 전에 총무부를 자르면 되지──그런 식으로 말하지 않을까? 언젠가 했던 나쁜 상상이 뿌리 깊게 되살아났다.

"난 그렇게 생각해."

지난번 쇼를 맡아준 덕분에 정말 큰 도움이 되었다고 다시금 감사 인사를 받았다. 진지하게 감사를 받는 건, 역시 조금 쑥스러웠다.

"우리 부장님이 자기 돈으로 슈크림을 사오라고 했는데, 이즈미사와 랑 쇼 군이 먹을 것도 살 테니까 가져가."

일부러 화제를 바꾸어 쑥스러움을 물리쳤다. 하지만 의도가 너무 보인 탓에 큰 효과는 없었다.

"어, 괜찮겠어? 총무부가 먹고 힘을 낼 슈크림 아냐?"

"괜찮아, 괜찮아. 꽤 맛있으니까 쇼 군도 좋아할 거야."

역 앞 로터리를 빠져나와 바바 양과자점에서 슈크림을 샀다. 하나모리 비누가 창업한 시절에 오픈했다는 가게 안은 상당히 낡았지만, 꽃 모양 타일이 붙은 벽은 어린 시절에 어머니와 살던 집으로 돌아간 듯한 기묘한 그리움을 안겨주었다. 그 집의 벽은 꽃 모양도, 타일도 없었지만 말이다.

슈크림을 2개만 다른 봉투에 넣어달라고 해서 아오이에게 주었다. 올해 60세를 맞이하는 2대 주인과 3대째로 물려받기 위해 한창 수업 중인 20대 아들이 나란히 서서 "항상 이용해주셔서 감사합니다" 라고 일부러 주방에서 나와 인사해주었다. 하나모리와 달리 이 가게는 세대교체에 성공했다.

"마시바 군, 고민을 너무 쌓아두지 마."

아오이는 가게를 나오자마자 그렇게 말하며 다다오미의 얼굴을 들여다보았다. 지금은 자신이 그녀를 위로해야 하는 상황인데도 오히려 위로를 받고 말았다.

슈크림 봉투를 들고 역 개찰구를 통과하는 아오이를 배웅하며, 깊은 곳에서 회사를 지탱하는 게 정말 힘들다는 걸 새삼 통감했다.

회사로 복귀하자 회사 내의 문의 쇄도는 일단 진정되었고, 나루미는 다다오미가 가져온 슈크림을 먹으면서 "더 이상은 못해먹겠어! 우리도 아무것도 모른다니까 그러네!" 라고 외쳤다.

슈크림을 총무부 직원들에게 나눠주고, 마지막으로 남은 하나를 바이유의 책상 위에 올려놓으려는데 등 뒤에서 "수고하셨습니다" 라는 목소리가 들렸다. 거북해 죽겠다는 표정의 바이유가 당장이라도 한숨이 나올 듯한 얼굴로 눈썹을 긁적이고 있었다.

"저는 안 먹어도 괜찮으니까 다른 분께 주세요."

아아, 그래… 라고 말하면서 바이유에게서 시선을 돌리려다가—다급히 고개를 저었다.

"아니, 미안, 잠깐만. 여기서 우리가 서로 불편해지면 일하는데 지장이 생겨. 업무의 효율성을 위해 화해하자."

자, 하고 슈크림을 내밀자 바이유는 한순간 당황한 듯 눈을 깜빡거렸다. 하지만 이내 못 당하겠다는 듯한, 안도한 듯한 미소를 지어 보였다.

"좋은 생각이네요."

한두 번의 말다툼으로 며칠씩 험악한 분위기로 지내는 건 지나치게 비생산적인 행동이다. 바이유의 가치관도 그와 똑같다는 게 진심으로 다행이었다.

"바이유, 나중에 할 이야기가 있어. 연구개발부에 관해서."

무슨 이유인지 슈크림을 반대로 든 채 한 입 베어 문 바이유는 잘 알겠다는 듯이 고개를 깊이 끄덕였다.

🏃

기리야마 도모키는 입학식 뒤에 2주 동안만 친하게 지냈던 지인과 대학 식당에서 마주쳤다. 서로의 SNS와 메시지 어플 계정을 알고 있지만 연락하지 않은 지 2년은 넘은 사이였다. 무시하는 것도 거북하고 말을 거는 것도 거북했다. 일단 인사만 나눈 채 식당을 빠져나왔다.

그 지인은 여름만 해도 흑발에 면접용 정장을 입은 모습이 자주 보였지만, 이제 밝은 갈색 머리에 셋업 정장을 차려입고 온몸으로 '난 취업 활동을 끝냈습니다' 라고 주장하고 있었다.

매미가 울던 시기엔 학교 안에서 면접용 정장 차림으로 돌아다니는 게 '착실히 취업 활동 중인 학생'의 상징이었는데, 조금 서늘해진 뒤부터는 '아직도 회사에 들어가지 못한 불쌍한 녀석'이라는 증거가 되고 말았다.

5월의 황금연휴가 끝나면 취업 활동을 제대로 시작해보자. 장마가 끝나면…. 여름방학이 되면…. 이러니저러니 하는 사이, 이제 와서 착실하게 취업 활동을 하자고 마음먹기 힘들어졌다.

그 지인과 사이가 멀어진 건 서로 다른 동아리에 들어갔기 때문이다. 스킬업 동아리였는지 자기개발 동아리였는지 정확한 이름은 까먹었지만, 더 좋은 사회생활을 하기 위해 기업 세미나에 참가하고, 자격증을 취득하고, 인턴십에 참가하고, 학교 밖에서 인맥을 넓히는 게 목적인 동아리였다. 취업 동아리라고 하면 주위에서 취업에 목숨 거는 재미없는 사람들로 볼까봐, '우리 목적은 취업에만 있는 게 아닙니다' 라고 말하기 위해 다른 이름으로 했다는 느낌이 물씬 들었다.

'같이 들어가지 않을래? 대학 졸업한 다음에 취직 못 해서 곤란해지는 건 싫지 않아?' 라고 끈질기게 권유했지만, 얼렁뚱땅 얼버무리며 거절했다. 불안한 마음을 행동의 원동력으로 삼을 수 있다는 게 조금

부럽기도 했다. 도모키를 동아리에 권유한 것도 '아는 사람이 없으면 불안해서' 라는 이유였을 테니까.

그때 권유받은 대로 동아리에 가입했다면 지금쯤 들어갈 회사 정도는 정해졌을까?

수업이 오전에만 있었기에 라운지에서 같은 학과 친구와 1시간 정도 수다를 떨다가 학교 밖으로 나왔다. 그 친구는 일찍부터 대학원 진학을 결정했기에 편하게 이야기할 수 있었다. 대학 4학년이 되면 일상적인 대화 속에서도 자연스레 취업에 대한 화제가 나오고, 어쩔 수 없이 졸업 뒤엔 뭐할지를 생각하게 된다. 사회에 나가게 된 자신의 모습을 억지로 상상하고 싶지는 않았다.

미래에 대한 불안을 취업 활동의 원동력으로 삼을 수 있다면 좋을 테지만, 아무래도 그는 불안한 생각을 나중으로 미뤄버리는 경향이 있는 것 같다.

그래서 집으로 돌아오는 전철 안에서 하는 생각은, 어제 펑크 난 하이브리드 자전거를 수리점에서 고치고 그대로 배달을 시작해서 오늘 밤까지 5건 정도 완료할 수 있다면 좋겠다는 것이었다. 전부 자신이 통제할 수 있으면서 부정적으로 흐를 일이 없는 생각들이다.

어렸을 때부터 어머니가 나보고 그런 점을 고쳐야 한다고 하셨는데—아아, 안 되지 안 돼. 기분만 다운될 뿐이니까 여기까지만 생각하자.

역에서 집까지 오는 길을 조금 빠른 걸음으로 왔다. 집 근처 편의점이 있는 코너를 돌자 대문 앞에 두 남자가 서 있었다. 물건 판매나 종교 권유라면 거절하기 귀찮을 테지만, 그들의 분위기를 보면 그런 느낌은 아니었다.

인터폰을 누를까 말까 고민하는 그들에게, "저희 집에 볼일이 있으세요?" 라고 말을 걸었다.

"아, 실례합니다. 블루아 하나모리의 마시바라고 합니다. 오늘은 가쓰미 씨와 만날 약속을 했거든요."

"아아, 하나모리 쪽 분들이시구나."

어서 들어오세요, 하고 문을 열어 두 사람을 집에 들였다. 조부가 근무하던 하나모리 비누(지금은 블루아 하나모리가 되어버렸지만)의 부하들이 가끔 이런 식으로 찾아올 때가 있었다. 대부분은 조부가 일하던 연구개발부 쪽 사람들이지만 오늘 온 두 사람은 조금 느낌이 달라 보였다.

"할아버지, 하나모리 직원분들이 오셨어."

조부는 거실에서 뉴스를 보고 있었다. 유명 배우의 아들이 연예계에 데뷔한다는 내용이 보도되고 있었는데, 조부는 험악하기 그지없는 얼굴을 하고 있었다. "그래" 하고 으르렁거리듯 대답하나 싶더니, "차를 내 오거라, 차" 라고 말하며 평소 응접실로 쓰이는 다다미방으로 두 사람을 데려갔다.

"…당연하다는 듯이 부려먹네."

찻잎을 넣은 찻주전자에 끓인 물을 부으며 무심결에 투덜거렸다. '야, 차.' '젓가락 가져와, 젓가락.' '리모컨 가져와.' …옛날부터 뭐든 명령투로 말하는 사람이었지만, 하나모리 비누를 퇴직해서 집에 있는 시간이 늘어난 만큼 그게 두드러졌다.

만약 회사에서도 그런 식으로 행동했다면 싫을 것 같았다. 가족으로서 굉장히 싫었다. 그런 사람 밑에서 일하게 될지도 모르는 자신의 미래가 싫었다.

찻잔 세 개를 쟁반에 담아 다다미방의 장지문을 슬며시 열었다. 이제부터 대체 무슨 이야기를 하는 건지, 조부의 얼굴에는 '괘씸한 놈들'이라는 글자가 크게 쓰여 있었다. 하나모리 비누가 매수된 뒤로는 계속 이런 식이다.

"무슨 차를 이렇게 밋밋하게 탄 거냐?"

조부는 도모키가 가져온 찻잔을 보고 얼굴을 찡그리며 불평했다. 괜한 화풀이다. 괜한 사람한테 화풀이였다.

"응? 뭐가?"

"차라는 건 농도가 일정하도록 조금씩 나눠서 타는 거다."

그런 것도 모르냐는 표정을 지으면 '그럼 직접 타시던가'라고 말하고 싶어진다. 하지만 말한 뒤의 상황이 성가셨다. "네, 네." 라고만 말하고 재빨리 방에서 나왔다.

도모키가 활동하기 편한 옷으로 갈아입고 집을 나올 때, 다다미방에서 조부가 "그럴 수는 없지."라고 노한 목소리를 냈다. 기분이 나빠 보이지만, 그게 사실 가장 활기찰 때니까 사람이 참 못됐다.

쉽게 말해 조부는 심심했다. 퇴직하면서 할 일이 사라졌다. 할 일이 사라진 곳에 다시 뭘 채워 넣어야 할지 모르는 거다. 집에 있어도 심심하고, 집 밖으로 나가도 갈 곳이 없다. 회사 다닐 때는 '제품 개발에 활용하기 위해' 직접 세탁기를 돌리고 조모나 어머니에게 평소의 집안일에 대해 꼬치꼬치 캐물었지만, 최근엔 그런 모습도 본 적이 없다.

대학과 집, 음식 배달 외에는 특별히 설 자리가 없는 도모키와 비슷하다면 비슷한 신세였다.

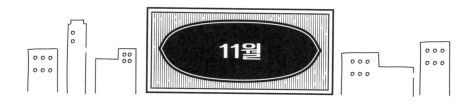

11월

마시바 다다오미는 처음부터 질 게 뻔한 싸움이라는 걸 각오하고 있었다. 옆에 앉은 바이유도 마찬가지다. 마찬가지였지만 이렇게나 예상대로 흘러가 버리면 천장을 올려다보며 한숨을 쉬고 싶어진다.

"우리는 이미 시연회를 목표로 움직이고 있어. 지금 와서 그걸 뒤집으란 소리야?"

서늘한 칼날처럼 냉담한 말을 꺼낸 사람은 하나모리의 연구개발부 부장인 쓰치야였다. 지금은 프로젝트 매니저라는, 승진한 건지 현상 유지인지 모를 직함을 달고 있었다.

"…그러니까, 신제품 개발은 어디까지나 블루아 하나모리의 프로젝트라구요. 지금 같은 식이면 본전도 못 찾게 될 겁니다."

단어를 신중히 골랐지만 쓰치야의 표정은 누그러지지 않았다. 누그러지기는커녕 어깨를 으쓱거리며 작은 한숨까지 쉬었다.

쓰치야 옆에는 블루아 쪽 프로젝트 매니저인 가지타니 유이라는 여자 연구원이 앉아있었다. 나이는 40대 중반 정도일까? 긴 머리카락을 정수리 바로 뒤쪽부터 땋아 내렸고, 표정 전체가 왠지 모르게 예리한 느낌을 주었다.

신제품 개발 프로젝트의 진행 상황을 확인한다는 명목으로 연구개발부와 면담을 잡은 건 좋았지만, 시작부터 영 좋지 않은 분위기였다.

"마시바, 그건 윗선의 지시로 하는 말이냐?"

쓰치야가 대답하기 난감한 질문을 했다.

"아니요. 사무국 멤버로서 판단한 겁니다. 사장님이 명령한 건 블루아 하나모리에서 내놓는 신제품 개발입니다. 하나모리와 블루아가 서로 싸우는 게 아니라요."

"그럼 뭔데? 새로운 사옥으로 따라가고 싶으면 지금 진행 중인 프로젝트는 폐기하고 블루아와 사이좋게 신제품을 만들라는 거냐?"

쓰치야가 옆에 앉은 가지타니를 슬쩍 보았다. 그녀의 뺨이 한순간 경련한 것처럼 보였지만 기분 탓일까?

"그러니까, 폐기하라는 게 아니라 하나모리와 블루아의 구분 없이, 내부에서 다시 한번 검토해주시기를…."

"프로젝트는 이미 진행 중이야. 한 번 시작되어 마무리되어가는 연구를, 잘 알지도 못하는 사람이 함부로 참견해서 어지럽히는 게 얼마나 큰 스트레스인지, 총무부인 자네들이 알 리가 없지."

이번엔 다다오미의 뺨이 경련했다. 안 되지, 안 돼. 자신까지 흥분해 버리면 이야기만 더 복잡해진다.

"잘 들어. 사옥 이전에 따른 인원 감축이 실행된다면 그 대상은 틀림없이 하나모리 쪽 사람들이다. 지금 여기서 하나모리의 개발력을 보여주지 못하면, 우리는 나란히 회사에서 잘리게 된다고. 총무부 직원들이 가장 위험하다는 건 마시바도 알 거 아냐? 그래서 사무국에 들어가서 그렇게 열심히 하는 거 아냐?"

마치 자신들이 다른 부서 사람들의 몫까지 짊어지고 있다는 듯한 말투였다. 아니, 확실히 그게 사실이긴 하다. 사실이지만, '뭘 만들어 내지도, 팔아오지도 못하는 주제에 건방지게'라는 듯한 표정이 결코 유쾌할 리는 없다.

다행히 옆에서 바이유가 분위기 파악을 못 한 척하며 "가지타니 씨는 어떻게 생각하시죠?"라고 물었다. 쓰치야의 말을 반쯤 자신들에 대한 공격으로 받아들였는지, 그녀는 불쾌한 얼굴로 팔짱을 끼고 있었다.

"우리도 신제품 개발 자체는 독자적으로 진행 중입니다. 내년 봄에 발매가 결정된 제품이고, 지금 쓸데없이 참견하는 건 다른 직원들도 싫어할 것 같네요."

가지타니의 목소리는 예상했던 것보다 훨씬 냉담했고, 다다오미에 대한 거부반응이란 측면에서 보면 쓰치야에게도 뒤지지 않았다.

"결론은 나왔군."

쓰치야가 할 말은 다 끝났다는 듯이 자리에서 일어섰다.

"현장 사람들이 지금 이대로가 가장 편하다고 말하고 있어. 이건 총무부가 나설 일이 아냐. 너희는 우리 월급이랑 경비만 제대로 처리해주면 된다고."

"연구개발동의 설비 보전과 정비 의뢰, 비품 교환과 보충, 직원 여러분의 사회보험 수속과 연말 결산, 건강 진단과 정신 보건 대응, 명함 인쇄 의뢰와 신품 흰 가운과 장갑 추가도 저희 업무죠."

최대한 온화하게 말한 것이지만, 옆에서 바이유가 발을 툭 찼다. 안 되지, 안 돼.

"어쨌든 개발을 방해하진 말아 달라고. 다들 하나모리의 간판을 짊어진 채 애쓰고 있으니까."

쓰치야는 파리라도 쫓아내는 말투로 회의실에서 나가버렸다. 그리고 바로 "그럼 저도 이만" 이라며 가지타니 역시 자리에서 일어섰다.

"대단하네. 이 정도로 훌륭히 헛스윙이라니…."

연구개발동에 있는 회의실을 빠져나오자마자 간신히 한숨을 내쉴 수 있었다. 바이유는 처음부터 조금도 기대하지 않았다는 듯이 스마트폰으로 스케줄을 확인하고 있었다.

"이즈미사와라도 있었다면 그나마 중재해줬을지도 몰랐는데, 정말 마음대로 안 되는군."

다다오미는 아오이에게 오늘 미팅에 동석해달라고 부탁했지만, 그녀는 노골적으로 곤란하다는 표정이었기에 억지로 강요할 수는 없었다.

"어쩔 수 없죠. 그 자리에 이즈미사와 씨가 있었다면 우리와 쓰치야 씨 사이에 껴서 가장 난처한 입장이 됐을 테니까요."

"단축 근무 때문에 쓰치야 씨가 여러모로 편의를 봐주고 있다고 했으니까, 블루아와 협력해서 제품을 개발하자고 강하게 주장하진 못했을 거야."

"부서 내에서의 인간관계는 원만한 게 제일이니까요. 이즈미사와 씨 혼자 분란을 일으키게 만드는 건 좋지 않습니다."

연구개발동에서 빠져나오자 밖은 꽤 쌀쌀했다. 아침에 본 날씨 예보에서 오늘은 낮에도 춥다고 했다. 짧은 가을이 끝나고 겨울이 자기 존재를 드러내기 시작했다. 이제 순식간에 연말이 되고, 정월 연휴가 끝나고, 봄이 된다. 신제품 개발의 기한이 다가오고 있었다.

"다다오미 씨, 저는 다시 한번 기리야마 씨를 만나러 가보려고 합니다."

"어, 기리야마 씨라면, 그 기리야마 씨 말이야?"

스마트폰에서 얼굴을 든 바이유가 분명하게 대답했다. "네, 그 기리야마 씨요."

"그만두는 게 좋을걸. 굳이 갔다가 괜한 비난만 듣게 될 텐데."

연구개발부의 은퇴자인 기리야마 가쓰미를 방문한 건 2주 전이었다. 몇 년 만에 만난 기리야마는 특별히 늙어 보이진 않았지만 무척 험악한 표정을 짓고 있었다. 머리 위로 희미한 연기가 피어오르며, 그 화를 쏟아낼 상대를 계속 찾고 있는 듯했다. 재직 중에도 완고한 성격이긴 했지만, 그 정도로 괴팍하진 않았다.

"비난을 듣게 될 건 이미 각오했지만 그 정도까지 우리에게… 아니, 너에게 심한 말을 할 줄은 몰랐어. 기리야마 씨를 만나러 가자는 말을 꺼낸 게 미안할 정도야."

"그건 다다오미 씨 잘못이 아니라고 이미 몇 번이나 말씀드렸잖아요. 그저, 저도 좀 더 발버둥 쳐보자고 생각했을 뿐입니다."

"아니, 그래도…."

"다다오미 씨. 전에 블루아 하나모리로 쉽게 통합될 거라고 생각하지 말라고 하셨죠?"

떠올리고 싶지 않은 기억이었기에 자기도 모르게 멈춰 서고 말았다.

"그 말을 듣고 깨달았습니다. 확실히 저는 그런 식으로 생각했던 게 아닐까 하고요. 블루아 하나모리로 통합되는 게 제 생각보다 훨씬 어려운 일이라면, 지혜로운 방법만으로는 소용이 없다고 생각했습니다."

"그렇다고 기리야마 씨를 한 번 더 만나러 갈 건 없잖아. 다른 방법이 있을 거야."

"그래도 만에 하나라도 가능성이 있다면, 그걸 없애버리긴 아깝잖아요."

혹시 자신의 말 때문에 바이유가 고집을 부리게 된 걸까? 머리를 한 대 얻어맞은 기분이었지만, 아무리 설득해도 그는 "할 수 있는 만큼 해 봐야죠"라며 웃을 뿐이었다.

"이제 절대 직원을 자원이라고 부르지는 않을 테니까요."

본사 1층에서 엘리베이터를 기다리면서 장난이라도 치는 듯한 눈으로 이쪽을 바라보는 바이유에게 아무 대답도 할 수 없었다. 기리야마와 만난 2주 전의 상황을 떠올리며 혼자 괴로워할 뿐이었다.

기리야마는 바이유가 블루아 쪽 직원이라는 걸 금방 알아차렸다.

다다미방으로 들어가서 방석에 앉자마자 그는 코를 실룩거리더니 "자네, 블루아 쪽 사람이로군?" 이라며 바이유를 턱짓으로 가리켰다. 다다오미는 이미 익숙했지만 바이유의 옷에서 풍기는 블루아 제품의 강한 향이 기리야마를 호전적으로 만들고 말았다.

"무슨 염치로 온 겐가?"

기리야마의 질문에 다다오미는 다급히 사정을 설명했다. 신제품 프로젝트가 시작된 이후 연구개발부가 둘로 분열되어 사무국에서 어떻게든 해결하고 싶은데, 기리야마가 하나모리 쪽 연구원들을 설득해줄 수 없겠느냐고 말했다.

부탁드립니다, 하고 다다오미가 머리를 숙이려는데, 기리야마는 그걸 가로막듯이 "그럴 수는 없지" 라고 거절했다. 블루아에 대한 기리야마의 적대심은 강렬했다. 외부에서 침략해와서 하나모리 비누의 모든 것을 파괴하고 약탈하려는 존재로 인식하고 있었다.

바이유가 자신들의 목표는 약탈이나 파괴가 아니라 조화와 통합이라고 이야기해도 기리야마에게 그런 마음이 전달될 리는 없었다.

"자네는 빼앗는 쪽에 속한 사람이니까 그런 말을 할 수 있는 걸세."

기리야마가 상을 탁 내리치자 바이유가 어깨를 움츠렸다. 그리고 곧바로 기리야마가 쏟아내는 말에 눈을 동그랗게 떴다.

"난 연구개발부로서의 자긍심을 갖고 제품을 만들어왔네. 외인인 자네가 대체 뭘 안다는 건가?"

기리야마는 명확한 차별용어를 사용한 건 아니었다. 외인이란 단어에는 외국인이라는 의미 말고도 외부인이라는 의미가 있으므로 애매한 표현이었다. 외국인 앞에서 되도록 사용하지 말아야 하는 단어지만, 명확한 차별용어에 해당하진 않았던 것이다. 거기까지 생각했다는 점에서 그를 설득하는 건 완전히 헛수고라는 걸 깨달았다.

기리야마가 꺼낸 '외인'이란 단어에는 바이유를 모욕하고 공격하려는 의도가 명확히 포함되어 있었다. 적절한 단어냐 아니냐를 따져봐야 의미가 없다. 거기에 담긴 감정이 문제였으니까.

"하나모리뿐만이 아니지. 외국계 기업들이 돈을 앞세워 일본인이 꾸준히 쌓아 올려온 기술과 전통을 짓밟고 있네! 자네들에겐 일본인의 마음이 없어! 자네들이 이 나라를 망치는 걸세!"

쿵. 쿵. 쿵. 기리야마는 바이유를 위협하듯이 말끝마다 상을 내리쳤다.

기리야마의 말은 주어가 너무 광범위해서 다다오미도 바로 반박하지 못했다. 하나모리와 블루아에 대해 이야기하러 온 건데, 어째서 이런 국가적인 이야기를 하게 된 걸까? 대화하러 왔을 뿐인데, 어느새 피해자와 가해자로 구분하여 돌을 던질 상대를 찾고 있었다.

"마시바, 너도 너다! 왜 직접 나서서 블루아의 개가 된 거냐. 널 그렇게 높이 평가했던 사장님께서 저세상에서 한탄하실 거다!"

"아니요, 저는 그저 사무국 사람으로서…"

"널 총무부에 계속 놔둬선 안 됐어. 빨리 영업으로라도 돌렸으면 이런 얼빠진 직원이 되진 않았을 텐데. 어차피 총무부는 아직 하마나가 이끌고 있겠지? 그 녀석은 옛날부터 박쥐 같은 놈이라, 항상 실실거리는 게 영 마음에 들지 않았다."

이제 글렀다. 그렇게 판단하고 바이유를 데리고 기리야마의 집에서 나왔다. 기리야마는 여전히 뾰루퉁한 얼굴로 다다미방에 남아 배웅조차 하지 않았다.

"정말 미안해."

다다오미는 기리야마의 집에서 나오자마자 허리를 숙이며 사과했다. 무릎에 손을 짚으며 깊이 머리를 숙였다. 바이유는 웃으며 말했다.

"다다오미 씨가 사과하실 일은 아니에요. 정도의 차이가 있을 뿐, 어디서든 겪을 수 있는 일이니까요. 아니, 애초에 이번이 처음도 아닙니다. 일본에 처음 유학 왔을 때도, 뉴욕에서 살 때도 많은 일이 있었어요."

대체 어땠길래… 물어봐도 될지, 안 될지 판단할 수 없었다.

"그건 흔한 경우라고 넘겨버릴 일은 아니라고 생각해."

"뉴욕에서는 아시아인에 대한 혐오가 아직 조금 남아 있었지만, 어학 능력 덕분에 일본에서는 그렇게까지 불쾌한 경험은 안 했습니다. 어쨌든 다다오미 씨가 일본인을 대표해서 사과하실 일은 아니라는 거예요. 자, 회사로 복귀하죠."

바이유가 역을 향해 걸어가기 시작했다. 그의 뒤를 따라가면서 어떤 말이 좋을지 고민했다. 어떤 말을 어떻게 이야기하면 좋을지 모르는 채로, 계속 고민했다.

긴 발버둥 끝에, 역 개찰구를 통과할 때쯤 간신히 입을 열 수 있었다.

"오늘 한잔하러 갈까? 내가 살게."

이즈미사와 아오이는 신제품 개발에 관한 면담을 하러 온 다다오미와 바이유가 어깨를 축 늘어뜨린 채 연구개발동에서 나가는 걸 복도 끝에서 몰래 훔쳐보고 있었다. 말을 걸어볼까도 생각했지만, 면담에 동석해달라는 부탁을 거절한 이상 무슨 염치로 그들을 위로한단 말인가. 신제품 개발의 소용돌이 속에 있으면서도 꼭 중요할 때는 그들에게 도움이 되지 못했다.

계단을 올라 2층 여자 화장실로 뛰어 들어갔다. 가장 안쪽의 개인실로 들어가 땅이 꺼지라 한숨을 쉬었다. 다른 사람 앞에서 몇 번이고 한숨을 쉬면 자신에 대한 배려를 강요하는 걸로 받아들일까봐, 한숨은 화장실에서만 쉬는 걸로 정했다. 여자 화장실은 2층에만 있었는데 2층은 블루아가 통째로 사용하고 있었으므로 괜히 주눅이 드는 기분이었다.

"…고민을 너무 쌓아두지 말라고 해놓고, 정작 제일 많이 쌓아두는 건 나였네. 완전히 나였어."

아아아아~ 하는 소리와 함께 한 번 더 한숨이 나왔다. 그때 화장실 문이 열리며 누군가가 들어오는 소리가 났기에 다급히 입을 다물었다.

"아아~ 열 받아 진짜."

짜증 섞인 목소리와 세면대 위에 무언가를 내려놓는 소리, 지퍼를 여는 소리가 들렸다. 그 사이에도 "정말 싫다~." "그 짜증 나는 말투는

216

대체 뭔데!" 라며 불평은 멈추지 않았다.

블루아 쪽 직원인 건 틀림없었다. 하나모리 쪽 여자 연구원이라고 해봐야 아오이와 이누카이뿐이었으니까. 그리고 여자치고는 저음에 조금 날카롭고 늠름한 이 목소리는 전에도 들어본 적이 있었다.

"도대체가 사무국도 생각이 있는 건지, 없는 건지. 지금 와서 프로젝트를 변경하면 그 비용과 위험은 누가 감당하라고…"

아오이는 천천히 개인실 문을 열고 거울 앞에서 립글로스를 바르는 장신 여성의 등에 대고 "저기…" 하고 말을 걸었다.

특징적인 땋은 머리가 휙 흔들리며 눈을 부릅뜬 가지타니 유이가 돌아보았다. 블루아의 연구원이자 신제품 개발의 리더를 맡고 있는 사람이다.

"…들었어요?"

옅은 핑크색 립글로스를 든 손끝이 이쪽을 가리켰다.

"네, 전부 다요." 아오이는 고개를 끄덕였다.

"저희 쓰치야 씨 때문에 그러죠? 뭔가 죄송하네요…. 정중한 말투로 비아냥거리는 게 특기인 사람이거든요."

아오이에게 그 특기를 사용하지 않는 건 싱글 마더인 아오이에게 그런 말을 했다간 직장 내 갑질이 된다는 걸 잘 알기 때문… 일 것이다. 상대를 고른다는 점에서 더 악질일 테지만.

"정중한 말투에 비아냥이라. 아아, 무례한 말은 안 했으니까 괜찮다는 건가? 악질이네요."

가지타니는 아오이가 내심 생각했던 것과 똑같은 말을 하며 다시 거울을 돌아보았다. 세면대는 두 개밖에 없었기에 아오이는 그녀 옆에 서서 손을 씻었다. 블루아의 세제 냄새가 확 번졌다. 화장실 방향제와 섞이면서 후각이 혼란스러워졌다.

"미안해요. 그게… 다른 직원들 앞에서 불평하면 신제품 개발 분위기가 더 나빠질 것 같아서 불평은 화장실에서만 하기로 정했거든요."

"아, 공감되네요. 저도 자주 그러거든요."

"그럼 공범이네요."

좀 더 오래 이야기해볼까 싶어서 젖은 손에 물비누를 많이 묻혔다.

"역시 그쪽도 분위기는 별로 안 좋은가요?"

"1층하고 2층이 이렇게 사이가 나쁘니 그럴 수밖에요. 우리는 우리대로 하나모리팀에 지면 블루아의 체면이 구겨진다는 생각에 조금 오기를 부리고 있어요. 저도… 싸움을 걸어오면 마다하지 않는 성격이라 그쪽 상사와는 도무지 잘 지내기가 힘들고요."

"그렇게까지 나쁜 사람은 아니에요. 다만 이번 매수와 자회사화에 대해 아나필락시급의 반응을 보이다 보니…."

"심정은 이해해요. 파견이 결정되었을 때 나름대로 각오는 하고 온 건데, 이 정도로 안 풀릴 줄은 몰랐어요. 하는 일은 거의 똑같은데 말이죠."

하는 일이 거의 똑같긴 하다. 오히려 똑같기 때문에 서로 다른 부분이 눈에 더 잘 띄는 것이리라. 원래 다른 회사였다. 서로의 옷에서 나는 향도 다르다. 단축 근무를 하는 사람과 풀타임으로 일하는 사람, 아이가 있는 사람과 없는 사람, 힘든 사람과 힘들지 않은 사람—.

"…왜 그런 것 때문에 스트레스를 받아야 하는 걸까요?"

"저어어엉말로 내 말이 그 말이에요. 연구직은 자기 기술로 엄청난 걸 만들고 싶을 뿐인 사람들의 집단이니까, 무의미한 세력 다툼으로 정신을 갉아먹고 싶지 않단 말이죠."

손을 너무 비빈 탓에 비누 거품이 다 말라가고 있었다. 굳이 더 버티지 않고, 흐르는 물로 비누를 씻어냈다. 하지만 가지타니와 좀 더 이야기하고 싶은 마음이 들었다. 이런 식의 '저도 그래요'라던가 '역시'라던가 '그렇죠?' 같은 긍정적인 말이 오가는 대화는 기분이 좋다. 최근에 일하면서 별로 느껴보지 못한 종류의 기분 좋음이다.

"세력 다툼이라는 말이 딱 맞는 것 같아요. 지금은 하나모리도 블루아도 자기 기술력을 과시하기 위해 신제품 개발을 하고 있달지, 어느쪽이 우위인지 경쟁하는 느낌이잖아요."

"저기, 다음에 같이 식사하러 안 갈래요?"

립글로스를 파우치에 넣은 가지타니가 갑작스런 제안을 꺼냈다. "네, 물론이죠"라고 바로 OK했다.

"그런데 전 오후 4시까지만 단축 근무라 점심 약속으로 잡아야 할 텐데, 괜찮을까요?"

"아, 아이가 있으시구나. 많이 힘들죠? 전 아이가 없지만 우리 연구원 중에도 엄마들이 있으니까 다 같이 갈까요? 그쪽에도 여자 직원이 한 명 더 있잖아요. 다 같이 먹으러 가요."

이누카이는 과연 와줄까? 그래도 아오이와 단둘이 만나는 것보다는 훨씬 가능성이 높을 것 같았다.

무엇보다도, 어쩌면 여기서 뭔가가 바뀔지도 모른다. 바뀌기는 힘들 수도 있지만 어떤 일이 생길지도 모른다. 미간 근처에서 무언가가 번뜩이는 느낌이 들었다. 몸이 근질근질했다. 연구개발부 사람으로서 팔이 근질근질해졌다.

"그러면 잘 부탁드릴게요."

화장실을 나와 계단을 내려갔다. 후후훗, 하는 목소리가 새어나올 뻔해서 양손으로 입을 틀어막았다. 손바닥에서 하나모리 물비누의 달달하고 상쾌한 향이 났다.

『…공동의 적을 만든다고?』

스피커폰 기능을 켜둔 스마트폰에서 다다오미의 당혹스러운 얼굴이 보이는 것 같았다. 아오이는 양파와 당근을 채소 절단기로 잘게 썰면서 고개를 끄덕였다.

"그래, 공동의 적. 지금은 말이지, 하나모리의 연구원이나 블루아의 연구원이나 서로를 적으로 여기고 싸우고 있어. 이때 공동의 적이 나타나면 싸우는 상대가 바뀔지도 몰라."

『하지만 이런 상황에서 공동의 적이 될 수 있는 건…』

"예를 들면 터너 사장님 같은 사람."

한순간의 침묵 끝에 다다오미가 『뭐어어?』라고 목소리를 높였다.

"꼭 터너 사장님이 아니더라도 사무국이든 블루아 본사든, 뭐든 좋지만."

『대단하네, 이즈미사와… 대단한 발상이야.』

"오늘 있지, 블루아의 신제품 개발 리더인 가지타니 씨하고 잠깐 대화해봤는데, 회사는 달라도 연구원이 하는 일은 거의 똑같지 않냐는 이야기가 나와서 확실히 맞는 말이라고 생각했거든. 공동의 적이 나타나면 힘을 합쳐 싸울 수 있을지도 몰라."

『확실히 사무국에서 프로젝트 재고를 제안했을 때도, 쓰치야 씨와 가지타니 씨 모두 외부에서 참견하지 말라는 얼굴로 반발하긴 했어.』

"그거야, 그거. 사이가 안 좋아도 공동의 적이 있으면 같은 방향으로 돌을 던지게 돼. 어차피 같은 직종인 사람들인걸. 그러다가 어쩌면 '같이 돌을 던지자' 라는 이야기가 나올지도 몰라. 정말 운 좋게, 정말 잘 풀린다고 하면."

아오이가 잘게 썬 양파와 당근을 프라이팬으로 볶는 동안, 다다오미는 전화 너머에서 끙끙거렸다. 숙고에 숙고를 거듭한 끝에 『그래…』하고 입을 열었다.

『좋은 아이디어인 것 같아. 한번 생각해볼게.』

"미안. 많이 도움도 못 되면서 이상한 소릴 꺼내서."

『솔직히 갑작스럽긴 했어. 제안한 내용보다도, 제안 자체가 놀라웠다고 할까.』

"오늘의 면담에서 아무것도 돕지 못했잖아. 그리고 오랜만에 연구개발 쪽 사람하고 서로 공감하는 분위기로 대화할 수 있어서 기분이 좋아졌거든. 나도 참 단순한 사람이라고 생각하는데, 의외로 다른 사람들도 다 그렇지 않나 싶어서."

사람과 대화하면 기분이 좋아지고 긍정적인 아이디어도 나온다. 연구개발동 계단을 내려가다가 터너를 공동의 적으로 삼자는 아이디어가 떠올랐을 때는 자기 생각에 자기가 전율하고 말았다.

『연구개발부에서 일하는 이즈미사와의 의견은 엄청난 참고가 돼. 어차피 적이 된다면 사무국이나 터너 사장 둘 중 하나겠지.』

다다오미가 그렇게 이야기하며 메모를 적는 기척이 들렸다. 엉뚱한 아이디어였지만 아무래도 진지하게 검토해주는 것 같다.

"아이디어만 내고 귀찮은 일은 다 떠넘기는 것 같아서 미안하지만…."

『괜찮아. 이것도 '만능 살림꾼'의 역할이니까.』

한 박자 늦게, 다다오미가 『오늘 저녁은?』 하고 물었다. "카레야"라고 짧게 대답했다. 『맛있겠네』라는 말만 남긴 채 다다오미는 전화를 끊었다. 시각은 6시 정각이었다. 퇴근을 앞두고 총무부에 성가신 업무가 쏟아지는 시간이었다. '내일 필요한 ○○의 재고가 떨어졌어!'라거나 'PC 상태가 이상하니까 좀 봐줘!' 하는 식으로.

"다다오미 삼촌?"

TV를 보고 있던 쇼가 갑자기 부엌에 얼굴을 내밀었다. 다다오미 삼촌이라니, 하루 동안 놀아준 것만으로 어떻게 그런 호칭이 붙은 것일까.

"그래, 다다오미 삼촌. 아직 일하고 있대."

"다다오미 삼촌도 엄마밖에 안 계셨다고 했어."

쇼가 프라이팬을 관찰하기 위해 가스레인지로 다가왔다. "안 돼" 하고 머리를 눌러 제압하면서 "다다오미 삼촌한테 들었니?"라며 당근의 꼭지 부분을 쥐여주었다. 쇼는 채소 단면을 관찰하는 걸 좋아했다.

"우리는 아빠가 안 계시다고 하니까, '나도 그래'라고 했어. 특별한 일은 아니래. 엄마가 안 계신 집도 있고, 아빠랑 엄마가 다 안 계신 집도 있는 거래."

쇼는 당근의 단면과 햇빛을 받아 살짝 녹색으로 변한 부분을 유심히 관찰하면서 대답했다. 쇼에게 그렇게 말해주는 다다오미의 얼굴이 머릿속에 선명히 떠올랐다.

"오오, 그랬어? 그랬어? 그럼 다다오미 삼촌이랑 똑같네."

"그리고, 사장 아저씨도 똑같아."

…사장?

당근과 양파를 볶던 나무 주걱을 멈추며 고개를 갸웃거렸다.

"사장 아저씨면, 같이 짝 맞추기 놀이를 하던 사람?"

"'아저씨도 엄마밖에 안 계시단다'라고 했어."

터너도 아버지가 안 계신 걸까? 그제야 그 남자의 인간적인 정보를 엿보게 된 기분이었다. 개인사나 가정환경을 조금도 드러내지 않는 그의 행동거지는 무서울 만큼 무색무취해서 같은 인간이라는 생각이 안 들 정도였으니까.

거기까지 생각하다가 아오이는 숨을 삼켰다. 돌아보니 쇼는 이미 거실로 돌아가 있었다. 당근 꼭지를 손에 꼭 쥐고는 있지만 이미 TV 쪽으로 흥미가 넘어간 모습이다.

쇼는 어떻게 터너의 말을 알아들었을까?

"일본어, 할 수 있는 거였어…?"

223

양파에서 배어 나온 수분이 프라이팬 위에서 촤아아 하고 증발하는 소리가 났다.

***

반쯤 억지로 밀어붙이다시피 해서 아오이는 다다오미, 바이유와 동행하게 되었다. 사장실은 전에 쇼를 데리러 올 때보다 공기가 무거웠다. 쥐죽은 듯이 조용한 실내에서 바이유의 영어만이 담담히 들렸다.

바이유가 제안한 내용은 신제품 개발 프로젝트의 중간 발표회를 실시하자는 것과 거기에 터너가 직접 참석해달라는 것이었다. 내년 초의 시연회를 앞두고 개발 진척을 확인하고 문제점을 찾아내어 프로젝트 자체의 긴장감을 유지시키자는 목적이었다. 사무국에서는 다다오미가 억지로 승인을 받았으니 남은 건 터너의 OK를 받는 것뿐이다.

바이유의 설명에 터너는 영어로 두세 가지 질문을 했지만 이내 고개를 끄덕거렸다.

"감사합니다. 프로젝트의 일원으로써 열심히 노력하겠습니다."

아오이는 공손하게 고개를 숙인 뒤 "그리고…" 하며 손에 들고 있던 쇼핑백을 터너에게 내밀었다.

"인사가 늦었지만, 저희 아이와 놀아주셔서 정말 감사했습니다."

답례품은 바바 양과자점의 쿠키였다. 많이 달지 않은 맛이었기에 과자를 싫어하는 사람이라도 먹을 수 있을 것이다.

터너는 한동안 표정을 바꾸지 않았다. 반응이 밋밋할 뿐, 사실은 당황했는지도 모른다. 영어로 짧게 예를 표한 뒤 쿠키가 든 쇼핑백을 받아 들었다.

아오이는 큰맘 먹고 물어보았다.

"저희 아이에게 많은 이야기를 해주셨다죠. 쇼가 사장님을 또 만나고 싶어 해요. 그 아이도 아버지와 함께 살 수 없는 이유는 이해하고 있지만, 그래도 어린이집에서 다른 아이들을 보면 왜 자기만 다르냐는 생각이 들 테니까…. 같은 처지인 어른과 만나게 된 건, 그 아이에게 무척 다행이라고 생각합니다."

터너는 바이유가 통역하는 것보다 빠르게 아오이의 얼굴을 보았다. 머리카락과 눈동자는 갈색이지만 얼굴 생김새에서는 일본 혈통이 두드러졌다. 아오이가 무엇을 의아하게 생각하는지도 이미 예상한 눈치였다.

"일본어, 잘하시죠?"

아오이의 말에 다다오미와 바이유가 당황하며 시선을 피하는 게 보였다. 아무래도 이 두 사람은 터너가 일본어를 한다는 걸 알고 있었던 모양이다. 할 수 있으면서 굳이 바이유를 통역으로 데리고 다닌다니— 거기에 어떤 의도가 있는지, 어떤 정신적인 방어기제가 있는 건지, 아오이는 알 수 없었다.

"쇼에게 전해주세요. 다음엔 보드게임이라도 같이 하자고."

터너는 가죽 의자에 등을 기댄 채 명확한 일본어로 말했다. 그리고 입가로만 웃음을 지어 보였다. 웃고 있는데도 목소리는 여전히 담백하고 표정도 조금 차가워서 다가가기 힘든 블루아 하나모리 사장의 얼굴이었다.

"일단 사장님의 참석을 성사시켜서 다행이야."

터너와 스케줄 조정을 해야 한다는 바이유를 남겨두고 사장실을 나오자마자 다다오미가 가슴을 쓸어내렸다. 양어깨가 그대로 빠지는 게 아닐까 싶은 만큼 요란한 한숨을 쉬고 있었다.

"그래도 여전히 무슨 생각을 하는지 알기 힘든 사람이야. 일본어를 저렇게 잘하면서…."

"그런 터너 사장님을 우리가 이용하려고 한다니. 참 무서운 이야기지."

게다가 그게 잘 굴러갈지도 알 수 없다. 연구자 주제에 잘도 그런 도박 같은 아이디어를 냈다는 생각이 들었다.

"쇼하고 보드게임을 하자는 건, 내가 또 쇼를 회사로 데려와도 괜찮다는 이야기일까?"

"아이를 좋아하는 사람으로는 안 보이는데 말이지."

그래도 갑자기 나타난 처음 보는 어린이와 놀아주고 대화 상대가 되어줄 만큼의 인간적인 면모가 있다는 건 인정해야 했다.

"그러고 보니 마시바 군도 쇼한테 말해줬다면서. 우리도 엄마밖에 안 계셨다고."

"대화 흐름상 자연스럽게 나온 거지."

"특별한 일은 아니라고 말해줘서 쇼도 기뻤을 거야."

"그랬을까?"

쇼도 엄마를 고생시킨다는 걸 어느 정도는 이해한 눈치였다. 체온이 높은 편이라 흥분하면 바로 37도까지 올라가는 것도, 그것 때문에 한 번씩 어린이집을 조퇴할 때가 있다는 것도, 아오이가 자신을 데리러 필사적으로 달려오는 것도. 최근에는 바깥에서 노는 시간에도 실내에서 도감을 읽거나 블록 놀이를 하고 싶어한다고 보육교사가 말한 적이 있었다.

"…아니, 솔직히 말하면 내가 더 기뻤는지도 몰라."

"고마워"라고 말하자마자 다다오미는 "뭐 그런 걸 갖고"라며 웃었다.

"내 경험담을 말해줬을 뿐인데."

다다오미는 작은 웃음 소리를 내며 총무부로 돌아갔다. 아오이도 오전에 준비해둔 세정력 실험을 위해 연구개발동으로 향했다.

다다오미가 말하는 '경험담'이란 모자 가정이 주위에도 얼마든지 있다는 의미일까? 아니면 특별한 일이 아니라고 누군가가 말해주길 바랐다는 의미일까? 아오이는 내려가는 엘리베이터 안에서 그에 관해 잠시 고민했다.

***

터너를 참가시킨 신제품 개발 프로젝트의 중간 발표회는 11월 말에 무사히 개최되었다. 하나모리와 블루아 양 팀이 각자의 신제품을 프레젠테이션하고, 사무국 멤버의 질의응답을 통해 내년 2월의 최종 발표회를 위한 담금질을 하는 자리였지만….

양 팀이 발표를 끝내고 질의응답 순서가 돌아온 순간, 블루아팀의 리더인 가지타니 유이의 미간에 핏줄이 돋아난 걸 확인한 아오이는 "어어" 하고 놀랐다. 그녀 옆에 나란히 선 같은 팀 멤버들도 말은 하지 않지만 불만스러운 표정이었다. 상대팀인 아오이조차 긴장으로 등줄기가 뻣뻣해질 정도였다.

그도 그럴 것이 사회자가 "질문이 있으신 분은…" 이라고 말을 꺼내자마자 사무국 멤버인 임원들을 제치고 사장 터너가 제일 먼저 입을 열었다.

─이게 신상품이라고? 이런 건 블루아에서도 출시했을 텐데.

터너는 냉담한 영어로 그렇게 말했다. 통역인 바이유가 평소에 비해 훨씬 직설적인 일본어로 옮겼기에 발표회장인 대회의실은 쥐 죽은 듯이 조용해졌다.

터너 옆에 앉은 임원이 "아직 안 나왔습니다, 안 나왔어요" 라고 진언했지만 터너는 뻔히 다 안다는 듯이 미소를 지었다.

가지타니의 블루아팀이 발표한 것은 종래의 액체형 세탁 세제가 아닌 분말형 세제를 향료와 함께 특수한 기술로 가공한 구슬파우더형 세제 '블루아 비즈'였다.

새끼손톱만 한 사이즈의 구슬파우더는 분말 세제에 비해 계량이 간편해서 액체 세제를 사용하듯 느낌으로 용기 뚜껑에 담아서 넣으면 되었다. 한편 액체 세제보다 뛰어난 세정력도 갖고 있었다.

고체형이 된 만큼 분말형에 비해 세제가 녹지 않을 수 있다는 점이 오랜 과제였다고 하는데, 개량을 거듭한 끝에 상품화에 문제 없는 수

준까지 도달했다고 한다.

블루아의 최대 특징인 향을 추가하면서 높은 세정력까지 겸비하고, 현대인의 생활에 맞는 간편한 세탁을 선사한다--가지타니는 당당한 태도로 발표를 끝마쳤다.

그러나 터너에게는 아무 감흥도 주지 못했다.

"일단 구슬형 제품이라면 가향제가 블루아 및 다른 경쟁사에서 이미 출시되어 있네. 그 점에서 신선한 느낌을 주긴 힘들지. 시장에서는 이미 고착화되어버린 장르의 제품이야. 이제 와서 구슬형 세탁 세제가 등장한다고 소비자의 눈을 잡아끌 가능성은 없네."

터너의 영어를 바이유가 담담히 통역해 나갔다. 터너가 일본어를 한다는 걸 아는 입장에서는 뭔가 무척 우스꽝스러운 광경처럼 보였다.

가지타니는 터너의 영어를 알아들었는지 바이유의 통역이 끝나기도 전에 손을 들었다. 그리고 주위를 슬쩍 돌아본 뒤에 일본어로 반론했다.

"경쟁사의 유사품에 관해서는 마케팅부와 연계하여 이미 조사를 마쳤습니다. 분명 가향제라면 매우 비슷한 구슬형 제품이 많이 출시되어 있습니다. 그러나 이번에 저희가 개발한 것은 세제입니다. 구슬 파우더형 세제의 가공 기술은 획기적인 수준이라 자부하고 있고, 분말 세제와 액체 세제의 장점만을 결합하고 향이라는 블루아의 강점까지 살린 제품이라 생각합니다."

가지타니는 마케팅부와 공동으로 실시한 모니터링 데이터를 다시 스크린에 표시하면서 설명했다. 그러나 터너의 표정은 그대로였다.

"애초에 가장 중요한 세정성분에서도 신제품으로서의 강점이 전혀 없네. 세제의 친환경성은 우리 회사의 일대 목표이고, 블루아 비즈가 그걸 추구했다는 건 잘 알겠네만, 이걸로는 명확히 경쟁제품에 뒤떨어지네. 발표에서도 그 부분에 대한 설명이 가장 빈약했던 걸 보면 자네들도 잘 알고 있는 사실이겠지. 품질이 떨어지는 제품을 구슬파우더형 세제라는 '신선해 보이는 요소'로 잘 포장했을 뿐이라는 걸."

바이유에 의해 일본어로 통역된 터너의 말을 듣고 아오이는 작게 신음하고 말았다. 팀의 리더인 쓰치야가 우리 팀 일도 아니지 않냐는 듯 눈짓했지만, 그의 얼굴도 조금 경직된 게 보였다.

세탁세제에서 빼놓을 수 없는 합성 계면활성제는 야자유와 야자핵기름 등의 식물 원료로 만들어지는데, 이것만으로는 높은 세정력을 낼 수 없기 때문에 어느 정도는 석유화학 원료를 사용해야 한다. 석유화학 원료를 제외한 친환경 세제를 만들 수 있더라도 한 번에 사용하는 세제의 양이나 헹굼 횟수가 늘어나면서 결과적으로는 환경에 큰 부담을 주게 된다.

100퍼센트 식물 원료를 사용한 합성 계면활성제의 개발에 성공한 제조사도 있지만, 블루아팀에서는 '세정력을 유지하면서도 석유화학 원료를 최대한 줄이는 것'이 신제품의 개발 목표였던 것 같다. 그것이 터너의 눈에는 어중간한 결정으로 비쳤는지도 모른다.

일주일 전에 가지타니를 비롯한 블루아 쪽 여자 연구원들과 점심을 먹으러 갔을 때가 떠올랐다. 이누카이도 떨떠름한 얼굴로 따라와 주었다. 그녀와 업무 외의 대화를 해보는 게 몇 년 만인지 모른다.

점심 자리에서 가지타니는 블루아 하나모리로 파견되기 전부터 물에 더 잘 녹는 계면활성제의 개발을 진행하고 있었고, 이제 간신히 실용화 가능한 단계까지 왔다는 이야기를 해주었다. 그녀의 연구 성과는 물론 발표에 잘 나타났지만, 그것도 경쟁사와 비교하면 특별히 대단한 기술이라 하기는 어려웠다. '친환경성'이라는 측면에서 볼 때, 천연 비누를 주력으로 삼는 하나모리 비누가 크게 앞선다는 건 아오이의 눈으로 봐도 명백했다.

"…더 개량해보겠습니다."

가지타니는 당장이라도 미간에 금이 갈 것 같은 얼굴로 고개를 숙이며 질의응답을 마쳤다.

문제는 이제부터다.

질의응답 대상이 블루아팀에서 하나모리팀으로 바뀌었다. 이번에도 당연하다는 얼굴로 터너가 먼저 발언했다. 물론 영어였지만 팀의 모두가 그의 말뜻을 순식간에 알아차렸다.

"난 신제품을 개발하라고 했네. 이 정도의 리뉴얼로 내 눈을 속일 수 있다고 생각했나? 소비자를 너무 만만히 보는군."

잠시 뒤에 바이유의 일본어가 이어졌지만 하나모리팀에겐 제대로 들리지도 않았다.

하나모리팀의 발표 내용은 예정대로 주력 상품인 하나모리 비누의 성분 리뉴얼이었다. 판매 전략과 함께 SDGs에 대한 대책과 연계한 프로모션, 블루아 측을 비꼬는 듯한 '냄새 공해로부터 가족 지키기 운동'까지 세트로 제안했다.

어제 저녁, 쓰치야는 이걸로 질 리가 없다며 자신만만하게 말했지만, 그런 자신감이 대체 어디서 나오는 건지는 본인조차 모를 것 같다.

"정작 중요한 제품 개발은 소홀히하고 판매 전략과 프로모션으로 포장하는 노력만 했군. 개발자로서의 자존심도 없는 건가?"

그런 식이니까 매수나 당하는 거지.

터너는 직접 말은 안 했지만 그렇게밖에 보이지 않는 표정으로 하나모리팀의 직원들을 노려보았다. 입은 웃고 있지만 눈은 날카롭게 이쪽을 쏘아보고 있었다.

그리고 그의 시선은 그대로 블루아팀에게도 향했다.

"내년 초의 정식 프레젠테이션에서는 실망시키지 말게."

그가 마지막으로 내뱉은 영어는 통역을 거치지 않고도 그 자리에 있던 모두가 이해했다.

"—다들, 저 사장이 찍소리도 못하게 만들어주자."

연구개발동으로 돌아온 직후, 조금 앞에서 걸어가던 블루아팀에서 가지타니의 목소리가 들렸다. 다른 직원들도 그녀의 말에 강하게 동조하고 있었다.

"우리는 어떻게 할 건가요?"

아오이는 바로 앞에서 걸어가던 쓰치야의 뒤에서 큰맘 먹고 물어보았다. 그렇다. 이렇게 될 줄 알고 자신은 다다오미에게 '공동의 적을 만들자'라는 제안을 한 것이다. 이 정도로 판을 깔아주었으니 마지막 마무리는 자신이 해야만 한다.

미안하다거나 폐만 끼친다는 생각으로 우왕좌왕하지 말고, 변화가 찾아오기만 바라지 말고, 자기 손으로 직접 해야만 한다.

"터너 사장님은 우리의 제품 개발력을 전혀 신뢰하지 않고 있어요. 분명 우리도 하나모리라는 브랜드에만 안주해온 게으른 연구자 집단으로 생각할걸요?"

쓰치야가 걸음을 멈추고 아오이를 슬쩍 돌아보았다. 옆에서 걷던 이누카이가 의아하다는 듯이 아오이를 바라보았다. 다른 연구원들의 시선도 자신에게 집중되었으니, 그 모든 시선 더 확 잡아 끌어줄 생각이었다.

"이렇게 된 이상, 우리도 터너 사장님에게 한 방 먹이는 수밖에 없다고요."

12월

　12월에 접어들면 안뜰의 잡초를 뽑는 것이 사과 아파트의 연례행사였다. 마시바 다다오미는 마른 잡초를 낫으로 쓱싹 벤 다음 허리를 툭툭 두드리며 자리에서 일어났다. 앉았다 일어났다를 반복한 탓인지 다운재킷 안에 땀이 살짝 배어 있었다.

　연례행사라지만 참가 인원은 매년 다다오미와 집주인 가즈코 씨뿐이었다. 올해는 바이유도 있으니까 한 명당 담당해야 하는 면적이 줄어들어 다행이었다.

　"셋이서 하니까 역시 편하네요."

　가즈코 씨도 같은 생각이었는지, 자른 풀을 갈퀴로 모으면서 웃었다.

　"정말 다행이지. 오랫동안 나하고 마시바 군 둘이서만 했었잖아."

　"어쩌다 셋이서 했을 때도 있었어요. 와세다에 다니던 미노시마 군이나 록본기 바에서 일하던 오오카와 씨랑요."

"어머, 오랜만에 듣는 이름이네. 그러고 보니 도와준 적이 있었지."

"다들 졸업하거나 직장을 옮기면서 이사 갔지만요."

이렇게 오랫동안 살고 있는 건 다다오미 정도였다. 자신은 정말 한번 소중하게 생각한 것을 쉽게 놓지 못하는 성격이라는 생각이 들었다. 사과 아파트도 그렇고 하나모리 비누도 그랬다.

"마시바 군, 이제 몇 년이나 됐지?"

"그럭저럭 17년쯤 됐으려나요."

사과 아파트로 처음 이사 온 게 대학 입학 때였고, 지방에 홀로 남았던 어머니는 대학 3학년 여름에 돌아가셨다. 본가는 임대 아파트였으므로 도쿄에서 취직하기로 마음먹었을 때 방을 빼버렸다. 자신이 돌아갈 집은 이제 여기밖에 없는 것이다.

어머니의 죽음은 교통사고 때문이었고 전혀 예상치 못한 일이었지만, 상경하지 않고 고향에 남았어야 했다고 후회했다. 왜 하필 대학에, 도쿄에, 사과 아파트에 왔나 하는 생각도 들었다. 하지만 결국 떠나지 못한 채 여기서 계속 살고 있다.

"잠깐 쉴까? 3시에 먹을 간식으로 쿠키를 사다 놨거든."

차도 끓여올게, 하며 가즈코 씨는 자기 집으로 돌아갔다. 자른 풀을 한곳에 모으고 있는데 대문 쪽에서 풀을 베던 바이유가 쓰레받기에 잡초를 한가득 담고 돌아왔다.

"바이유는 왜 사과 아파트에서 살기로 한 거야?"

녹색과 갈색이 뒤섞인 잡초 더미 앞에서 갑자기 그에게 물어보고 싶

235

어졌다. 그는 목장갑을 벗고 콧잔등을 긁적거리며 "네?" 하고 고개를 갸웃거렸다.

"하나모리와도, 블루아 일본 지사와도 가까워서?"

"그것도 있지만 이름 때문일까요? 사과 아파트라는 이름에서 조금 고향 같은 느낌을 받았거든요."

"아아, 그런가. 사과 아파트라는 이름은 대만에 있을 법하지."

"사과 일보라는 신문도 있으니까요."

바이유는 그렇게 말하며 작게 신음하더니 조금 쑥스럽게 웃어 보였다.

"그리고 대만에서는 수십 년 전부터 문창(文創)이라고 해서, 오래된 것의 가치를 찾아내어 새로운 문화를 만들어내는 운동이 활발하거든요. 여기서도 그런 느낌이 났던 거죠."

"오래된 건 확실하지만, 여기서 새로운 문화가 만들어지긴 하나?"

"글쎄요. 어떨까요?"

등 뒤에서 문이 열리는 소리가 났다. 가즈코 씨가 주전자와 컵을 올린 쟁반과 쿠키가 든 봉지를 들고 다가왔다. "자, 가서 손들 씻고 와" 라며 마치 아이 타이르듯하기에 "가즈코 씨, 저 이제 서른여섯이거든요" 라며 어깨를 들썩이며 웃었다.

12월이라는 게 믿기지 않을 만큼 따뜻한 시간이었다. 신제품 개발 프로젝트의 중간 발표회가 지옥 같은 분위기로 끝난 뒤에 과연 어떤 결과가 나올지 모르고, 바이유가 기리야마 가쓰미의 집에 뻔질나게 다녀오면서도 아무 성과가 없지만―문제가 산적한 가운데서도 일요

일의 사과 아파트는 평온하기 그지없었다. 몇 주 뒤에는 셋이서 크리스마스 모임 겸 송년회까지 가질 예정이다. 5월에 담근 매실주도 이제 슬슬 잘 숙성되었으리라.

🏃

12개들이 도넛 세트를 세 상자. 음식 배달 업체의 배달 파트너 기리야마 도모키는 참 특이한 주문이라고 생각하며 하이브리드 자전거를 타고 도넛 가게로 향했다.

많은 도넛이 든 백팩을 짊어진 채 달려간 목적지는 그의 조부인 기리야마 가쓰미가 예전에 근무하던 블루아 하나모리였다. 주문자는 여자였고 사옥 1층에서 기다려주었다.

"죄송해요. 너무 많이 주문했죠?"

미안해하는 그녀에게 "아니요, 주문해주셔서 감사합니다!" 라고 기운차게 인사하며 도넛 상자를 건넸다. 아무리 도넛이라도 36개나 되니 꽤 묵직했다. 부서 내에서 도넛 파티라도 벌이는 걸까?

"부서 인원수만큼 주문하다 보니 엄청난 양이 되어버려서요. 추운 데 수고 많으셨어요."

그녀가 목에 건 사원증에는 '연구개발부'라고 적혀 있었다. 조부가 일하던 부서였다. 어쩌면 이 사람도 조부의 이름을 알고 있을지도 모른다. 그가 일하던 부서에서 간식으로 도넛을 먹으며 일하는 모습은 상상하기 힘들었으므로, 매수 이후에 분위기가 바뀐 것이리라.

그런 곳에서 조부는 어떤 은퇴자로 기억되고 있을까? 조부를 따르며 집에 자주 방문하는 사람들 말고, 방금 저 사람은 어떻게 생각할까?

하지만 직접 물어볼 수도 없었기에 도모키는 고개를 숙인 뒤 사옥을 빠져나왔다. 결제는 앱을 통해 완료되었으므로 다음 주문이 없는지 스마트폰을 확인했다.

문득 고개를 드는데, 밖에서 들어온 남자를 보고 걸음이 멈췄다. 그쪽도 도모키의 얼굴을 본 순간 "아" 하고 놀라며 멈춰 섰다.

어느새 세 번 정도 조부를 방문했던 블루아 하나모리의 린 바이유였다.

"…지난번에는 할아버지가 또 실례되는 말을 해서 죄송했습니다."

바이유가 마시바 다다오미라는 남자와 함께 조부를 처음 방문했을 때, 도모키는 빨리 외출할 생각이었지만 조부의 '그럴 수는 없지' 라는 화난 목소리가 신경 쓰여서 잠깐 이야기를 엿듣고 말았다.

아무리 회사 일 때문에 찾아왔다지만 첫 대면인 사람을 그런 식으로 대했다는 게 견딜 수 없이 부끄러웠다. 상대의 이야기를 전혀 들으려고도 하지 않고 자기 할 말만 크게 떠들어대며 타협의 여지조차 보이지 않았다.

린 바이유는 그 뒤로도 두 번 정도 혼자 조부를 찾아왔다. 하지만 조부의 태도는 바뀌지 않았다.

도모키의 갑작스런 사과에 바이유는 눈을 잠깐 깜빡거리더니 어깨를 으쓱거렸다.

"아아, 괜찮습니다. 애초에 후안무치하게 행동하는 건 제 쪽이니까요."

후안무치라는 말의 의미를 이해할 때까지 2초 정도 걸렸다. 이 사람은 도모키보다 일본어를 훨씬 잘하는 것 같다. 그런 사람에게 '외인이 뭘 알겠냐'라고 말해버리는 조부가 역시 부끄러웠다.

"오늘도 오실 거죠?"

"네, 5시에 가기로 약속드렸습니다."

오늘 아침 식사를 하며 '또 그 녀석이 온다는군'이라며 투덜거리던 조부를 떠올렸다.

"저기, 제가 이런 말 하는 것도 이상하지만, 회사 일 때문에 할아버지에게 부탁해봐야 소용없을 거예요. 정말로…. 3월에 하나모리 비누가 매수되었다는 뉴스가 나온 뒤로 계~속 저런 상태니까요."

저녁을 먹을 때나 온 가족이 TV를 볼 때, 갑자기 생각난 듯이 분통을 터뜨리며 불평을 하곤 했다. 그 자리에 있는 가족들이 하나모리 비누를 어떻게 할 수 있는 것도 아닌데 말이다. 부모님이나 조모가 좋은 말로 진정시켜도 '한 회사에서만 정년까지 일해본 경험도 없는 너희가 뭘 알겠냐' '밖에서 일해본 적도 없는 당신이 뭘 알겠어'라고 무시할 뿐이다.

괜히 끼어들었다가 '취업 활동도 제대로 안 하는 네가 뭘 알겠냐'라는 소리만 들을 게 뻔했으므로 도모키는 아무 말도 하지 않았다. 항상 너희가 뭘 알겠냐고 말하면서도 알게 해줄 노력은 전혀 안 하는 사람이니 소통을 시도하는 것 자체가 귀찮았다.

"그래도 기리야마 씨는 저를 집에 들여보내 주시잖아요. 대화하는 것 자체가 싫다면 애초에 만날 약속을 잡지 않으면 될 텐데요. 만나주시는 것만으로도 가능성은 있다고 생각합니다."

"그야 그냥 심심해서 그러시는 거겠죠. 계속 일만 하고 살아오신 분이라, 퇴직하신 뒤로는 할 일이 없는 거예요."

집에서 무료함을 이기지 못하는 것보다는 마음껏 떠들어댈 상대— 샌드백이 있는 게 낫다니, 자신의 조부는 고작 그런 사람이었을까? 도모키가 어린 시절… 아니, 조부가 하나모리 비누에서 퇴직하기 전까지만 해도 고집이 세고 항상 위압적이긴 해도 연구자로서 나름대로 멋진 할아버지라고 생각했는데 말이다.

"린 씨는 왜 일본에서 일하세요?"

전에 이야기를 엿들었을 때 그가 조부에게 자신이 대만 출신이고 전에는 뉴욕의 블루아 본사에서 근무했다고 말한 걸 떠올렸다.

"린 씨는 일본어도 잘하시고 뉴욕에서 살았다면 영어도 하실 텐데요. 성격도 좋으신 것 같으니까 대만이든 뉴욕이든 많은 선택지가 있으셨을 텐데, 왜 하필이면 일본에서 우리 할아버지에게 머리를 숙이고 계신가 해서요. 그렇게… 대단한 나라도 아니잖아요."

일본에서 일한다고 엄청난 거금을 벌 수 있는 것도 아닐 텐데, 차별이나 부당한 일을 당하고 억울한 경험을 한 적도 많을 것이다. 일본에서 태어나 아직 대학생이고 의식주의 불편함 없이 눈앞의 평온함만을 추구해온 도모키로서는 상상도 할 수 없는 경험을 했으리라.

그런데 어째서 일본에서 일하는 걸까?

일본에서 나고 자란 자신조차 일본에서 일하는 밝은 미래를 상상하기 힘든데, 어째서.

"그렇게 복잡한 이유가 있는 건 아니고, 단지 일본에 관심이 있어서 일본어를 공부했고, 일본에 유학을 왔고, 계속 살아가다 보니 다시 일본에 오게 된 것뿐입니다."

일본 유학에서 소중한 친구도 사귀었고, 모처럼 일본에서 유학한 경험이 있으니까 한 번 정도는 일본에서 일해보자는 생각으로 블루아 일본 지사의 채용 시험을 봤다. 영어 실력을 인정받아 뉴욕 본사에서 일해보지 않겠느냐는 제안을 받았다. 그리고 자기 능력을 높이 사준다면 오히려 감사하다고 대답하며 승낙했다. 그 뒤로 블루아가 하나모리 비누를 매수하면서 다시 일본에 오게 되었다.

자신의 인생을 짧게 말해준 바이유에게 "그래도…"라고 반문하고 말았다. 도모키의 뇌리를 스친 것은 역시 조부를 찾아오는 그의 모습이었다.

"그렇게 열심히 일할 만한 가치가 있는 곳인가요? 이 나라가요."

속내를 털어놓았더니 주어가 너무 광범위해서 맹렬히 부끄러워졌다. 어쩌다 스케일이 국가 규모까지 커진 것일까?

하지만 주위에서 취업 활동을 시작하는 걸 볼 때부터 계속 마음에 걸렸던 게 바로 그 부분이었다는 생각이 든다. 행동하지 않으면 안 된다고 생각하면서도 구실을 붙여 행동하지 않았던 이유였다.

"그건 본인이 직접 답을 찾아야 하는 질문이라고 생각합니다. 제가 말해봐야, 그건 제가 찾아낸 답일 뿐이니까요."

바이유의 바지 주머니에서 전자음이 울렸다. 스마트폰을 확인한 그는 "그럼 저는 이만" 이라고 인사하며 엘리베이터 쪽으로 걸어갔다.

도모키도 자기 스마트폰을 들여다보았다. 다카다노바바역 근처에 배달 요청이 있었다. 햄버거 가게에서 치즈버거와 감자튀김과 쉐이크를 2인분씩.

평소의 습관대로 수락 버튼을 누를 뻔했다. 이번에는 무슨 이유인지, 취업 활동에 열심이던 동기들의 모습이 떠올랐다.

스마트폰을 바지 주머니에 쑤셔넣고 하이브리드 자전거에 올라탔다. 오늘은 아직 두 건밖에 배달하지 않았지만 집을 향해 페달을 밟았다.

12월의 낮은 짧다. 도넛을 배달하러 달릴 때는 아직 해가 높이 떠 있었는데 앞쪽에서 내리쬐는 태양 빛에 옅은 주황색이 배어들기 시작했다. 배달 중에는 겨울에도 땀을 흘리니까 추위도 신경 쓰이지 않는데, 오늘은 핸들을 쥔 손끝이 살짝 아팠다. 아픔을 떨쳐내려는 듯이 평소보다 강하게 페달을 밟았다.

집 안은 조용했다. 부모님은 회사에 갔고 조모는… 오늘은 분명 친구분들과 스쿼시인지 보치아인지를 연습하러 간다고 했다.

평일의 조용한 단독 주택에는 조부밖에 없는 것이다.

거실 문을 열자 조부는 혼자 TV를 보고 있었다. '시답잖은 뉴스만 왜 이리 많아?' 하고 투덜대면서도 저녁 뉴스를 꼭 챙겨 본다. 바이유를 만나주는 것도 그와 비슷한 행동으로 볼 수 있지 않을까.

"뭐야, 벌써 돌아온 거냐?"

조부의 말이 끝나기도 전에 "오늘 오는 거지? 린 씨"라고 물었다.

"아까 블루아 하나모리에 배달 갔다가 만났어."

"정말 질리지도 않고 오더군. 몇 번을 와도 결과는 똑같다는 걸 모르는 거야."

"그러면 이제 오지 말라고 하면 되잖아. 할아버지, 내가 다 부끄러워. 제대로 대화할 마음도 없으면서 린 씨를 샌드백 취급하고, 매수에 대해 불평만 늘어놓으면서 뭔가 행동을 하는 것도 아니고."

"뭐라는 거야, 이 자식이."

조부가 굵은 목소리로 위협하며 일어섰다. 어릴 땐 '이 자식이'라는 말이 그렇게 무서울 수 없었지만, 대학생이 된 도모키는 조부보다 훨씬 키가 컸다.

불쾌한 감정을 내비쳐서 주위 사람들의 입을 틀어막는 것도 이젠 신물이 났다.

"할아버지, 나한테 자주 그랬지? 취직할 거면 제조 회사가 좋다고. 일본 제품은 품질도 좋고 외국에 절대로 지지 않으니까 직장도 안정적이라고. 그런데 하나모리 비누는 매수되어 버렸잖아. 외국 회사한테 패배한 거잖아. 그건 인정해야 하는 거 아냐? 그걸 인정한 다음 어떻게 대처할지를 고민하는 게 할아버지 같은 베테랑이 해야 하는 일 아니냐구."

패배했다는 말에 조부는 순간적으로 반박하지 못했다. 뭐야, 다 알고 있었네. 현실을 못 보는 게 아니었잖아.

그러면 인정해. 안 그러면 무의미한 대화만 반복될 수밖에 없잖아.

"일을 해본 적도…!"

크게 외치는 조부의 입에서 작은 침방울이 튀었다. 도모키의 셔츠 가슴에 작은 얼룩이 만들어졌다.

"일을 해본 적도 없는 대학생 주제에 어디서 건방진 소리를!"

"일을 해본 적도 없는 대학생도 아는 걸 왜 몇십 년이나 일한 할아버지는 모르는 건데."

어디서 건방진 소리를. 조부는 퇴직 전에 그런 말로 부하들의 입을 다물게 했던 걸까? 아아, 싫다. 그런 사회인이 되고 싶진 않다.

"…자기가 해온 일이 자랑스럽다면, 손자인 나한테도 제발 그런 생각을 갖게 해줘. 사회인이 되어도 괜찮을 것 같다고. 땀 흘려서 열심히 일하면 분명 좋은 미래가 기다릴 거라고 생각하게 해줘. 난 퇴직했는데 아무것도 할 일이 없어서 불평만 투덜거리는 노인이 되고 싶진 않다고."

이건 '미숙함'일까? '요즘 어린 것들은' 하고 혀를 끌끌 찰 만한 일일까? 만약 그렇다면 대체 자신은 무엇을 원동력 삼아 사회인이 되어야 하는 걸까?

조부는 잠시 잠자코 있었지만 이내 다시 입을 열었다. 그런 소릴 할 틈이 있으면 나가서 취업 활동이라도 해라. 네 동기들은 이미 회사에서 내정식도 끝났을 텐데, 네가 지금 주위 사람들보다 몇 걸음이나 뒤처진 줄 알기나 하냐. 그렇게 잘난 척 떠들고 싶으면 주위 사람들만큼 노력이라도 하고 나서 말해라.

평소 그대로의 조부였다. 반박하기도 귀찮아져서 언제나처럼 "아~

네, 네. 알았어요" 하고 2층으로 이어지는 계단을 뛰어 올라갔다.

사람의 성격은 서른 살을 넘기면 바뀌지 않는다는 말을 들었던 적이 있다. 이제 곧 일흔 살이 되는 조부가 자신의 말을 듣고 바뀔 리 없다. 쓸데없는 짓을 한 것이다.

오후 5시 정각에 린 바이유가 왔다는 걸 알 수 있었다. 집 안에 울린 인터폰 소리에 최소한 마중이라도 자신이 나가줄까 싶어서 도모키는 1층으로 내려갔다.

거실에서 마침 조부가 걸어 나왔다. 눈이 마주치자 조부가 먼저 고개를 휙 돌려버렸다.

조부가 현관문을 열었다. 바이유가 정중하게 고개를 숙이는 게 보였다.

"시간 내주셔서 감사합니다."

"야, 차 좀 내와라."

다다미방의 장지문을 연 조부가 도모키를 턱짓으로 가리켰다. 조부의 등 뒤에서 바이유가 고개를 숙였다.

"아~ 네, 네."

부엌에서 뜨거운 차를 끓였다. 쟁반에 담아 다다미방으로 가져가자 조부는 역시나 험악한 표정을 짓고 있었다.

찻잔을 두 사람 앞에 놓고 재빨리 밖으로 나왔다. 괜히 오래 머물거나 바이유와 이야기하는 것을 보고 불쾌한 기분을 느끼고 싶지 않았다.

"타이베이는 어떤 곳인가?"

장지문을 닫을 때, 조부의 그런 목소리가 분명하게 들렸다.

그로부터 며칠 뒤, 조부의 현역 시절 부하들이 찾아왔다. 처음 보는 직원들도 몇 명 있었다. 현관에서 응대한 도모키는 그 처음 보는 직원이 희미하게 풍기는 인공적인 달달한 향을 맡았다.

회사원이 되는 것도 어쩌면 나쁘지 않을지도—솔직히 아직 그런 생각은 들지 않는다. 그 '아직'에 '언젠가'라는 의미가 포함되어 있는 건지도 잘 모르겠다.

다만 부하들을 맞이하는 조부의 미간에는 주름이 없었고, 그들을 데려간 서재에서는 담소가 끊이지 않았다. '야, 차 가져와, 차'라고 조부가 시키지는 않았지만, 인원수만큼 차를 끓여서 가져다 주었다.

제3부

———————

자부심 정도는 있습니다!

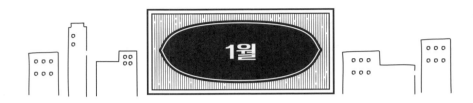

1월

"아, 마시바 씨."

지도리 스미레가 회사 근처의 국수집 문을 열자 바로 앞에 있는 자리에서 다다오미가 국수를 먹고 있는 참이었다. 정월 연휴가 끝나는 첫 출근일, 점심 시간의 가게 안은 많이 붐볐기에 다다오미가 "같이 먹을래?"라며 손짓해 주었다. 사양하지 않고 빈 의자에 앉아 점원에게 청어 국수를 주문했다.

"지도리도 새해 첫 출근일에는 여기서 국수를 먹는구나."

"여기서 새해 선물로 주는 유자 시치미[7]가 맛있잖아요."

해넘이 국수는 이미 배불리 먹었지만, 정월 연휴가 끝나면 이 가게

---

7) 시치미: 七味. 고춧가루를 메인으로 일곱 가지 재료를 섞어 만든 향신료. 유자가 들어간 것을 최고로 친다.

의 청어 국수가 먹고 싶어진다. 그건 하나모리 비누에 오랫동안 이어져온 전통 같은 것으로, 가게 안에서는 여기저기서 아는 얼굴들이 국수를 먹고 있었다.

'지도리, 새해 국수 먹으러 가자' 라며 처음으로 여길 데려와준 사람은 사카키바라였지만, 그는 지금도 자기 책상에서 PC와 씨름하는 중이었다.

"그러고 보니 말인데, 사카키바라 씨는 오늘 출근한 거야?"

스미레의 청어 국수가 나오는 타이밍에 다다오미가 물었다. 자기 몫의 튀김 국수를 절반 정도 먹은 그의 미간에는 희미한 주름이 잡혀 있었다.

"출근하셨는데, 무슨 일 있어요?"

"연말연시 동안 사카키바라 씨가 회사가 나온 보안 기록이 남아 있었어. 12월 29일하고 30일, 1월 4일하고 5일. 아침 10시부터 밤 7시까지."

"…출근 기록은요?"

스미레는 뜨거운 국수 위에 얹어진 청어찜을 젓가락으로 발라내면서 조심스레 물었다.

"없었어."

당연히 그 시기의 회사는 절찬 휴가 중이다. 출근하는 직원이 아예 없는 건 아니지만, 그런 경우는 휴일 출근으로 보고해야 한다. 물론 나중에 그만큼 연차를 받는다. 블루아 하나모리가 된 이후로 철저히 준수하라는 규칙 중 하나였다.

"그렇다면 12월 중에 끝내야 했던 업무를 연말연시 때 벼락치기로 마무리한 거네요."

"휴일 동안 4일이나 출근했으면 그만큼 연차를 사용해야 맞는 건데…. 무슨 일인가 싶어서."

"우리 부서는 원래 잔업 시간이 많았잖아요. 총 잔업 시간을 줄이려고 사카키바라 씨가 부하들 업무를 떠맡은 거예요. 인사과에서 부과한 목표 삭감량을 그렇게 통과했거든요."

그 목표 삭감량도 블루아의 규정에 맞춰서 설정된 것이니 다다오미에게 불평한다고 해결되는 건 아니었다. 스미레는 한숨을 참기 위해 청어찜과 함께 국수를 후루룩 빨아들였다. 이런 와중에도 국물의 풍미와 청어찜의 달콤짭짜름한 맛은 훌륭했다. 처음 이걸 먹었을 때. 맞은편 자리에서 '맛있지? 새해 첫 출근날엔 이거 만한 게 없지' 라며 소리내어 웃던 사카키바라를 떠올렸다. 어느새 그때로부터 10년 가까이 지났다.

"다른 부서에서도 똑같은 방법을 쓰는 중간 관리직이 한두 명씩 있어. 잔업을 줄이라고 해도 줄이는 방법을 모르는 거겠지."

"업무량이 줄어드는 건 아니니까요. 급여가 등급과 성과보수로 결정되는 이상, 실적을 떨어뜨릴 수도 없고요. 기존의 업무를 어떻게 효율화시키는지가 관건이에요."

스미레는 다른 회사에서 일해본 적이 없지만, 적어도 하나모리 비누의 중간 관리직 및 부장급의 소위 아저씨 상사들은 바로 이 '효율화'에 영 젬병이었다. 오히려 효율화하지 않는 것이 곧 열정이라고 믿고 일해온 사람들이다.

"사카키바라 씨 문제는 저도 어떻게 해결해야 좋을지 고민 중이에요. 이런 상태로 신제품 개발 프로젝트의 판촉 계획까지 시작되면 사카키바라 씨는 펑크 날걸요."

면을 다 먹은 다음, 청어의 양념이 배어들어가서 더 달달해진 국물도 쭉 들이켰다. 스미레가 나중에 먹기 시작했는데도 다 먹은 시간은 비슷했다.

"신제품 얘기가 나와서 말인데, 괜찮은 거에요? 중간 발표회가 지옥 같은 분위기였다고 들었는데요."

"이즈미사와 말로는 일단 터너 사장의 코를 납작하게 해주기 위해 노력하고 있대."

어깨를 으쓱거리며 웃는 다다오미를 보며, 스미레는 터너가 찍소리도 못 하는 장면을 상상해보았지만, 이미지가 전혀 떠오르지 않아서 단념했다.

"총무부인 나는 간접적으로 손을 쓸 수는 있어도 직접 뭔가를 만들어내거나 팔지는 못하니까, 이제부턴 지켜보는 수밖에 없어."

"프로젝트가 좌절돼서 하나모리 직원은 전부 굿바이~ 같은 사태가 벌어지지 않아야 할 텐데요."

"괜찮을 거야."

다다오미는 잘 먹었습니다. 하고 빈 그릇을 향해 두 손을 맞대며 고개를 끄덕였다. 말투는 온화하지만 자기 가슴에 못이라도 박아넣는 것처럼 강한 힘이 담겨 있었다.

"적어도 지도리처럼 우수한 영업사원을 회사가 놔줄 리는 없어."

"네~? 그런 말을 한다고 제가 계산하진 않을 거거든요?"

칭찬받은 쑥스러움을 지워내려는 듯 자리에서 일어섰다. 다다오미는 "후배한테 얻어먹진 않아" 하고 웃으며 스미레가 먹은 음식값까지 계산해주었다.

다다오미와 헤어져 영업부 사무실로 돌아오자 공용 커피 메이커 옆에 놓아둔 과자 더미가 눈에 들어왔다. 연말연시의 휴가 기간 동안 여행이나 귀성을 다녀온 직원들이 하나모리와 블루아에 상관없이 선물을 사 온 것이다. 이런 문화는 일본 기업이나 외국계 기업이나 다르지 않은 것 같다.

만쥬와 쿠키 상자에는 사온 사람의 이름을 적은 포스트잇이 붙여져 있었다. 허니버터 아몬드 봉지에는 '한국의 본가에 다녀왔어요! 선물입니다!' 라는 메모와 함께 블루아 쪽 직원의 이름이 적혀 있었다.

그걸 가져가기는 왠지 꺼림칙했기에 사카키바라가 사 왔다는 하카타토리몬[8]을 하나 집어 들고 자기 자리로 돌아왔다.

"사카키바라 씨, 정월에 큐슈 다녀오셨어요?"

사카키바라 본인은 사이타마 출신이지만 아내가 후쿠오카 출신이라 백중날이나 정월 중 한 번은 꼭 인사하러 내려갔다. 그러나 오늘 아침부터 계속 PC만 노려보는 사카키바라는 "어"와 "응"의 중간쯤 되는 애매한 대답만 할 뿐이었다. 후쿠오카에는 아내와 딸만 보내고, 혼자

---

8) 하카타토리몬: 후쿠오카의 특산품인 유명 화과자.

도쿄에 남아 일을 한 게 틀림없었다.

스미레는 하카타토리몬을 우물거리며 거래처에 보낼 새해 인사 이메일을 타이핑했다. 등 뒤에서 달달한 벌꿀 향이 나서 돌아보니 시바가 허니버터 아몬드를 와작와작 씹고 있었다.

"아~ 화장실, 화장실."

그로부터 10분 뒤, 혼잣말처럼 중얼거린 사카키바라가 자리에서 일어났다.

이메일을 확인하던 스미레의 시야 구석에서, 사카키바라는 현기증이라도 나는 것처럼 비틀대며 구불구불 걸어가다가 옆에 있던 서류함에 머리를 부딪혔다.

"어머, 괜찮으세요?"

사카키바라 씨, 하고 부르기도 전에 사카키바라는 사무실 문에 쿵! 하고 어깨를 부딪치며 벌렁 나자빠지고 말았다.

"어, 어떡해."

스미레가 중얼거리며 쓰러진 사카키바라에게 달려갔다.

"저기요! 사카키바라 씨, 괜찮으세요?!"

사카키바라는 스미레가 어깨를 부축하기도 전에 "어, 괜찮아, 괜찮아" 하며 몸을 일으켰다. 똑바로 서려는 순간—다시 넘어지고 말았다. 평형감각을 잃거나 똑바로 서는 느낌을 잊어버린 것처럼 발밑이 불안불안했다.

"어, 괜찮지… 않으신 것 같은데요?"

"괜찮대도. 괜찮아."

발음까지 어눌해지고 있었다. 판단력도 흐려졌는지, 문 옆의 관엽식물을 짚고 일어서려다가 화분 채로 뒤엎어버리고 말았다. 바닥에 자잘한 나무 조각이 흩어지고 다른 직원들이 우르르 모여들었다. 시바가 "어, 괜찮으신 거예요?"라며 스미레의 등 뒤에서 서성거렸다.

"사카키바라 씨, 지금 안 괜찮으세요."

계속 일어서려는 사카키바라를 손으로 제지하며 재킷 주머니에 손을 넣었다. 하지만 스마트폰은 책상에 두고 온 모양이었다. 다급히 "구급차 불러, 구급차!"라고 외치며 시바를 돌아보았다.

"괜찮다니까 그래. 대충 넘어가, 대충."

사카키바라는 양손을 휘휘 저었지만 아까보다도 눈에 띄게 창백해진 얼굴이었다. 결국 자기 힘으로 몸을 일으킬 수도 없게 되었는지, 본인도 '어라? 왜 이러지?' 하는 표정이 되었다.

똑바로 서지 못하고, 비틀거리고, 못 걷는 것. 뇌경색을 일으키면 그런 증상이 나타난다는 걸 언젠가 TV에서 본 기억이 있었다.

"시바, 구급차 불렀어?!"

시바는 스마트폰을 귀에 댄 채로 고개를 여러 번 끄덕거렸다. 끄덕거리며 입으로는 회사의 주소를 또박또박 말하고 있다. 그리고 사카키바라의 증상까지 정확히 설명했다.

구급차는 5분도 지나지 않아 도착했고 구급대원들이 들것도 아닌 휠체어에 사카키바라를 묶어서 1층까지 데려갔다. 총무부가 있는 6층에서 다다오미가 내려왔고 다른 층의 직원들도 무슨 일인가 하며 1층에 몰려들었다.

상당히 큰 소동으로 발전한 탓에, 사카키바라는 겸연쩍은 얼굴로 "소란을 일으켜서 죄송합니다아…" 하고 중얼거리며 구급차에 실렸다.

"일단 내가 같이 타고 갈까?"

다다오미가 나섰지만, 결국 가장 친한 부하 직원인 스미레가 동승하기로 했다.

구급대원에게 "부하 직원인데 같이 가도 될까요?" 라고 말을 걸려는데 "스미레" 하고 이름을 부르며 어깨를 두드리는 사람이 있었다. 회사 안에서 그녀를 '스미레'라고 부르는 사람은 한 명뿐이다.

다다오미와 함께 6층에서 내려온 듯한 바이유가 스미레의 얼굴을 들여다보고 있었다.

"괜찮아?"

미간을 찡그리는 그에게 조금 전의 사카키바라처럼 "괜찮아" 하고 대답했다.

구급차의 램프는 거리에서 볼 때보다 진한 빨간색이라 무심결에 얼굴을 돌리고 싶어질 정도였다. 구급차에 타는 건 처음이었고, 설마 실려가는 게 직속 상사가 될 줄이야.

요란한 사이렌을 울리며 달리기 시작한 구급차 안에서, 침대차에 누운 사카키바라의 눈앞으로 구급대원이 손가락 두 개를 펼쳐 보였다.

"이거, 몇 개로 보이세요?"

온화한 목소리였지만 옆에서 지켜보던 스미레는 등줄기에 소름이 돋는 걸 느꼈다. 사카키바라는 "두 개…" 라고 명확히 대답했다.

응급대원이 다음엔 손가락 하나를 내밀며 "오른손으로 제 손가락을 만져보세요" 라고 말했고 사카키바라는 천천히, 오른손 검지로 응급 대원의 손가락을 건드렸다. 똑같은 동작을 왼손으로도 반복했다.

누가 봐도 뇌에 이상이 없는지를 확인하기 위한 작업이었다. 사카 키바라가 여기서 하나라도 실수한다면… 두 개를 세 개라고 대답하거 나 자기 손으로 응급대원의 손가락을 건드리지 못한다면, 그게 곧 확 진이나 다름없다는 생각에 스미레는 무릎 위에서 두 주먹을 꼭 쥐고 있었다. 구급차 안이 아니었다면 '사카키바라 씨 파이팅! 힘내요 아저 씨!' 라고 소리쳤을 게 분명했다.

"저기, 저희 상사분은 괜찮은 건가요…?"

궁금함을 참지 못하고 물었더니 검사해보기 전에는 아무것도 알 수 없다는 대답이 돌아왔다.

다행히 그를 받아줄 병원을 빨리 찾아냈고, 구급차는 약 15분 만에 신주쿠구의 대학 병원에 도착했다.

* * *

분노 때문인지 다급함 때문인지, 엘리베이터의 층수 버튼을 연타하 고 말았다. 사카키바라의 병실은 엘리베이터를 내리면 바로 옆에 있 는 4인실이었다. 침대 4개가 모두 사용되는 가운데, 사카키바라의 침 대에는 커튼이 빈틈없이 쳐져 있었다.

"사카키바라 씨, 지도리예요."

"어~ 이제야 왔네!"

기다리다 지쳤다는 듯한 목소리가 들렸다. 커튼을 열자 왼팔에 링거 바늘을 꽂은 사카키바라가 빠르게 손짓했다. 그가 기다렸던 건 스미레 본인이 아니라 스미레가 가져온 짐이었다.

"미안, 미안. 아무래도 아내한테 부탁할 순 없는 일이라."

"모르는 사람이 들으면 오해할 테니까 그런 식으로 말하지 마세요."

마치 불륜 상대가 병문안을 온 것 같지 않은가.

"그리고 사카키바라 씨의 PC는 안 가져왔어요. 자, 받으세요."

서점 로고가 들어간 쇼핑백을 내밀었다. 안에는 십자말풀이 잡지와 말도 안 되게 어렵다고 화제인 틀린 그림 찾기 책이 들어있었다.

"아아아니, 그럼 뭐 하러 온 거야?"

"PC는 안 가져올 거라고 선언하러 왔죠. 하는 김에 사카키바라 씨가 부하 직원한테 PC를 가져와달라고 했다는 걸 영업부와 총무부에 일러바쳤으니까, 다른 사람에게 부탁해도 소용없을 거예요. 과로로 입원한 주제에 또 일이라니, 그러다 진짜 큰일 난다고요."

새해 첫 출근일에 사카키바라가 쓰러진 지 5일이 지났다. 긴급 이송된 사카키바라는 그날 중에 MRI로 두부를 정밀히 촬영해서 뇌에는 문제가 없다는 사실을 알아냈다. 혈액 검사를 시작으로 온몸을 철저히 검사한 결과, 과로가 원인으로 보이는 자율신경 실조증이라는 진단을 받았다. 덤으로 간 기능 저하도 붙어 있었다.

"대단한 일은 아니니까 내일부터 출근할 거야."

사카키바라는 구급차에서 내릴 때만 해도 그런 말을 했지만, 결국 며칠 동안은 입원하라는 말을 듣고 더욱 정밀한 검사를 받은 결과, 주말까지도 계속 입원하게 되었다.

그러자 사카키바라는 몰래 스미레에게 '내 PC 좀 가져와줘' 라고 연락한 것이다. 동기에게 부탁하기는 부끄럽고 젊은 직원들은 껄끄럽다. 스미레야말로 도움을 요청하기 딱 좋은 상대였으리라.

"자율 신경계 이상이면 일을 쉬지 않으면 절대 안 낫는다고, 총무부의 마시바 씨가 그랬어요."

"그건 여자들이 걸리는 병 아냐?"

사카키바라는 각도를 세운 침대에 등을 푹 기댄 채 "갱년기 장애 같은 거잖아" 라며 불만스럽게 팔짱을 끼었다.

"남자라고 자율신경이 없는 건 아니니까 당연히 안 좋아질 때도 있겠죠. 게다가 남자한테도 갱년기 장애는 있어요."

"어, 그런 거야?"

"누구나 나이를 먹으면 호르몬 이상이 생기니까요."

잘난 척 말했지만 스미레도 사실 오늘 오전에 영업부 상사들이 '자율신경 실조증은 여자만 걸리는 거 아냐?' 라고 수군거리는 말을 듣고 인터넷에서 조사해본 것이었다.

"그러니까 사카키바라 씨는 병원에서 OK 해줄 때까지 얌전히 입원해 계세요."

"내가 쉬면 회사가 어떻게 돌아가."

"돌아가지 않도록 업무를 해온 게 문제였던 거잖아요."

그렇게 말하고 나서 자신의 말에 생생한 가시가 돋쳐 있음을 깨달았다. 사카키바라가 노골적으로 불쾌한 표정을 지었지만 일부러 못 본 척했다.

"저도 더 빨리 행동으로 옮겨야 했어요. 업무 효율을 떨어뜨리지 않으면서 잔업시간을 줄이려면 인원 보충이나 업무 내용의 재검토 같은 게 꼭 필요하다고 주장했어야 했는데…."

"그만해. 꼭 내가 불쌍한 사람 같잖아."

회사 내의 모순이 낳은 희생자. 자기한테 그런 딱지를 붙이지 말라는 듯이 얼굴을 찡그린 사카키바라를 보며 스미레는 어깨를 축 늘어뜨렸다.

"불쌍하고 어쩌고를 따질 것도 없이, 사카키바라 씨가 일을 너무 많이 해서 쓰러진 건 사실이잖아요."

"어쩌겠어. 대신할 사람이 없는데."

날 대신할 사람이 없다. 내가 없으면 돌아가지 않는 업무가 있다. 그걸 회사원으로서의 자부심처럼 말하는 걸 스미레도 더는 참을 수 없었다. 사카키바라에게도 화가 났고, 이렇게 될 줄 어느 정도는 예상했으면서도 아무것도 하지 못한 자신과 회사 자체에도 화가 났다.

"대신할 사람은 얼마든지 있어요. 아무도 대신할 수 없도록 일을 해 오신 것뿐이잖아요."

누군가가 건강을 잃으면서까지 일해야만 돌아가는 직장도, 누군가가 빠지면 돌아가지 않는 직장도 애초에 비정상이다. 건전한 회사라고는 할 수 없다.

물론 그건 결코 사카키바라의 잘못은 아니다. 그에겐 그런 방식이 옳았던 걸 테니까. 어떤 방식이 옳은가에 대한 기준이 바뀐 것뿐이다. 그리고 기존의 옳음에서 새로운 옳음으로의 전환이 원활하지 않은 것뿐이었다.

"사카키바라 씨의 눈에 보이지 않을 뿐이지 젊은 직원들도 열심히 업무를 수행하면서 잘 해내고 있어요. 업무를 제대로 분배하고, 제대로 가르치고, 제대로 설명하고, 제대로 의사소통을 하면 사카키바라 씨가 혼자 떠맡지 않아도 어떻게든 돌아간다구요."

젊은 직원들은 베테랑에게 무슨 말을 해도 소용없다고 생각하고, 베테랑은 젊은 직원들과 말이 안 통한다고 생각한다. 그게 어떤 심정인지는 잘 안다. 잘 알지만, 그걸 성가시다고만 생각해버리면 아무것도 바뀌지 않는다.

"사카키바라 씨는 싫어하실 테지만, 지금이 바로 회사 내에 존재하는 그런 모순을 해소할 기회라고요. 매수에는 그런 측면도 있다는 걸 지난 몇 달 동안 잘 알게 됐어요."

아무튼 입원하면서 푹 쉬세요. 스미레는 그 말을 남기고 발걸음을 돌렸다. 사카키바라가 반발하며 "건방진 소릴 하고 있어"라고 하기에 침대 옆 테이블에 놓아뒀던 서점 쇼핑백을 사카키바라의 허리 쪽으로 던졌다.

"옳은 말을 하는데 부하 직원이라는 이유만으로 건방지다고 하지 마세요. 만약 여자라는 이유로 그러신 거면, 이제 두 번 다시 같이 술 먹으러 안 갈 거고, 불평도 안 들어드릴 테니까요."

병실에서 나오자마자 '안 돼, 말이 심했어…' 하고 후회했지만 이미 늦었다. 아~ 늦었어, 늦었어, 늦었어. 자기혐오의 바다에서 헤엄치며 전철을 탔고, 다다오미와 바이유와 대화하고 싶다는 이유만으로 다카다노바바역 앞의 바바 양과자점에서 슈크림을 사서 회사로 복귀했다.

"슈크림 드실 분?" 총무부 문을 두드리며 말하자 베테랑 직원인 하세가와가 장난스럽게 웃으며 환영해주었다.

"경비 처리는 안 되는 거 알지?"

총무부 직원들에게 슈크림을 나눠주고, 빈 회의실에 다다오미와 바이유를 데리고 들어갔다. 친한 선배와 친구에게 상담하는 건지, 아니면 사내 소통 분과회의 미팅인지 분명치 않은 상태로 사카키바라에 대한 이야기를 꺼냈다. 사카키바라의 입원으로 인해 블루아 본사에서 노동 환경을 개선하라는 명령이 내려와서 다다오미는 그 대응에 쫓기는 모양이었다. 이번 일로 인해 잔업 시간 삭감은 더욱 엄격히 실행될지도 모른다.

"잔업 시간을 줄여라, 방법은 각 부서에서 알아서 생각해라. 그런 지시를 잘 수행할 수 있는 부서만 있진 않은 거죠."

스미레는 그렇게 말하고 나서야 인사도 담당하고 사무국 소속이기도 한 다다오미와 바이유를 비난하는 말투가 되었다는 것을 깨닫고 다급히 입을 다물었다. 슈크림을 있는 힘껏 베어 물다가 크림이 흘러나올 뻔했다.

"전 영업부의 인원은 지금도 충분하다고 생각해요. 제대로 활용하지 못하는 것뿐이죠. 하나모리의 젊은 직원들에게 좀 더 많은 업무를 맡겨도 된다고 생각하고, 블루아와 제대로 협력할 수만 있다면 업무 효율을 떨어뜨리지 않으면서 잔업 시간을 줄일 수도 있을 거예요."

"영업부 내에서 세대 간, 출신 회사 간의 단절이 발생하는 게 원인이라는 거군."

다다오미는 슈크림을 먹으면서도 추욱 하는 소리가 들릴 기세로 어깨를 늘어뜨렸다. 그 옆에서 바이유는 반대로 든 슈크림을 묵묵히 먹고 있었다. 그는 학생 시절부터 슈크림의 윗부분이 아래로 향하도록 들고 먹었다. 그렇게 하면 크림이 넘쳐 흐르지 않는다고 한다.

"이것만큼은 우리 부서 내에서 해결해야 해요. 신제품이 완성되면 영업부가 총출동해서 프로모션을 시작해야 하는데, 서로 단절되어 있을 때가 아니라구요."

바이유를 따라하듯 슈크림을 반대로 들고 먹어보았다. 슈크림의 위쪽 둥근 공간으로 크림이 쏠리면서 정말로 넘쳐 흐르지 않았다. 그래, 그래, 이런 식으로 빈 공간에 업무를 원활히 분배할 수 있다면 좋을 텐데.

"제안할 게 한 가지 있습니다."

스미레의 생각을 읽은 건지, 바이유가 자기 슈크림을 내려다보며 돌연 입을 열었다.

"제안이라니?"

스미레가 고개를 갸웃거리자 바이유는 "제안이란 말은 너무 거창한가" 하며 웃었다.

"방금 떠오른 생각이야."

그가 설명해준 '제안'에 스미레는 미간을 찡그렸고 다다오미는 "어어어…" 하며 당혹해했다. 그런 걸로 사태가 호전될 리가 없어, 라고 말하려는데 바이유의 웃음소리에 입을 다물고 말았다.

"결국 사람을 가장 기분 좋게 움직이게 만드는 건 명령도 돈도 대우도 조건도 아닌, 바로 사람이라는 걸 나도 얼마 전에야 배웠으니까."

총무부에서 영업부로 돌아오니 사무실은 한산했다. 대부분의 직원이 외근을 나가고 창가 테이블(최근에는 블루아 존이라 부르고 있었다)에 두 명 정도가 작업을 하고 있을 뿐이었다.

사카키바라의 책상에 PC가 있는 것을 확인하고 가슴을 쓸어내렸다. 스미레가 말을 안 들으면 다른 직원에게… 그런 바보 같은 생각은 다행히 안 하는 것 같다.

그때 즐거운 목소리로 손을 짝 마주치는 소리가 나서 스미레는 반사적으로 고개를 돌렸다. 블루아 존의 테이블에서 시바 교이치가 블루아 쪽 여자 직원과 몇 번이고 두 손으로 하이파이브를 하고 있었다. 여자 직원은 "축하 파티! 축하 파티하자!" 라며 의자에서 일어나 만세까지 했다.

시바는 아무렇지 않은 척 자기 자기로 돌아왔다. 하지만 가벼운 발걸음만 봐도 기쁜 심정을 감추지 못하고 있었다.

"아, 지도리 씨. 돌아오셨어요?"

윽, 하고 눈썹을 찡그리는 시바에게 스미레는 그와 블루아 존을 번갈아 바라보며 물었다. "무슨 일이야?" 시바는 조금 난감해하며 자기 자리에 앉았다.

"작년에 크로스셀 공부회를 할 때 지도리 씨에게 애기했었잖아요. 하나모리 비누와 블루아 섬유유연제의 동시 구매 이벤트요."

"하긴 했는데 별다른 성과도 없었던 크로스셀 공부회 말이구나…."

형식적인 공부회는 결국 하나모리와 블루아의 세력 다툼을 종식시키지는 못했다. 지금도 실질적으로 하나모리 직원들은 하나모리의 제품을 팔고, 블루아 직원들은 블루아의 제품을 파는 상태였으니까.

"그 뒤에 제가 담당하는 점포들에 의견을 물어봤거든요. 그랬더니 제법 반응이 좋아서 블루아의 소영 하고 젊은 직원 몇 명이 이벤트 계획을 세우고 이것저것 제안한 끝에, 드디어 체인점 본사에서 승낙받았어요."

"잠깐만, 너, 그런 걸 하고 있었어?"

그런 이야기는 영업 회의 때도 전혀 듣지 못했다. 자기도 모르게 바퀴 달린 의자를 빙글 돌려 시바에게 바짝 다가갔다. 스미레와 책상 사이에 끼인 시바가 바짝 긴장하는 표정을 지었다.

"…사카키바라 씨한테 말씀드리면 괜히 복잡해질 것 같아서, 크로스셀 팀을 통해 GM인 이케타니 씨에게 승인은 받았어요. 제 이름이 드러나면 귀찮아질까 봐 리더는 소영이 맡기로 했고요."

"아니, 그래도 자기 직속 상사한테는 보고해야지. 바로 뒷자리에서 일하는데, 나조차 전혀 몰랐잖아."

"그야…."

시바가 노골적으로 불쾌한 얼굴을 하자 스미레는 의자를 살짝 뒤로 뺐다.

"사카키바라 씨를 통해 추진하면 분명히 우리 아이디어대로 통과시켜주지 않으실 거잖아요. 게다가 첫 번째 제안으로는 점포 측에서도 좀처럼 승낙해주지 않아서 몇 번이나 수정을 거쳤는데, 우리 쪽 아저씨들이 그걸 알았다면 수정해도 소용없으니까 다른 업무나 하라고 했을걸요?"

"으으으… 반박할 수가 없네."

스미레도 몇 번이나 비슷한 경험을 했고, 지금도 하고 있다.

"이거, 우리들끼리는 제법 괜찮다고 생각했어요."

시바가 책상 서류함에서 꺼낸 발표 자료를 손바닥으로 세 번, 탁탁탁 두드렸다. 하나모리 비누와 섬유유연제를 비롯한 블루아 제품의 동시 판매 계획이 적혀 있었다.

시바의 영업 담당 구역은 학생과 젊은 가족이 많은 지역이었기에 특정 타겟층만 겨냥한 이벤트를 실시한다고 한다. 하나모리 비누가 가진 '가정의 단골 상품'이라는 브랜드 파워와 블루아 제품의 풍부한 바리에이션과 컬러풀한 라인업을 조합시키고, 가게에서 즐거운 마음으로 물건을 집어들 수 있을 만한 아이디어도 준비되었다. 그에 더해 기존의 하나모리 비누에서는 별로 시도하지 않았던 SNS 및 동영상 사이트와 연계한 기획도 포함되어 있었다.

이게 빈틈이 없는 기획서냐고 한다면 물론 그렇지는 않다. 지적할 부분은 여러 군데 있었고 오탈자도 보였다(영업 회의에서는 어째서인지 꼭 이런 부분만 지적되곤 한다). 이 정도로 어떻게 체인점 본사의 승낙을 받아냈나 싶은 생각도 들지만, 일단 OK가 나온 이상 문제될 건 없다.

성과는 성과니까.

"응, 확실히 이건 괜찮은 이벤트네. 젊은 층에는 분명히 잘 먹힐 거고, 좀 더 윗세대도 재미있어할 것 같아."

"술자리에서 나온 아이디어치고는 꽤 현실적이고 괜찮다고 생각했거든요. 이런 걸 하나모리 영업부에 정식으로 제출했으면 어떻게 실현됐겠어요?"

"잠깐, 시바. 블루아 쪽 사람들하고 술 마셨어?"

처음 듣잖아, 그것도 처음 듣잖아. 술자리에서 나온 이야기로 이벤트를 구상하고, 열심히 다듬어서 여기까지 끌고 오다니. 뭐야, 시바, 제법이네. 일을 할 줄 아네.

"작년 여름쯤에 소영이 먼저 말을 걸어와서요. 비슷한 또래끼리 마셨어요."

"우와아아, 정말…?"

머리를 감싸 쥐며 축 늘어지는 스미레를 보며 시바는 입을 비죽 내밀었다. "블루아 사람들하고 술 마시면 안 되는 건가요?"

"아니, 그게 아니라. 그렇게 친해진 티를 안 냈잖아."

"그야 블루아 사람이랑 대놓고 친하게 지내면 뒤에서 험담할 거 아니에요. 총무부의 하마나 부장님이나 사무국 멤버가 된 하나모리 직원분도 애사심이 없다느니, 블루아의 개가 됐다느니 하는 소릴 듣잖아요. 무슨 전쟁에서 배신이라도 한 것처럼."

"응, 응, 맞아…. 정말 그래…."

자신은 젊은 쪽도 베테랑도 아니지만, 군이 따진다면 젊은 쪽에 가

깝다고 생각해 왔다. 하지만 아무래도 커다란 착각… 아니, 간과를 했던 것 같다.

"시바, 잠깐 와봐."

시바의 팔을 잡아끌고 창가의 블루아 존으로 다가갔다. 아까 시바와 하이파이브를 하던 소영이라는 직원이 비슷한 또래의 직원들과 담소를 나누고 있었다.

"이야, 이야, 젊은 직원들끼리 팀을 꾸려서 기획을 통과시켰다면서요? 축하해요, 축하해!"

놀라는 소영 앞에 시바를 꾹 떠밀었다. "네에, 감사합니다" 똑같은 방향으로 고개를 갸웃거리는 두 사람에게 스미레가 제안했다.

"두 사람! 사내 소통 분과회에 들어와요! 둘만 들어오기 그러면, 팀원 전체가 들어와도 돼요."

이런 식이면 제안이 아닌 명령 같다는 생각이 들어서 다급히 "사소 분과회는 여러분을 환영합니다!" 라고 다시 말했다. 시바가 노골적으로 귀찮아하는 표정을 지었다.

알지, 나도 그 맘 잘 알지.

"확실히 귀찮은 일이고, 나도 엄청 스트레스를 받았으니까 내키지 않는 것도 이해해. 정말로 잘~ 이해해. 하지만 시바, 아저씨들하고 한번 소통해봐. 처음부터 안 될 거라고만 단정 짓지 말고 소통해봐. 그러지 않으면 블루아 하나모리의 영업부는 엉망이 될 거야."

시바도 그걸 모르진 않을 것이다. 그뿐만 아니라 소영 같은 다른 영업부 직원도 마찬가지다.

"아저씨 세대는 강적이니까, 혼자서는 상대하기 힘들 거야. 그러면 젊은 세대끼리 뭉치면 돼. 여럿이서 함께 덤비면, 그 사람들도 쓰러뜨릴 수 있어."

아니, 그렇다고 진짜 쓰러뜨리면 안 되지만. 그래도 엮이는 것조차 귀찮다며 숨어버리는 것보다는 싸우는 게 나아. 그러지 않으면 여긴 너희에게 일하기 쉬운 직장이 될 수 없어.

"아니, 저는 회사를 위해 그렇게까지 하고 싶진 않다고요…."

스미레는 좀 봐달라는 시바의 눈빛을 무시했다. 나도 이런 식으로 잔소리 심한 윗세대 직원이 되어간다고 생각하니 마음 한편이 씁쓸해졌다.

"그래도 사람은 일주일에 5일이나 일하고, 하루의 3분의 1은 회사에서 지내고, 게다가 그런 생활을 수십 년 동안 해야 하니까 회사를 편한 장소로 만들어버리는 게 가성비가 제일 좋지 않겠어? 애초에 시바도 그렇게 명확히 선을 그을 수 있으면 회사를 그렇게 싫어하지도 않고 상사들을 답답하게 생각하지도 않았을 거야. 불평불만이라는 것도 결국 기대에서 나오는 거니까."

불평불만은 기대의 산물. 사카키바라가 할 법한 말이라는 생각이 들자 '으으으으윽…!' 하고 눈을 질끈 감았다. 시바 옆에서 소영이 "오오, 명언 같아" 라고 분위기를 몰아가 준 덕분에 말을 이어나갈 수 있었다.

"그야 나도 시바처럼 '요즘 시대에 누가 귀찮은 일을 떠맡아' 하면서 살아가는 게 부럽기는 해. 하지만 떠맡을 필요가 없는 귀찮은 일과, 꼭 떠맡아야 하는 귀찮은 일이 있는 거잖아. 사카키바라 씨를 병문안 가라는 게 아냐. 같이 술을 마시러 가라는 게 아냐. 회식에서 술을 따르라는 것도 아니고. 그런 건 정말로 존경하고 따르는 사람한테만 해도돼. 그래도 꼭 필요한 만큼의 소통은 해야지. 회사를 위해서가 아니라, 네가 즐겁게 일을 하기 위해서 말야."

영업직이란 건 곧 사람과 만나는 일이니까. 그렇게 말을 이으려는데, 그건 신입일 때 사카키바라한테서 들었던 말이었다는 게 생각났다. 과연 지금의 자신이 해도 되는 말일까 하는 생각에 멈칫거리는데, 소영이 "뭐 어때, 뭐 어때"라며 시바의 어깨를 두드렸다.

"같이 해보자, 사내 소통. 이제 슬슬 환영회도 받고 싶은걸. 지금이라면 신년회랑 합쳐서 할 수도 있잖아."

사무실에서 몇 번이나 마주쳤는데도 인사 정도만 나누었던 소영이 스미레 앞으로 걸어 나왔다. 꽤 작은 체격이지만 눈가와 입가, 어깨나 장딴지에서 배어 나오는… 젊음.

아아, 젊은 에너지가 이렇게 눈부시게 보이는 걸 보면 나도 나이를 먹어가나 보다. 아직 늙었다고는 할 수 없지만 신입도 젊은 피도 아닌 조금 숙성된 다음 단계의 어른이 되어가는 것이다.

"제가 맛있는 떡볶이 가게를 알거든요. 일단 분과회 사람들끼리 먹으러 가요."

"좋아요, 떡볶이. 영수증도 처리해줄게요. 총무부의 마시바 씨에게 내가 무릎 꿇고 빌면 될 거예요."

"토핑으로 치즈, 그리고 사이드 메뉴로 미니 주먹밥을 곁들이면 더 맛있어요. 디저트로는 팥빙수가 좋을 것 같고요."

"좋아요, 전부 시켜요."

기뻐하며 웃는 소영 옆에서 떨떠름하게, 정말 떨떠름하게 시바가 "알겠습니다" 라며 고개를 끄덕였다. 아저씨들 비위를 맞추기 위해 일하는 건 정말 싫지만, 친해진 동료와 함께라면 조금은 활동할 수 있다는 것이리라. 참 단순한 행동 원리지만, 지금까지는 그런 단순한 변화조차 유도하지 못했다는 걸 깨달았다.

결국 사람을 가장 기분 좋게 움직이게 만드는 건 명령도 돈도 대우도 조건도 아닌, 바로 사람이다. 아까 들었던 바이유의 말이 선명하게 되살아났다.

"오늘 퇴원하든 월요일에 퇴원하든 똑같잖아요?" 회진 때 담당의에게 물어보았지만 "하하하, 안 그래요" 라며 웃어넘기고 끝이었다.

영업부 과장… 아니, 입원 환자 사카키바라는 침대 위에서 뿌루퉁한 얼굴로 TV를 틀었다. 퇴원 날짜는 다음 주 월요일로 정해졌다. 긴급 이송되기 전의 맹렬한 두통은 사라졌고, 지난 몇 주간 계속됐던 동계(하루에 몇 번씩 심장이 빨리 뛰면서 숨을 쉬기 힘들어지는 것)도 입원 뒤에 가라앉았다. 밤마다 푹 잔 덕분에 몸이 건강해졌다는 게 스스로도 느껴졌다.

하지만 아무리 몸이 건강해졌다 해도 업무를 내팽개친 채 쉬고 있다는 게 불편해서 도저히 견딜 수 없었다. 이렇게 TV를 보면서도 '이러고 있을 때가 아닌데' 하는 초조함을 떨쳐낼 수가 없다.

지도리 스미레가 선언한 대로 영업부는 사카키바라가 혼자 떠맡았던 업무를 다른 직원들에게 분배시켜서 어떻게든 돌아가고 있는 것 같다. 자신이 쓰러진 탓에 업무에 지장이 생기는 것도 싫지만, 자신이 없는데 문제없이 잘 돌아가는 것도 왠지 싫었다…. 아니, 기분이 나빴다. 그건 결국 자신이 회사에 없어도 아무 문제가 없다는 뜻이니까.

대신할 사람은 얼마든지 있어요. 사카키바라는 스미레가 했던 말을 떠올리고 크으음 하고 신음하며 TV를 꺼버렸다.

그때 병실에 누군가가 들어오는 기척이 들렸다. 여러 명의 발소리가 가까워지더니 "음, 어디야? 여긴가?"라는 익숙한 목소리와 함께 커튼이 젖혀졌다.

"사카키바라, 쓰러졌다면서? 너도 이제 나이를 먹었군그래."

나타난 사람은 은퇴자인 기리야마였다. 뒤에는 총무부의 마시바 다다오미와 린 바이유까지 대동한 채 "몸은 좀 괜찮나?"라며 침대 옆 의자에 앉았다. 퇴직한 뒤로는 연하장만 주고받는 정도였지만 특별히 늙거나 약해진 인상은 아니었다.

"기리야마 씨, 오랜만이네요."

"건강은 어때? 뭐, 건강하지 못하니까 입원한 걸 테지만."

"저기, 어째서 기리야마 씨가 저 두 사람과 함께 있는 겁니까?"

다다오미와 바이유는 사무국—쉽게 말해 하나모리와 블루아를 하나로 합치기 위해 혈안이 된 쪽의 인간들이다. 기리야마가 그들을 좋게 볼 리가 없다. 하나모리 비누의 매수가 보도되었을 때, 이 사람은 사카키바라에게까지 전화를 걸어 분노를 쏟아냈으니까.

"신제품 개발 건으로 기리야마 씨를 몇 번 찾아뵈었습니다."

그렇게 말한 사람은 바이유였다. 블루아에서 파견된 블루아 쪽 인간이다.

"기리야마 씨가 대화 중에 사카키바라 씨 이야기를 몇 번이나 하셔서, 꼭 병문안을 가주시라고 말씀드린 겁니다."

"어떻게 된 거예요?" 사카키바라가 찡그리며 묻자 기리야마는 조금 민망한 듯이, 조금 겸연쩍은 듯이 헛기침을 했다.

"연말에 연구개발부 녀석들이 하나모리, 블루아 할 것 없이 우르르 몰려왔더군. 터너라는 사장의 코를 납작하게 해주고 싶으니 신제품에 대한 의견을 구하고 싶다고 말이야."

"…블루아까지 말인가요."

"옷에서 다 같이 미사일 같은 냄새를 풍기는 건 도무지 마음에 안 들었지만, 뭐, 연구에 대한 열정만큼은 쓸만한 녀석들이었어."

진짜 기리야마 씨 맞으세요? 사카키바라는 그렇게 말할 뻔했다.

기리야마는 사카키바라가 하나모리 비누에 입사했을 때부터 연구개발부에서 이름을 날리던 사람이다. 영업부의 상사에게서 영업의 ABC를 배웠다면 기리야마에게서는 하나모리 비누의 ABC—자부심과 긍지, 하나모리의 제품을 팔면서 결코 잊어서는 안 될 것들을 잔뜩 물려받았다.

그렇다. 배운 게 아니다. 물려받은 것이다. 그걸 또 누군가에게 물려주는 것 역시 하나모리의 직원인 자신의 역할이라 생각했다. 그런데 설마 하나모리 비누가 사라질 줄은 상상조차 하지 못했다.

"이봐, 사카키바라. 나도 아직 매수 문제를 완전히 납득한 건 아냐. 주니어가 내 눈에 띄기만 하면 흠씬 두들겨 패줄 생각이니까. 그래도 뭐… 지금의 회사에서 하나모리 비누의 정신을 얼마나 살려 나가는가에 대해서도 생각하게 되었어."

"많이 변하셨군요."

"늙은이는 단순하니까 젊은 녀석들이 부탁하면 금세 마음이 바뀐다지. 나도 이제 어엿한 늙은이라 할 수 있겠군."

기리야마는 자택에서 블루아의 연구원들과 어떤 대화를 나누었을까? 그들이라면 하나모리와 함께해도 좋을 것 같다고 생각할 만한 일이 있었던 걸까?

"그리고 이대로 하나모리에서 우리가 해온 일들이 전부 사라지는 건나도 용납할 수 없어."

"그걸 남기기 위해 블루아와 하나가 되어야 한다는 겁니까?"

"매수 이전으로 되돌릴 수 없다면, 해야 할 일은 한 가지 아닌가. 블루아 하나모리 안에서 하나모리의 존재감을 크게 키워 본사도 절대 무시하지 못하도록 만들 수밖에 없지."

자신도 그걸 모르는 건 아니다. 전부 알고 있다. 알고는 있지만 납득하지 못했을 뿐이다. 1년 가까이 지나도 아직 마음이 정리되지 않는 것뿐이다.

"사카키바라, 너에겐 참 많은 이야기를 했었지. 젊은 주제에 건방지다고도 했고, 사내자식이 약한 소리 하지 말라고도 했고, 동기는 동료이자 출세의 라이벌이니까 항상 전투 태세로 일하라는 말도 했어."

"네, 많은 걸 가르쳐주셨죠."

신입 시절엔 기리야마가 무서웠다. 안일한 의견을 말하면 바로 날카롭게 반박했고, 자신감 없는 모습을 보이면 '그런 태도로 무슨 영업을 한다는 거냐'라며 권투 자세를 시켰다. 의견을 말하면 젊은 녀석이 건방진 소릴 한다며 물리치곤 했다. 불합리했다. 너무나 불합리했다.

"그게 언제였지? 하나모리 비누의 분말형 리뉴얼을 하던 때였던가? 네가 회의에서 일장 연설을 했었지. '요즘 세상이 얼마나 불경기입니까! 주부들은 컵 한 잔만큼의 물도 절약하고 있습니다! 50엔 저렴한 세제를 사기 위해 멀리 있는 가게로 자전거를 타고 간다고요! 헹굼할 때 컵 한 잔만큼의 물을 아낄 수 있다면 반드시 소비자들에게 도움이 될 겁니다!'라고."

정확히 그렇게 말했는지는 사카키바라 본인도 이제 알 수 없었다. 이미 10년도 더 지난 이야기다. 하지만 회의에서 그런 주장을 했다는 사실은 기억하고 있다. '컵 한 잔만큼의 물을 아끼는데 그렇게까지 공을 들일 필요가 있는 건가'라는 의견과 '헹굼에 사용하는 물을 조금이라도 줄여야 한다'라는 의견이 충돌했다. 최종적으로는 기리야마가 사카키바라의 손을 들어주면서 결론이 났다.

리뉴얼된 분말형 하나모리 비누는 지금도 가게에 전시되고 있다. 이제는 블루아 하나모리라는 로고가 찍혀서 나오지만 말이다.

하지만 그 내용물은 사카키바라가 의견을 내놓고 기리야마가 주도

276

해서 리뉴얼한 '하나모리 비누'였다.

"기리야마 씨 같은 선배들을 지켜보면서, 마차 말처럼 우직하게 일하는 것이야말로 남자의 길이라는 걸 배웠습니다. 배운 대로 살아왔고, 저희 때만 해도 그게 당연했는데, 아무래도 이제 세상이 많이 바뀐 것 같네요."

후훗, 하고 웃었더니 기리야마는 진지하게 고개를 끄덕였다. "그런 것 같군."

"하지만 저는 기리야마 씨가 '널 대신할 사람은 없다'라고 말해주신 게 기뻤습니다. 지금은 남이 대신할 수 없도록 일하는 건 잘못된 것 같지만요."

그것도 하나모리 비누 리뉴얼 프로젝트 때 있었던 일이었다. 리뉴얼 이후 판매가 순조로워서 일단 안심하고 있던 사카키바라에게 기리야마는 '방심하지 마. 다음을 생각하면서 움직여. 널 대신할 사람은 없어'라고 말했다. 그 말을 듣고 기뻐했던 것조차 지금은 잘못된 일처럼 느껴졌다.

날 대신할 사람이 없길 바라는 마음에, 아무도 대신할 수 없는 방식으로만 일해왔을 뿐인 걸까?

"그게 잘못되진 않았다고 생각합니다."

천천히 수면에 손을 넣어 물을 퍼내듯, 계속 잠자코 있던 다다오미가 입을 열었다.

"세상의 가치관이 아주 조금 바뀌었을 뿐이죠. 저희도 기리야마 씨와 사카키바라 씨가 해온 일을 전부 부정하려는 게 아닙니다. 만약 그 시절에 느끼셨을 행복이나 보람까지 사라져버린다면, 또 수십 년이 지나 가치관이 바뀔 때마다 저희도 자신의 인생을 전부 부정해야만 할 테니까요."

총무부의 마시바 다다오미는 알다가도 모를 녀석이었다. 지금도 그의 말에 안도를 느끼면서도 '이 녀석은 정말 알다가도 모르겠군' 하는 생각이 들었다.

하지만 동료나 같은 부서의 부하 직원보다는 절묘하게 가까우면서도 먼 총무부 직원에게 그런 말을 듣는 것이 딱 적당할지도 모르겠다.

면회 시간이 끝나기 직전에 지도리 스미레가 찾아왔다. "원래는 마시바 씨와 함께 오고 싶었는데, 카밀레 드럭과의 미팅이 길어져서요." 그렇게 말하며 케이크 상자가 든 봉투를 내밀었다.

"카밀레 드럭의 아카이시 부장님이 사카키바라 씨가 입원하셨다는 말을 듣고 치즈 케이크를 보내주셨어요."

카밀레 드럭은 스미레가 담당하는 업체지만 사카키바라가 오랜 기간 동안 담당하던 곳이라 가끔 부장인 아카이시에게 인사하러 가곤 했다. 하지만 그가 입원 사실을 알게 됐다는 건 조금 겸연쩍었다.

"냉장고에 넣어둘게요. 그래도 인스턴트 식품이 아니니까 주말에 아내분한테 가져가시라고 해요. 사카키바라 씨는 식사 제한이 걸려 있잖아요."

"그래. 아내도 딸아이도 치즈 케이크는 좋아하니까 기뻐할 거야."

침대 옆 냉장고에 부스럭거리며 케이크를 집어넣은 스미레를, "이봐,

지도리" 하고 한숨 섞인 말로 불렀다.

"난 이제 아저씨라 이제 와서 처음 경험해보는 일을 하려고 해도 잘 대처가 안 돼."

입밖에 꺼내고 보니 너무 한심하게 느껴지는 말이라 소름이 돋았다.

"그건 블루아 하나모리로서의 영업 방식이나 본인의 업무 방식을 어떻게 바꾸면 좋겠냐는 뜻인가요?"

"그래, 맞아. 뭘 어떻게 하면 개선할 수 있는 건지 전혀 모르겠어. 나 같은 사람은 일하고, 일하고, 술 마시고, 일하고를 반복해온 사람이야. 어떻게 하면 좋을 것 같아?"

"그래서 말인데요…."

옆에 있던 둥근 의자에 앉은 지도리가 몸을 앞으로 내밀며 말했다.

"일단 영업부는 좀 더 서로 소통해야만 한다는 결론을 내렸어요. 우선은 하나모리와 블루아에 상관없이 세대별로 정기적인 교류회를 개최해볼까 해요. 밤의 회식 자리면 시간이 부담스러운 직원들도 있을 테니까 점심시간에요. 그리고 블루아분들의 환영회 겸 신년회도 할 거예요."

"…그게 무슨 말이야?"

"사소 분과회에 참가하기로 한 시바와 블루아의 소영 씨의 아이디어예요. 환영회를 열 가게는 그 친구들한테 맡겼으니까 아저씨들은 불평하기 없기예요. '이런 가게에서 한다고?'라던가 '주최자가 일을 뭐 이렇게 해?' 같은 말을 하면 제가 단속할 테니까요."

"그, 그래…."

279

"그리고 어린애들한테 성희롱, 갑질, 쓸데없이 긴 잔소리나 자기 자랑을 시작하면 사카키바라 씨든 다른 직원이든 상관없이 때려주러 갈 거예요. 허리가 아프다, 무릎이 아프다, 음식 먹기 힘들다, 그런 건강 이야기라도 하세요."

웃고 있지만 스미레가 진심으로 하는 말이라는 건 알 수 있었다. 사카키바라는 이번에도 "그, 그래…" 하고 맞장구를 쳤다.

"사카키바라 씨도 그렇고, 다른 4, 50대 직원분들도 살기 힘든 세상이 됐다고 느끼실 수도 있다고 생각해요. 하지만 젊은 친구들도 지금의 직장에서 그와 똑같은 생각을 하고 있어요. 그렇다면 이럴 땐, 젊은 사람들을 위해 변하려고 노력하는 게 윗세대의 아량과 배려 아닐까요?"

바로 '건방진 소릴 하는군'이라고 말할 뻔했지만, 바로 얼마 전 그녀에게 '부하라는 이유만으로 건방지다고 하지 마세요'라는 말을 들었던 걸 떠올렸다. 거기에 '여자라는 이유'도 조금은 섞여 있었다는 걸 인정할 수밖에 없었다.

"그래…. 아량과 배려 말이지."

"어차피 당장 모든 게 바뀔 거라고는 생각하지 않으니까, 당분간은 제가 아저씨 직원들한테 성가시게 굴 생각이에요."

"중간 세대인 지도리가 젊은 애들과 아저씨 사이에서 방패가 되겠다는 거야? 많이 힘든 일일 텐데."

"세대랑은 상관없이, 그런 역할을 버텨낼 수 있는 사람이 하면 돼요. 저는 보시는 대로, 그런 일이 힘들진 않거든요. 그 대신 저한테 버거운 일은 다른 잘하는 사람한테 해달라고 해야죠. 그러니까 저한테 불똥이 떨어질 때는, 사카키바라 씨가 물을 잘 뿌려서 꺼주세요."

그것이 뭘 하면 좋을지 모르겠다는 푸념에 대한 그녀 나름의 조언인 걸까? 물을 뿌려주는 것 정도야 당연히 할 수 있을 것이다. 그것도 꽤 잘.

"알았어. 이 아저씨가 그런 건 잘하지."

"그리고 환영회 겸 신년회는 다음 주 금요일이니까 시간 꼭 비워두세요. 이제 막 퇴원한 사카키바라 씨가 술을 너무 많이 마시면 안 되겠죠? 너무 많이 마시진 않으면서 특기인 술미니케이션을 발휘해서 블루아의 이케타니 씨 같은 사람들하고 좀 친해져 보세요."

"어어어… 그 사람하고는 전에 꽤 험악하게 싸웠잖아? 화해하긴 힘들 텐데."

"저도 처음엔 사카키바라 씨와 술 마시러 가는 거 싫었어요. 잔소리도 하고, 불평도 길게 하니까요. 하지만 사카키바라 씨와는 그렇게 술을 먹으면서 친해졌고, 존경스러운 부분도 발견했고, 그러면서 영업부에서 하는 일도 점점 좋아졌으니까 그런 느낌으로 힘써주세요."

마지막 부분은 민망한지 속사포처럼 쏟아낸 뒤, 스미레는 "이제 슬슬 면회 시간도 끝나가니까 가볼게요"라며 자리에서 일어섰다. 뭔가 심각한 병에라도 걸린 것처럼 말이 바로 나오지 않아서, 스미레의 모습이 아슬아슬하게 보이지 않게 되고서야 겨우 "그래, 고맙다"라고 감사를 표했다.

281

2월

다다오미는 인쇄소에서 막 도착한 홍보지를 넘기다가 특집 페이지
에 실린 사진을 보고 웃음을 터뜨렸다. 자기가 만든 거지만, 회사 홍
보지 특집에 회식 장면을 넣어도 되는 건가 싶다.

특집 기사는 영업부의 환영회 겸 신년회에 대한 내용이었다. 사내
소통 분과회에 들어와 준 젊은 직원들의 아이디어였다고 하는데, 의
외로 즐거운 분위기로 끝난 것 같다.

지붕이 있는 배를 빌려 개최된 모임은 모든 사진 속 직원들이 웃고
있었다. 아직 응어리가 남아 있지 않다면 거짓말이겠지만, 하나모리
와 블루아의 직원들이 한데 섞여 술을 마시는 모습은 나쁘지 않아 보
였다.

기사 원고는 사소 분과회의 시바 교이치가 써주었다. 솔직히 별로
인상 깊게 보진 않았던 청년이었지만 간결한 표현 속에 한 번씩 피식

웃을 만한 문장이 섞여 있어서 계속 읽고 싶게 만드는 글을 쓰는 친구였다.

기사는 영업부 과장(정식으로는 매니저였다) 사카키바라의 '올해 연말은 다 함께 송년회에서 만납시다' 라는 인사말로 마무리되고 있었다. 스미레는 '누구한테 부탁해야 할지 모르겠다고만 하지 말고, 좀 더 빨리 젊은 직원들을 불러들일 걸 그랬어요' 라고 푸념했는데 정말 맞는 말이었다.

"어머, 좋네. 술자리 분위기가 아주 즐거웠나 봐."

옆을 지나치던 하세가와가 "한 부 가져갈게" 라며 상자에서 홍보지를 집어들었다. 페이지를 빠르게 넘겨본 그녀는 다다오미를 보며 말했다.

"잘됐네. 영업부가 꽤 화합된 것 같은데?"

"이제부터 어떻게 될지는 모르겠지만, 출신 회사와 상관없이 인원을 배치해서 업무 편중을 없앨 수 있는 개선책도 나왔습니다. 전보다는 훨씬 개방적인 부서가 될 수 있을 거예요. 그리고 연구개발부에서도 업무 배정을 재검토하기 위해 많은 시행착오를 거치고 있는 것 같아요."

"이제야 하나모리와 블루아가 아닌, 블루아 하나모리가 될 수 있을 것 같은 분위기가 됐네."

확실히 상황이 드디어 조금이나마 호전되었다. 하지만 이상하게도 바로 '그러네요' 라는 대답이 나오지 않았다. 명치 근처에서 안도감과 허전함이 소용돌이치면서 그 경계가 모호해져갔다.

"조직과 조직끼리는 서로를 이해할 수 없더라도 개인과 개인이라면 이야기가 달라진다고 할지, 의외로 죽이 잘 맞는 부분을 찾기 쉬우니까요."

자신과 바이유가 친해질 수 있었던 것도 하나모리와 블루아의 직원으로 만나기 전에 사과 아파트의 입주민으로 만났기 때문이었다. 순서는 그와 다르지만, 다시 한번 '사람 대 사람'으로 만날 기회를 만들어주면 서로를 이해할 기회는 얼마든지 있다. 영업부에서 할 수 있었던 일을 다른 부서라고 못 할 리 없다.

그렇게 해서 하나모리와 블루아는 블루아 하나모리가 된다. 거기서 다다오미의 감정은 중요치 않다.

"이따 돌아오면 각 부서에 배포할 준비를 할 테니까, 그때까지는 제 책상에 계속 쌓아둬도 괜찮습니다."

책상 위의 종이 상자를 툭툭 두드린 뒤에 사무실을 나왔다.

지난번 신제품 개발의 중간 발표회가 열렸던 가장 큰 회의실 문을 천천히 열었다. 빔프로젝터와 마이크 확인도 마쳤고 영업부의 아이디어로 실시하게 된 사내 생중계도 전부 준비되어 있다.

오늘은 신제품 개발 프로젝트의 사내 발표회가 열린다. 이 자리에 오지 못하는 많은 직원도 자기 PC와 스마트폰으로 방송을 보게 될 것이다.

이미 연구개발부의 직원들은 전부 집합해 있었다. 그 모두가 열기를 넘어 살기까지 띠고 있다. 조금 전까지도 철저한 리허설을 하고 있었을 정도다. 하나모리와 블루아로 나뉘어 앉아 있긴 해도 하나모리의 리더인 쓰치야와 블루아의 리더인 가지타니는 둘 다 강렬한 눈빛을 하고 있었다.

"잘되어야 할 텐데요."

디귿(ㄷ)자로 배치된 긴 테이블 끝에서 PC를 들여다보던 바이유가 양손으로 입가를 짚으며 중얼거렸다. 다다오미도 이곳의 긴장감을 흐트러뜨리지 않기 위해 말없이 고개만 끄덕였다.

아마 이번 발표회에서 터너를 비롯한 윗선과 블루아 본사는 블루아 하나모리의 미래를 결정할 것이다. 사옥 이전과 인원 감축, 그 모든 게 오늘 결정된다.

다다오미는 뭘 어떻게 기도해야 좋을지 알 수 없어서 "제발…" 하고 입안에서 중얼거렸다.

터너는 정각에 나타났다. 하마나를 비롯한 사무국 멤버와 임원들도 속속 회의장에 모습을 드러냈다. 엄숙한 분위기였다. 회의실 안은 그렇게 표현할 수밖에 없는 공기로 가득 차 있었다.

"시간이 되었으니 신제품 개발 발표회를 시작하겠습니다."

사회를 맡은 다다오미는 그렇게 선언하며 회의실을 둘러보았다. 사무국, 임원, 연구개발부 외에 영업부와 홍보부, 마케팅부와 제조부의 수장도 동석하고 있었다.

"그러면 연구개발부 여러분, 잘 부탁드립니다."

스크린을 사이에 두고 반대편에는 하나모리, 블루아의 연구원들이 나란히 서 있었다. 그 끝에 선 아오이의 옆얼굴이 긴장으로 굳어 있는 게 보였다. 그래도 시선은 터너 쪽을 똑바로 향하고 있었다.

285

맨 처음 앞으로 나선 사람은 하나모리팀의 리더인 쓰치야였다.

"중간발표회 때와 반대로 이번엔 저희가 먼저 발표하도록 하겠습니다."

쓰치야는 잠시 목을 고른 다음 오른손으로 스크린을 가리켰다. 그곳에는 모두에게 익숙한 하나모리 비누의 패키지가 투사되고 있었다.

"중간 발표회에서 저희는 하나모리 비누의 성분 리뉴얼을 제안했습니다. 이 성분 리뉴얼 자체는 세정력을 높이는 동시에 물에 더 잘 녹고, 헹굼에 쓰이는 물을 한 컵이라도 줄이는 것에 주력한, 매우 의미 있는 작업이었다고 자부합니다."

그러나 터너는 '이 정도의 기존 제품 리뉴얼로 내 눈을 속이려고 하지 마라'라며 물리쳐버렸다. 쓰치야는 무표정하게 스크린을 바라보는 터너를 주시하며 말을 이어 나갔다.

"그래서 저희는 이번 발표회를 앞두고 완전히 새로운 하나모리 비누의 형태를 추구했습니다."

PPT가 다음 페이지로 넘어갔다. 클로즈업된 '완전히 새로운 하나모리 비누의 형태'에 회의실이 술렁거렸다.

"분말형의 세정력, 액체형의 용해성과 편리함. 양쪽의 장점을 겸비한 '구슬파우더형 세탁 세제'입니다."

스크린에 표시된 사진에는 새끼손톱 크기만 한 구슬파우더가 빽빽하게 비치고 있었다. 옅은 크림색은 분명 하나모리 비누의 색깔이었다.

"표절 아닌가."

286

임원 중 한 명이 말했다. 블루아에서 파견된 남자 임원이었다. "중간 발표회 때 블루아에서 발표한 블루아 비즈와 똑같네만." 언성을 높이는 그를, 옆에 앉은 하마나가 말렸다.

"표절이 아닙니다. 구슬파우더의 가공 기술은 저희가 제공했으니까요."

스크린을 사이에 두고 쓰치야와 반대편에 서 있던 블루아의 리더 가지타니가 마이크를 잡았다. 그녀는 문제를 제기한 임원부터 한 명 한 명, 회의실에 모인 이들을 돌아보며 말을 이었다.

"하나모리 비누의 분말을 구슬파우더 형태로 가공함으로써 계량이 더 간편해졌습니다. 고체화의 가장 큰 문제점인 세제가 덜 녹을 걱정도 없고, 세정력도 확실히 유지되었습니다."

스크린에 그래프가 표시되었다. 가지타니의 말을 실험 데이터가 여실히 증명하고 있었다.

"블루아 비즈의 세정 성분이 신제품으로서의 기대에 부응하지 못했기에 하나모리 비누의 주력 상품인 하나모리 비누에 주목했습니다. 석유화학 원료를 사용하지 않은 천연 비누이기에 가능한 친환경성, 분말 비누라서 가능한 높은 세정력, 어떤 가정에서도 사용할 수 있는 천연 세정 성분, 남녀노소 누구나 거부감 없는 향, 일본 내에서의 브랜드 파워에 우리의 구슬파우더 가공기술까지 더해짐으로써 더 높은 수준으로 올라설 수 있다는 확신이 있었습니다."

가지타니의 말을 쓰치야가 자연스레 이어받았다.

"상품명은 블루아 비즈라는 이름을 계승해서 하나모리 비즈로 정했

287

습니다. 하나모리, 블루아의 연구원, 하나모리의 은퇴자를 포함한 모두가 자신 있게 내놓은 신제품입니다."

언젠가 두 사람을 모아놓고 면담했을 때는 그렇게나 험악한 분위기였는데⋯. 지금은 마치 오랜 동료 같은 완벽한 호흡을 보여주며 발표를 매끄럽게 이끌어 나갔다. 터너라는 공통의 적 앞에서 이 정도로 훌륭히 협력할 수 있다는 게 정말 감탄스러웠다.

다다오미는 터너의 표정을 훔쳐보았다. 하나모리팀과 블루아팀이 따로 발표하는 척하다가 공동으로 개발한 제품을 내놓으며 의표를 찌르는 작전이 얼마나 잘 먹혔는지, 다다오미는 읽어낼 수 없었다. 터너는 쓰치야와 가지타니에게서 시선을 떼지 않았다. 옆에서 열심히 통역하는 바이유의 말을 듣는 것 같지도 않았다.

"또한 하나모리 비즈만을 신제품으로 내놓는 게 아니라 블루아 제품의 특징인 '향'을 활용한 상품 전개도 가능하리라 여겨집니다."

쓰치야에게서 마이크를 넘겨받은 아오이는 역시 긴장한 표정이었다. 그러나 터너를 똑바로 주시하며 다음 페이지의 설명을 시작했다.

"하나모리 비즈는 블루아의 간판 제품인 구슬형 가향제와 제조 과정이 비슷하기 때문에 함께 사용할 수도 있습니다. 하나모리 비즈 자체는 향이 은은하기 때문에 다른 향을 추가해도 서로 충돌하는 일은 없습니다. 이것을 검증한 실험에서도 문제가 없다는 데이터가 나왔습니다. 가향제를 하나모리 비즈의 부속 아이템으로 함께 판매함으로써 소비자는 자신이 좋아하는 향을 고르고, 때로는 혼합해서 사용할 수도 있습니다. 구슬형 가향제이므로 향의 세기도 마음대로 조절할 수 있고요."

스크린에 나타난 12가지 종류의 블루아 가향제는 선명한 색채를 뿜냈고, 보기만 해도 강한 향이 풍기는 듯했다. 홍보부와 연계한 판매 촉진 아이템이나 가게에 실제로 진열되었을 때의 이미지까지 제시되었다.

장미 향을 두르고 싶은 사람은 장미 향의 가향제를. 레몬이 좋은 사람은 레몬을. 아무 향도 원하지 않는 사람은 하나모리 비즈만 사용하면 된다. 섬유유연제를 넣고 싶은 사람은 넣어도 된다. 표백제를 사용하고 싶은 사람은 사용하면 된다. 판매자가 '이런 향을 좋아하시죠?'라고 제시하는 게 아니라 소비자가 직접 고르는 것이다.

아오이는 마이크를 두 손으로 소중히 쥔 채 말을 이어 나갔다.

"이번에 하나모리와 블루아가 각자 신제품 개발에 임하면서 알게 된 사실은, 우리가 항상 '일반 표준 가정'에서 사용하기 쉬운 제품을 만들어왔다는 점입니다. '일반'적인 '표준'의 가정… 다시 말해 평범하기 이를 데 없는 가정입니다. 직장에 다니는 아버지, 집안일을 하는 어머니, 자식은 한두 명. 세상에 그런 가정만 있는 게 아니라는 걸 알면서도 '평범한 가정'이라는 타겟층을 항상 의식해왔습니다. 하지만 두 회사의 연구원들이 다시 회의를 거듭한 결과, 블루아 하나모리의 첫걸음이 될 제품이니 어디의 누군지도 모를 '평범한 가정'이 아닌, '오늘 당신의 빨래를 위한 세제를 만들자'라는 콘셉트로 이번 신제품을 구상했습니다."

'오늘 당신의 빨래를 위한 세제'라는 문구는 아오이와 그녀의 후배인 이누카이가 생각해냈다고 들었다. 아오이 옆에서 계속 긴장해 있던 이누카이의 표정이 살짝 밝아지는 게 다다오미가 있는 위치에서도 잘 보였다.

"누구나 자기에게 맞는 방식으로 사용할 수 있고, 자기 취향에 맞는 것을 고르는 즐거움도 있죠. 그것이 하나모리 비즈가 제안하는 새로운 세탁 방식입니다."

아오이가 고개를 숙인 뒤 마이크를 쓰치야에게 돌려주었다. 가지타니는 블루아의 가향제를 보다 폭넓은 세대에 선사하기 위해 향의 종류를 더 늘려나갈 계획이라고 덧붙였다.

그때 청중으로 앉아있던 영업부 GM 이케타니가 "영업부에서도 한 말씀 드려도 될까요?" 라며 손을 들며 일어섰다.

"크로스셀 팀의 젊은 직원이 하나모리 비누와 블루아 제품의 동시 구매 이벤트를 기획해서 각 드럭스토어에 제안했습니다. 당초엔 학생이나 젊은 가족층이 많은 지역의 점포로만 한정했지만, 이게 체인점 본사에서 호평받아 봄부터 전국 규모로 전개하고 싶다는 이야기가 나왔습니다. 발표에서 언급하신 전개 방식이라면 쇼핑몰이나 백화점 내의 멀티숍을 노려볼 만 합니다. 지금 흐름이라면 충분히 성공할 수 있습니다, 하나모리 비즈는."

노골적인 지원 사격이라는 느낌도 들지만 이케타니는 시원스런 표정으로 자기 자리에 앉았다. 홍보부 부장 역시 '하나모리 비즈는 가능성이 보인다' 라고 칭찬했고, 제조부와 마케팅부에서도 '좋은 것 같습니다' 라는 의견을 냈다.

그 전부가 사전에 합의된 립서비스는 아니었지만, 어쨌든 좋은 흐름이었다.

질의응답은 아직 시작되지도 않았는데 임원과 사무국 멤버들이 몇 가지 질문을 던졌다. 바이유는 호랑이굴을 들여다보는 듯한 얼굴로 터너에게 말을 건넸다.

터너가 바이유를 손으로 제지했다. 다다오미는 그게 무슨 의미인지 상상하며 긴장했다. 페인지 위장인지 심장인지는 모르겠지만, 가슴 안쪽에서 내장이 잔뜩 경직되었다.

"중간 발표회까지는 서로 으르렁거리더니, 2개월 만에 무슨 혁명이 벌어진 거지?"

터너가 유창한 일본어로 말하자 회의장은 쥐 죽은 듯이 조용해졌다. 그 비밀을 이미 알고 있던 다다오미조차 무겁고 차가운 무언가가 양어깨를 내리누르는 느낌을 받았다.

발표가 끝난 뒤에도 터너가 하나모리 비즈를 어떻게 봤는지는 알 수 없었다. 태어날 때부터 그랬을 것 같은 수상한 미소를 띤 채, 우아하게 다리를 꼬고 앞을 주시하고 있다.

터너의 질문에 아무도 대답하지 않았다. '사장님, 일본어를 할 줄 아셨어요?' 라고 질문하는 사람도 없었다.

긴 침묵 끝에 연구개발부의 가지타니가 입을 열었다. 마이크 스위치가 꺼져 있던 것도 모르고 당황하며 다시 말을 꺼내야 했다.

"···중간발표회에서 사장님을 실망시켜 드렸으니까요. 만회하기 위해서는 모두의 아이디어를 모으는 게 가장 효율적일 거라 생각했습니다. 그건 하나모리팀의 리더인 쓰치야 씨도 마찬가지였고요."

가지타니가 슬쩍 쓰치야를 돌아보았다. 쓰치야는 살짝 고개를 끄덕여 보였지만 두 사람 모두 미소는 짓지 않았다. 터너에게 한 방 먹이기 위해 이번에는 손을 잡았지만 역시 사이가 좋아지긴 힘든 것이리라.

"그래서 나온 게 하나모리 비즈라는 아이디어였던 거군."

"블루아와 하나모리의 연구원, 하나모리를 이미 퇴직한 연구원을 포함한 모두의 지혜를 모은 결과물입니다."

하나모리 비누를 구슬파우더로 만들자는 아이디어를 낸 사람은 의외로 은퇴자인 기리야마였다고 아오이를 통해 들었다. 블루아의 기술이라고 말했는데도 '이게 얼마나 편리한데. 액체 세제 느낌으로 가루 세제를 사용할 수 있다고.' '물에 다 안 녹을 염려도 없어? 완벽하지 않나.' '실수로 바닥에 떨어뜨려도 괜찮지' 라며 기리야마는 신이 나서 떠들었다고 한다.

그런 와중에 '하나모리 비누를 구슬형으로 가공할 순 없는 건가?' 라는 말을 꺼냈다고 하니 놀라운 일이다. 그 기리야마가 말이다. 하나모리 제품과 블루아의 기술을 융합하자는 말을 그 기리야마가 꺼낼 줄이야. 그걸 말해준 아오이는 '연구자라는 사람들은 결국 그럴 수밖에 없지' 라며 흐뭇하게 웃었다.

"그랬군."

터너는 자기가 물어봐 놓고 크게 흥미가 없다는 듯 고개를 끄덕였다.

"잘 알겠네."

그는 고개를 끄덕이더니 더 이상 아무 말도 하지 않았다. 더 많은 질문이 날아올 줄 알고 잔뜩 긴장하던 연구개발부 직원들은 전투 태세를 해제할 타이밍을 놓친 채 눈을 동그랗게 떴다.

터너의 일본어 발언으로 쥐죽은 듯 조용하던 회의장이 조금씩 술렁이기 시작했다. 수확 전의 들판에서 바람에 흔들린 벼 이삭이 사그락거리는 소리를 내는 것처럼.

"사장님, 질문은 더 없으신 겁니까?"

다다오미가 방치되어 있던 마이크를 쥐고 물어보았다. 터너는 이번에도 일본어로 말했다. "이상이네."

이건 사회자인 자신이 해야 할 일이라는 생각이 들었다.

"그건 하나모리 비즈를 사장으로서 승인하신다는 말씀인가요?"

"그래."

터너는 미소를 지은 채 스크린을 보고 있었다. 투사된 하나모리 비즈의 패키지 안을 보며 작게 고개를 끄덕거렸다. 그 작은 긍정에 무척 강렬한 바람이 회의실에 불어닥쳤다. 바람에서는 하나모리 비누의 향이 났다.

터너 옆에서는 통역인 바이유가 마치 개발자의 일원이라도 된 것처럼 천장을 올려다보고 있었다. 발표회 폐막을 선언해야 할 임무가 없었다면 다다오미도 그렇게 했을 것이다.

한때는 공중분해될 것처럼 보였던 신제품 개발 프로젝트는 첫 번째 도달점에 다다랐다. 지금부터 발매까지 험난한 여정이 기다리고 있지만, 일단은 성공이라 할 수 있었다. 터너에게 제대로 한 방을 먹였는지는 모르겠지만, 이 남자에게서 OK 사인을 받아낸 것만으로도 '한 방'과 동일한 가치가 있었다.

다다오미의 폐회 선언에 회의장의 긴장감이 단숨에 풀어졌다. 연구개발부 직원들이 스크린 앞에서 악수를 나누었다. 영업부와 홍보부의 대표자들이 스크린에 투영된 하나모리 비즈를 가리키며 열심히 판촉 작전을 세우고 있었다.

"수고 많으셨습니다."

바이유가 진심으로 안도한 듯한 표정으로 다가왔다. 허리에 양손을 짚고 깊은 한숨을 토해냈다.

"그래. 무사히 OK가 나와서 다행이야."

회의장의 고양감은 다다오미가 생각한 것 이상이었고, 마치 회식이라도 하는 듯한 분위기였다. 어디선가 껄껄거리는 웃음소리가 들렸다. 다다오미도 아무도 자기 목소리를 못 들을 거라는 생각에 후후훗 하고 웃었다.

"저기, 바이유. 사실은 PMI가 일단락되면 회사를 그만두려고 했었어."

네? 하고 바이유가 바로 움직임을 멈추었다. "그만둔다고요?" 하고 고개를 갸웃거리는 그에게 다다오미는 조용히 고개를 끄덕여 보였다.

반년 전부터… 아니, 어쩌면 매수가 결정된 그날부터 생각했던 일이다. 바로 사직서를 제출하지 않았던 건 매수 자체를 납득할 수 없었기 때문이다. 그리고 하나모리 비누에 대한 미련, 무엇보다도 블루아 하나모리가 어떻게 되어갈지에 대한 불안과 책임감 때문이었으리라.

"네가 그랬잖아. 난 사무국 멤버로서 PMI에 최선을 다해야 한다고."

서로 으르렁거리기만 하는 상태로 조금도 진척이 없다면 하나모리 비누 측의 의사를 조금도 반영하지 않은 채로 PMI가 끝날지도 모른다. 바이유의 그 말에 공포를 느꼈다. 매수와 자회사화가 되돌릴 수 없는 사실이 된 이상, 적어도 하나모리 비누를 조금이나마 블루아 하나모리 안에 남겨두고 싶었다.

발버둥치고, 또 발버둥쳐서 조금이나마 그 목표를 달성하면, 달성된 모습을 볼 수 있게 되면 그만두자. 봄, 여름, 가을, 겨울… 계절이 지날수록 그런 마음은 신기하게도 커져만 갔다. 자신은 하나모리 비누가 좋아 하나모리에 입사했고 하나모리에서 일해왔다. 자신의 어머니를 떠나보냈을 때처럼, 자신의 회사를 떠나보내려 한 것이다.

"다다오미 씨… 그만두실 건가요?"

바이유의 목소리가 갈라지더니 마지막 말은 거의 들리지 않을 정도였다. 그만두실 건가요? 이 질문에 바로 고개를 끄덕거릴 수 있는 상태로 지난 1년간 일해왔다.

아마도 불과 몇 분 전까지는 그랬던 것 같다.

"하지만 하나모리 비즈가 어떤 식으로 판매될지, 소비자들에게 어떤 식으로 받아들여질지 궁금해졌어."

그렇다, 보고 싶어진 것이다. 소비자가 아닌, 블루아 하나모리에 속한 사람으로서.

"여기는 모두가 1년 동안 열심히 만들어온 블루아 하나모리야. 여기서 열심히 일해보기로 할게."

하나모리 비즈 안에는 하나모리 비누가 살아있었고, 색도 향도 하나모리 비누였다. 그렇다면 자신은 블루아 하나모리를 앞으로도 사랑할 수 있을 것 같았다. 그런 결론에 다다르게 된 PMI였다.

"그것 참 잘됐네요."

마음이 놓이네요, 라며 웃는 바이유에게 '대충 일단락되면 사소 분과회 멤버들이랑 축하 파티라도 하자'라고 말하려 할 때였다.

소란스러운 회의장 중앙에 조용히 앉아 있던 터너가 천천히 자리에서 일어나는 모습이 다다오미의 눈에 선명히 보였다. 쓰으윽 하는 소리가 들려올 것만 같은 불길한 움직임이었다.

터너는 그 누구도 보고 있지 않았다. 그랬기에 그가 이제부터 꺼내는 말은 직원 전체를 향한 것이라는 걸 다다오미는 직감했다.

"자, 신제품도 방향이 잡혔으니 사옥 이전과 인원 감축으로 넘어가기로 하지."

발표회의 고양감은 터너의 담담한 일본어에 맥없이 무너져내렸다.

"어?" 하고 누군가가 말했다. 아오이의 목소리였다. 작년 가을에 돌연 보도된 사옥 이전과 인원 감축 뉴스를 이곳에 있는 모두가, 온라인 중계로 지켜보던 모두가 떠올리는 순간이었다.

"터너 사장님!"

다다오미는 자신도 모르게 소리치고 있었다. 무의식중에 양손으로 테이블을 내리치자 옆에 있던 직원들이 깜짝 놀라며 이쪽을 돌아보았다.

"사장님은 가을에 제게 이렇게 말씀하셨습니다…. 블루아 하나모리가 '블루아'와 '하나모리'로 나뉜 채 서로 타협하려 하지 않으니까 사옥 이전과 인원 감축 정도의 극약을 처방할 필요가 있다고요."

터너가 그제야 이쪽을 바라보았다. 아무 말도 하지 않았지만, '그런 말도 하긴 했지'라는 듯이 차가운 눈빛이었다.

"이번 신제품 발표회를 보시고도 사장님은 '블루아'와 '하나모리'로 나뉘어 서로 타협하지 않는다고 생각하십니까?"

"노력은 인정하지. 두 회사의 연구개발부의 기술력도 잘 봤고. 영업부, 제조부, 마케팅부, 홍보부… 프런트 오피스의 각 부서는 매수한 보람이 있을 만한 활약을 보여주기 시작했네."

"그렇다면…"

"하지만 분위기가 화기애애해졌으니까 전부 OK라고 할 만큼 단순한 문제는 아니지."

거리가 꽤 떨어져 있었음에도 터너의 말이 다다오미의 명치를 때렸다. 숨이 막히는 동시에 현기증까지 일었다.

회의장은 거짓말처럼 조용했다. 자신의 숨소리와 심장 고동 소리가 한없이 크게 들렸다. 뜨거운 시선의 폭풍이 자신과 터너에게 쏟아지는 것도 피부로 느껴졌다. 거친 사포로 뺨을 문지른 듯이 까끌까끌한 느낌이었다.

"블루아는 이점이 있다고 여겼기에 하나모리 비누를 매수한 거네. 다행히 블루아 하나모리의 각 부서는 매수한 이점을 증명하기 시작하고 있지. 그렇다면 백오피스는 어떤가? 자네들의 업무는 반드시 자네들만이 할 수 있는 일이었나?"

"그건 총무부의 인원을 감축하고 셰어드 서비스를 도입하겠다는 말씀이십니까?"

그룹 내에서 백오피스 업무를 한 곳에 집약시켜 인원을 감축하고 인건비를 줄여 업무의 효율화를 꾀하는 것. 다다오미도 그것이 얼마나 큰 이익을 가져올지 잘 알 수 있었다.

알 수 있지만….

"저희가 매일 수행하는 업무가 전부 멋지고 효율적이라고 생각하진 않습니다. 개선해야 할 점도 많고요. 이익을 창출하는 프런트 오피스에 비해, 백오피스인 저희는 직접적인 이익을 창출하진 못합니다."

하지만—그렇게 말을 이으며 이 이념만큼은, 매수를 당하든 무슨 일이 벌어지든 절대 변하지 않는다고 생각했다.

"저희 없이는 회사가 살아갈 수 없습니다."

언젠가 바이유에게 총무부 업무는 집안일과 같다고 이야기한 적이 있다. 하는 쪽은 힘들어도 받는 쪽은 그저 당연하게만 보이는 업무다. 너무 당연해서 노동의 가치를 인정받기 힘들다.

당연하지만 없으면 곤란해진다. 자신은 지금까지 그런 일을 하고 있었다.

"저는 제가 해온 일을 믿습니다."

지금의 총무부 업무는 다른 사람도 할 수 있다고, 누구라도 할 수 있다고, 마시바 다다오미가 사라져도 상관없다고. 누구도 그렇게 생각하지 못할 만큼 열심히 일해왔다는 자부심 정도는 있었다. 다른 총무부 직원들도 틀림없이 그럴 것이다.

"지금 여기서 회사 사람들이 아무도 목소리를 내지 않는다면, 직원들이 총무부 업무 같은 건 누가 하든 똑같다고 믿는다면, 우선 제가 회사를 떠나겠습니다. 셰어드 서비스든 뭐든 얼마든지 도입하십시오. 하지만 남고 싶어 하는 직원들은 최대한 남게 해주십시오. 다른 부서로 옮겨가도 충분히 활약할 수 있는 직원들입니다."

오른쪽 뺨에 경련이 일어나 마지막 말을 쥐어 짜내느라 고생해야 했다. 발표회에 참가한 많은 직원이 이쪽을 보고 있었다. 영상 통화 앱을 켜둔 상태였으니 아직 생방송을 지켜보는 직원들도 있을 것이다. 채팅창에 많은 사람의 의견이 올라오는 게, 옆에 놓아둔 노트북 PC 화면에 작게 보였다.

믿고 있었다. 지금 자신을 지켜보는 직원들에게 지금까지 해온 노력이 전달되었을 거라 믿고 있었다.

"감동적인 연설이군."

다다오미의 마음이 얼마나 들끓든 상관없다는 듯이 터너는 웃었다. 그의 특기인 '코웃음'이었다.

터너가 회의실을 빠져나갔다. 직원들이 길을 비켜주었고, 그는 커다란 문을 한 손으로 가볍게 열고 사라졌다. 매수 이후로 지난 1년 동안 대체 몇 번이나 그에게 이런 식으로 배척당한 걸까? 옷에 묻은 먼지를 털어내듯 내팽개쳐진 걸까?

터너가 지나가면서 생겨난 길이 막히기 전에, 다다오미는 힘껏 달려가서 회의실을 빠져나갔다.

"잠깐 진정해봐, 마시바."

사장실 문을 노크하려는데 하마나가 그를 불러세웠다. 아무래도 발표회가 끝나자마자 재빨리 회의장을 빠져나온 모양이다. "하세가와 씨랑 마시바의 일장 연설을 온라인으로 보긴 했어"라며 그는 웃었다. 무척 건조한 웃음소리였다.

"넌 아직 서른여섯이잖아. 기분에 휩쓸려서 그만둔다고 말하긴 일러. 너라면 셰어드 서비스가 도입된 뒤에도 총무부에 남을 수 있다고. 자기 직장을 걸고 사장과 싸우는 건 좋은 전법이라 할 수 없어."

하마나는 폭주하려는 부하를 상사답게 진정시키며 다다오미의 어깨를 두드렸다. 다다오미는 불타오르던 전의가 사그라들까 봐 다급히 고개를 저었다.

"저는 제가 잘리든 말든 상관없습니다. 제가 하나모리 비누에서 일해 온 지난 12년이라는 시간이 얼마나 가치가 있었는지…. 그게 더 중요한 겁니다."

"회사원으로서의 자부심 말이야? 너답지 않게 왜 그래."

"저답지 않다고 하셔도, 저에게도 자부심 정도는 있습니다. 여기서 열심히 일해왔으니까요."

그렇게 말하며 심호흡했다. 머리가 딱 적당히 냉정해졌다. 마음은 뜨거운 상태로 머릿속은 냉정해졌다.

말할 수 있다. 지금이라면 말할 수 있다.

"하마나 씨는 전부 알고 계셨던 거죠?"

"응?"

"하마나 씨는 매수 뉴스가 보도되기 전에 윗석에서 매수에 대해 들었다고 하셨지만… 그 전에, 어쩌면 블루아에서 매수를 타진하던 단계부터 하마나 씨는 그 사실을 알고 계셨던 것 아닙니까?"

지난 1년 동안 가슴에 쭉 간직했던 의문을 겨우 말할 수 있었다. 하마나는 시치미를 떼듯 눈알을 굴리더니 고개를 갸웃거렸다. "무슨 소리야?"

"바로 여기 이 복도에서였죠. 매수 사실이 뉴스를 통해 폭로되어 터너 사장이 쳐들어왔을 때요. 그때 하마나 씨는 터너 사장을 보자마자 저에게 새로운 사장이 왔다고 말했습니다. 그 시점에… 매수당하는 쪽의 일개 총무부 부장이 그걸 알고 있었다는 건 이상하죠."

게다가 터너는 그때 하마나와 다다오미 앞에서 '네가 정보를 흘렸냐? 사람 성가시게 말이야'라고 영어로 말했다. 그건 단순한 화풀이라기보다 진짜로 유출한 하마나에게 정당하게 화를 냈던 게 분명했다.

하마나가 그 뒤에 사무국 멤버가 되었을 때도 똑같은 의문을 품게 되었다. 적어도 그는 매수 사실을 갑작스레 알게 되어 영문도 모르는 채 휩쓸린 사람은 아니었다.

오히려 그런 소용돌이의 중심에서 폭풍을 일으켜온 사람이 아닐까—그런 생각을 하게 된 지가 제법 지났다.

"작년 가을에 사옥 이전과 인원 감축 뉴스가 나왔을 때도 하마나 씨는 전혀 놀라지 않았죠."

"놀랄 리가 없지. 그걸 유출시킨 게 바로 나였는데."

하하핫, 하고 웃는 하마나를 보며 다다오미의 눈이 천천히 커졌다. 너무 크게 눈을 뜬 탓에 눈가가 따끔거릴 정도였다.

"하마나 씨가 유출시켰다고요…?"

그는 미소를 거두지 않으며 가볍게 받아넘겼다. "마시바가 눈치챈 건 알고 있었어."

"그럼 설마 처음에 매수 사실을 언론에 유출시킨 것도…."

"그건 아냐. 그건 마사쓰구였지. 회사를 팔아넘긴 장본인인 하나모리 마사쓰구."

아아, 역시…. 1년 전쯤에 마지막으로 만났던 마사쓰구의 얼굴이 떠올랐다. 아버지가 창업한 회사를 매각하고, 아버지가 지은 집까지 팔아버리며 어딘가로 은거하겠다고 말했던 주니어, 즉 전 사장의 얼굴이.

"블루아에서 비밀리에 매수를 타진했을 때, 그 녀석이 동기인 내게 상의를 했어. 그래서 난 매수에 대해 훨씬 전부터 알고 있었던 거지."

분명 하마나는 전 사장과 동기였다. 두 사람이 친했는지 어떤지는… 잘 모른다. 그래도 마사쓰구는 창업자인 아버지의 뜻으로 총무부의 부장이 되었다고 했고, 그의 후임으로 그 자리에 앉은 사람이 바로 하마나였다.

"너희에겐 아무래도 상관없는 일이겠지만, 마사쓰구는 지금 제수씨와 함께 홋카이도로 이주해서 파티시에 공부를 하고 있어. 믿겨져? 54살에, 20대 애들 사이에 끼어서 파티시에 공부라니. 정말 큰 결심을 한 거지."

파티시에라는 말이, 생크림을 만들어 스펀지 케이크에 바르는 그 파티시에와 연결되기까지 조금 시간이 걸렸다.

그와 동시에 그의 자택으로 쳐들어갔을 때, 마지막에 마사쓰구가 '쿠키가 다 구워진 것 같거든'이라고 말했던 게 떠올랐다. 아무래도 그건 자신을 쫓아내기 위한 핑계는 아니었던 것 같다.

하마나는 다다오미를 웃으며 바라보았다. 웃고는 있지만 잔잔한 눈빛을 보면 이곳이 아닌 어딘가 먼 곳을 바라보고 있는 듯했다.

"어, 어째서…"

"그 녀석은 하나모리 비누에 들어오기 싫어했어. 입사한 직후부터 계속 그 소리를 했지. 그래서 서로 죽이 잘 맞았던 거야. 회사가 싫었던 그 녀석과, 출세 경쟁이 귀찮았던 나는. 우리 둘 다 그 시대엔 올바른 회사원이라 할 순 없었으니까."

그게 어떻게 홋카이도의 파티시에 공부와 연결되는 걸까? 다다오미의 의문이 전해졌는지, 하마나는 유쾌하게 말을 이었다. 그렇게라도 하지 않으면 꺼내기 힘든 이야기인 걸까? 두 사람이 하나모리 비누에서 어떤 시간을 보냈는지는 도저히 상상이 되지 않았다.

"자기 아버지, 그러니까 창업자인 마사오 사장님이 퇴근길에 역 앞의 바바 양과자점에서 사오는 슈크림을 어릴 때부터 좋아해서, 제과점을 하고 싶었대. 그런데 부모는 당연히 회사를 물려받으라고 하지. 눈치껏 하나모리 비누에 입사한 뒤로는 낙하산이 어떻다느니, 주니어는 패기가 없어서 글러 먹었다느니 하는 소리를 들으면서도 계속 버틴 끝에 부모의 기대대로 사장이 된 거지."

303

그가 만약 소설이나 영화의 주인공이었다면 젊었을 때 부모와 싸우고 집을 뛰쳐나와 드라마틱하게 꿈을 좇았을지도 모른다. 그러나 하나모리 마사쓰구는 그러지 않고 하나모리의 직원이 되고, 총무부장이 되고, 임원이 되고, 사장이 되고 말았다. 결국 스토리의 주인공이 아닌, 모두에게 경멸당하는 악역으로서 하나모리를 떠나게 되었다.

그렇게 말하는 하마나가 어떤 심정일지 다다오미도 상상할 수 없었다.

분명 다다오미가 하나모리 비누에 입사한 뒤로 바바 양과자점에 얼마나 자주 드나들었는지 모른다. 마사쓰구가 거래처에 갈 때 지참하는 선물은 반드시 그곳에서 파는 슈크림이었고, 마사쓰구가 개인적으로도 자주 사먹는다는 걸 잘 알고 있었다.

하마나가 총무부 직원들에게 한턱낼 때도 반드시 바바 양과자점의 슈크림을 사오게 했다.

"언젠가 사무국 미팅 뒤에 하마나 씨가 PMI를 부자관계에 비유한 게 그런 이유 때문이었군요."

ㅡ어린아이는 부모가 원하는 모습이 되고 부모가 시키는 대로 살아간다. 그건 바뀌지 않는 사실이다. 남은 건 아이에게 '이건 네가 원해서 하는 일이야'라는 생각을 얼마나 잘 심어줄 수 있느냐다. 그걸 실패하면 결국 몇 년 뒤, 혹은 몇십 년 뒤에 회사가 공중 분해될 수도 있다.

그때 하마나는 의미심장하게 말했다. 이미 하나모리 부자를 통해 공중 분해되는 상황을 지켜봤던 것이다.

"마사쓰구는 하나모리 비누를 정말 싫어했어. 난 그걸 수십 년 동안

봐왔으니까, 뒷일은 나한테 맡기고 이 기회에 회사를 내팽개치고 자유로워지는 게 어떠냐고 조언했던 거야. 그 녀석은 내 조언대로 했고, 마지막 순간에 매수 사실을 언론에 흘린 다음 '퉤!' 하고 침을 뱉으며 자기 인생을 되찾으러 가버렸지. 은퇴한 기리야마 씨가 화를 주체하지 못하는 걸 보고, 아마 엄청 통쾌했을걸."

매수 정보가 유출된 데에는 그런 내막이 있었던 것이다. 그제야 납득이 갔다. 터너조차 사정을 몰랐던 것도, 그날 하마나의 표정이 여유로웠던 것도, 전부 다.

"뒷일은 맡기라고 하신 하마나 씨는 터너 사장님과 계속 내통하면서 사옥 이전과 인원 감축 이야기를 언론에 흘린 겁니까?"

매수가 보도된 날, 하마나는 사장실에서 터너와 긴 대화를 나누었다. 그 전부터 이미 안면은 텄을 두 사람 사이에서 어떤 이야기가 오갔을지, 지금이라면 쉽게 상상할 수 있었다. 하마나는 마사쓰구에게서 뒷일을 부탁받은 사람이니까.

"터너 사장님과는 마사쓰구의 언론 유출을 계기로 동맹을 맺었다고 해야겠지? 사장님은 사옥 이전과 인원 감축이야말로 두 회사를 통합하기 위한 극약이라고 말했지만, 난 그럴 가능성이 보도되는 것만으로 충분한 극약이 될 수 있다고 생각했거든."

"사장님과 하마나 씨가 이미 옛날부터 내통하고 있었으니, 당연히 회사 내의 사정도 전부 꿰뚫어볼 수 있었겠네요."

"그래도 극약은 효과가 있었잖아? 그 뉴스를 보고 다급해진 마시바가 움직여준 덕분에 오늘 신제품 개발회도 성공적으로 끝났고. 뒷일을 부탁받은 나로서는 블루아 하나모리라는 회사가 잘 돌아갈 수 있도록 최선을 다한 거라고."

다다오미는 숨을 들이쉬었다. 평소에 일을 하는 공간인데도 처음으로 느끼는 냄새가 났다. 이것은 하마나에 대한 분노도, 허무감이나 한탄도 아니었다.

"알겠습니다."

굳이 정의하자면 모든 잡념과 망설임이 사라진 냄새였다.

"마시바, 이제야 잘도 물어볼 마음이 생겼나 보군."

"지금 물어보지 않으면 영원히 못 물어보게 될 것 같았거든요."

어느샌가 헐거워진 넥타이를 다시 매만진 다음, "그래도 사장님을 들이박겠다는 마음은 바뀌지 않았습니다"라고 하마나에게 말했다. "아아, 그래?" 그는 그저 웃기만 할 뿐 다다오미를 말리지는 않았다.

노크도 없이 사장실 문을 여는 건 처음이었다.

사장석에 앉은 터너는 서늘한 얼굴로 미소지었다.

"자네 연설은 다 끝난 것 아니었나?"

"퇴사까지 각오한 회사원이 그 정도로 물러날 거라 생각하지 마시죠."

"하하하, 이것 참 볼만하군."

터너는 입가와는 정반대로 1밀리도 웃지 않는 눈동자로 다다오미를 쳐다보았다. 어마어마한 존재감을 뿜내는 책상을 사이에 둔 채 그와 대치하고 있었다.

"'블루아'와 '하나모리'가 아닌, 블루아 하나모리가 되길 원한 사장님의 마음은 저도 이해합니다. 사옥 이전과 인원 감축이라는 아이디어가 그걸 위한 극약 처방이라는 것도요. 그 과정에서 블루아의 자회사에 어울리는 능력을 갖춘 인원만 남겨야 한다는 생각도 이해할 수 있습니다."

"그것 참 잘됐군. 첫 대면 때부터, 자네와 난 서로를 이해하지 못할 거라고 생각했거든."

첫 대면이라면 매수 뉴스가 보도된 날을 말하는 걸까? 그때는 그저 스쳐 지나갔을 뿐인데 이 남자가 자신을 기억하고 있을 것 같진 않았다.

"이해하지만 공감하기는 힘들 것 같습니다. 저는 하나모리 비누가 좋아서, 하나모리 비누의 총무부 직원으로서 일해왔습니다. 제 능력이 부족해서 많은 문제를 해결하지 못한 것도 사실입니다. 그래도 블루아 하나모리는 하나의 회사로서 조금씩 바람직한 형태를 갖춰나가고 있습니다."

"자네는 이 회사가 정말 하나로 통합될 수 있다고 생각하나?"

지독하게 예리한 목소리였다. 바늘이 미간을 훅 뚫고 들어온 느낌이었지만—의외로 고통은 없었고 대답은 자연스레 흘러나왔다.

"원래 하나모리와 블루아는 각자 다른 회사였습니다. 고작 1년 남짓한 기간 만에 완벽히, 아무런 손실 없이 하나로 합쳐질 수 있을 리가 없고 하나로 합쳐질 이유도, 어쩌면 없는 건지도 모릅니다. 다만 함께 일할 수 있다면 그걸로 된 것 아닙니까? 반드시 '똑같게' 바뀌어야만 동료가 될 수 있다는 건 너무 슬픈 생각일 텐데요."

서로의 차이를 인정하면서도 일은 할 수 있다. 적어도 자신과 바이유는 아슬아슬하게 보조를 맞춰나가면서 1년 동안 그렇게 일을 해왔다.

과연 자신의 말이 눈앞의 남자에게 제대로 전해진 걸까? 신제품 발표 때조차 시큰둥한 반응이었으니 기대는 할 수 없었다. 다만 항상 터너의 입가에 달라붙어 있던 싸늘한 미소가 사라진 것만은 분명했다.

그때 누군가가 사장실 문을 두드렸다. 너무 다급한 나머지 문을 부숴버리기라도 할 듯한 요란한 노크였다.

"실례하겠습니다!"

누구도 대답하지 않았지만 바이유가 뛰어 들어왔다. 그러다 응접 소파에 있는 힘껏 왼쪽 무릎을 부딪쳐서 고꾸라질 뻔했다.

그의 양손에는 발표회의 온라인 중계에 사용되었던 노트북 PC가 들려있었다.

"무슨 일이지?" 의아한 표정을 짓는 터너에게 바이유가 어깨를 들썩거리며 대답했다.

"1년 동안 같이 일해온 동료로서, 이번엔 같은 길을 가야 한다고 판단했습니다."

바이유는 그렇게 말하며 노트북 PC를 책상 위에 올려놓았다. "바로 오고 싶었지만, 온라인 중계 쪽을 수습하기 힘들어져서요"라며 화면이 다다오미에게도 잘 보이도록 펼쳐놓았다.

"발표회 중계를 지켜보던 직원 여러분이 채팅으로 사장님께 의견을 이야기했습니다."

PC에는 비디오 통신 앱의 채팅화면이 표시되어 있었다.

하나, 둘… 지금 이 순간에도 채팅은 계속되는 중이었다.

『신제품 개발 프로젝트에는 총무부 쪽에서도 상당히 협력해주셨습니다.』

『영업부의 노동환경 개선은 총무부의 지원을 받으며 검토 중입니다. 만약 셰어드 서비스로 축소된다면 그러기 힘들어집니다.』

『블루아와 하나모리가 열심히 힘을 합쳐 신제품을 개발해야 한다고 처음 말해준 사람은 총무부분들입니다.』

『우리 총무부는 무슨 부탁을 해도 절대 거절하지 않습니다. 부탁하면 반드시 일단 검토해주죠. 다른 회사면 이러지 않습니다.』

『떡볶이 영수증을 처리해주는 친절한 총무부로 남아주었으면 합니다!』

『셰어드 서비스로는 급한 문제가 발생했을 때 빠르게 대응하기 힘듭니다. 프런트 오피스 입장에서도 매우 비효율적입니다.』

『눈에 잘 띄진 않지만 총무부도 매수 이후의 업무 효율화에 많이 공헌했다고 생각합니다.』

『평소엔 동기 앞에서 이런 말을 꺼내기 힘들지만, 마시바 씨가 없으면 우리는 분명 힘들어질 겁니다.』

『총무부 여러분, 항상 무리한 부탁을 해서 죄송합니다.』

『오히려 블루아 하나모리에 온 다음에야 블루아의 총무부가 무우치적 불친절하다는 걸 깨달았습니다. 직원 한 분 한 분을 신경 써주면서 열심히 대처해주시는 훌륭한 부서라고 생각합니다.』

『부르면 언제든 달려와 주는 총무부 덕분에 열심히 일할 수 있습니다.』

『신경이 날카로워졌을 때 애먼 사람한테 짜증 냈다는 거 압니다…. 앞으로는 조심하겠습니다….』

『백오피스의 셰어드 서비스 도입을 반대합니다.』

"발표회에 참가한 연구개발부 사람들이나 각 부서의 부장들도 셰어드 서비스 도입에는 반대한다는 의견이 나왔습니다. 지금의 총무부가 사라진 그날 아침부터 문제가 속출할 게 분명하다고 하면서요."

바이유가 말하는 동안에도 터너는 채팅창에서 눈을 떼지 않았다. 책상에 뺨을 괴고 따분하다는 얼굴로 계속 올라오는 채팅을 지켜보고 있다.

"이건 터너 사장님의 비서 겸 통역이자, 총무부 직원이자, 사무국 멤버로 일해온 저의 의견입니다만— 오늘의 발표회나 이 채팅창을 보고, 저희는 좋은 동료가 될 수 있을 거라는 생각이 들었습니다."

바이유는 자신이 이곳에 쳐들어온 것이 그 증거라는 듯이 가슴을 펴 보였다.

터너는 미동조차 하지 않고 채팅을 계속 바라보고 있었다.

"어째서 사장님이 일본어를 못 하는 척을 하셨는지, 계속 생각해봤습니다."

상관하지 않고 말을 이어 나가는 바이유를 그제야 터너가 쳐다보았다. 함께 뉴욕 본사에서 건너온 통역 겸 비서를.

"통역으로 일본에 동행하는 게 결정되고 사장님께 처음 인사드리러 갔을 때, 사장님은 제게 일본어를 잘하냐고 물어보셨죠. 일본어를 완벽히 하지 못하면, 제가 아무리 똑똑해도 일본인들은 저를 멍청한 사람으로 대한다고 하셨습니다. 그때 저는 사장님께도 그런 경험이 있었던 거라고 생각하며 굳이 캐물어보지는 않았지요."

뉴욕의 블루아 본사가 어떤 곳인지는 상상하기도 힘들지만, 신기하게도 다다오미의 머릿속에는 그 장면이 선명히 떠올랐다. 허드슨강에 인접한 고층빌딩 한 곳에서, 고개를 갸웃거리는 바이유와 자세한 이야기는 아무것도 해주지 않는 터너의 뒷모습이.

"초등학교 시절에 북관동 지역에 있는 할머니 댁에서 몇 년 동안 살았거든. 자세한 이야기는 하고 싶지도, 떠올리고 싶지도 않아. 다만 외국계 기업에 매수된 일본 회사에 부임하는 신임 사장이라면, 일본어를 못 하고 통역을 통해서만 의사소통이 가능한 정도의 거리감이 딱 적당하다고 생각했을 뿐이야."

한순간, 정말 아주 짧은 한순간 동안 터너의 눈빛이 커튼 흔들리듯 바뀌었다. 지금 그가 유창한 일본어를 할 수 있는 이유도, 그런데도 고집스럽게 그걸 숨겨왔던 이유도 전부 그 한순간에 담겨 있었다.

그걸 느꼈는지, 바이유가 입을 다문 채 어금니를 강하게 물었다. 그가 고민 끝에 천천히 입을 열었다.

"저도 일본에서 불쾌한 일은 당한 기억은 당연히 있습니다. 아직도 떠올리면 화가 나기도 합니다. 그래도, 적어도 사장님이 기억하는 것보다는 이 사회가 조금씩 좋은 방향으로 변하고 있다고 생각합니다. 정말 지긋지긋할 만큼 조금씩이지만요."

다다오미는 무슨 말을 해야 할지 생각했다. 함께 일해온 바이유와 1년 동안 블루아 하나모리의 정점에 섰던 터너에게, 지금 이곳에서 자신이 해야 할 말을 생각했다. 코로 살짝 숨을 들이쉬자 희미한 하나모리 비누의 향이 났다. 자신의 와이셔츠에서 나는 냄새였다.

좋은 향이었다. 매일 맡아도 질리지 않는 은은한 향이다. 자신이 어머니에게서 물려받은 몇 안 되는 것 중 하나였다.

그러자 해야 할 말이 허무할 만큼 쉽게 떠올랐다.

"저는 회사란 사회의 축소판이라고 생각합니다. 지금 블루아 하나모리 안에서 많은 직원이 '다름'을 조금씩 받아들이는 노력을 하고 있습니다. 모두가 같은 방향을 향해, 같은 열의로, 같은 방식으로, 같은 애사심을 갖고 일해왔고… 쉽게 말해 '같음'을 원동 삼아 크게 성장한 회사가 이제 '다름'을 받아들이고 바뀌려고 하는 겁니다. 그러니 저도 사장님이 조금만 더 이 회사를 믿어주셨으면 합니다."

한 번은 실망했던 이 사회를 한 번 더 믿어달라고는 할 수 없었다. 그런 거대한 개념 앞에서 자신이 뭘 바꿀 수 있을지 상상조차 하기 힘들었다. 다만 회사가 사회의 축소판이라면 회사를 바꿀 수는 있다. 자신은 그러기 위해 총무부에 있다.

터너의 손가락이 PC로 뻗어나갔다. 채팅창에 올라온 말들을 마지막까지 스크롤하며 확인했다.

"그래, 자네가 승부에서 이겼군."

후훗, 하고 웃으며 다다오미를 올려다보았다. 평소와 같이 피부 표면으로만 웃는 듯한, 무척 얕은 미소였다.

하지만 가슴을 꿰뚫는 듯한 위압감은 신기하게도 느껴지지 않았다.

"자네는 아까 셰어드 서비스 도입과 총무부의 인원 삭감에 대해 회사 사람들이 아무도 반대하지 않는다면 그만두겠다고 말했네. 그 말을 듣고 직원들은 나에게 수많은 반대 의견을 표명했지. 자네의 승리네."

잠시 틈을 두고 나서, 터너는 다시 한번 "자네의 승리야"라고 되뇌었다. 다다오미가 그 말의 의미를 이해하기까지는 몇 초가 더 필요했다.

"그건… 인원 삭감을 철회하신다는 말씀입니까?"

터너는 대답하지 않았다. 자리에서 갑자기 일어서나 싶더니 사장실 구석의 행거에 걸려있던 재킷을 입고 코트를 걸친 다음, 바이유에게 "일본 지사로 갈 테니 동행해"라며 짧게 지시를 내렸다.

"일본 지사를 쓰러뜨린 다음, 뉴욕의 본사를 설득하겠네."

🏃

이제부터 바빠질 거야, 하고 영업부 GM인 이케타니가 말했다. 그의 말대로 시바 교이치가 속한 영업부는 신제품 발매를 향해 분주하게 움직이고 있었다.

회사의 총력을 기울인 신제품 발매라면 영업부에서도 베테랑들로만 팀을 꾸릴 테니 젊은 직원들을 배제될 거라고 생각했지만, 이케타니는 시바와 소영을 팀에 편성시켰다.

"자네들이 생각해낸 동시 구매 이벤트가 신제품 판촉의 핵심인데, 당연하잖아."

이케타니의 말에 소영은 큰 동기부여를 받은 것 같지만, 시바는 솔직히 주눅이 들었다.

하나모리 비누가 외국계 기업에 매수되면서 새로운 기대를 품은 건 사실이다. 자신의 20대를 4, 50대 직원들이 기분 좋게 일하기 위한 들러리가 되는 걸로 허비할 바에는 매수로 전부 뒤집혀버리길 바랐다.

급여 제도에 등급제가 도입되어 성과임금제로 바뀐 것도 기뻤다. 자신이 이룩한 성과를 실적으로 평가받을 수 있고, 그게 곧 급여로 이어지니까.

자신이 열심히 노력하지 않으면 급여가 떨어진다는 공포도 있었지만, 그것보다도 잘난 척만 할 줄 아는 아저씨들이 높은 급료를 받는 시스템이 바뀐다는 게 기뻤다. 자신의 행복보다 상사들의 불행이 더 기쁘다니, 비참한 직장 생활을 하고 있다는 생각도 들었다.

크로스셀 팀에서 하나모리 비누와 블루아 제품의 동시 구매 이벤트를 떠올린 순간, 이걸로 실적을 낼 수 있다는 생각에 가슴이 설렜다.

하지만 캠페인을 진행시키며 깨달은 점은, 만에 하나 이 일이 실패로 끝난다면 그 실적을 떠안는 것도 다름 아닌 자신이라는 사실이었다. 대신 책임을 져줄 선배나 상사는 없는 것이다. 그걸 모르진 않았을 텐데도 마치 목에 누군가가 칼을 들이대는 기분이었다.

"어쩔 수 없지. 성과임금제라는 건 결국 그런 거니까. 같은 팀이어도 라이벌. 신입이나 이직으로 들어온 후배들도 후배인 동시에 라이벌이 잖아."

술자리에서 시바가 투덜거리자 함께 이벤트를 기획한 소영은 그렇게 대답했다. 그 뒤로도 계속 구시렁거렸더니 "괜찮아, 괜찮아. 이번엔 팀으로 일하는 거니까 실패하더라도 나쁜 평가는 다 나눠 가지잖아"라며 웃어넘겼다. 그렇게 말하면서도 팀의 리더를 맡은 그녀가 대단하다는 생각이 들었고, 동시에 조금 질투도 났다.

직장 생활은 왜 이렇게 가성비가 최악일까? 큰 책임을 지지 않으려면 상사의 눈치나 보며 일해야 한다. 혼자 편하게 일하고 싶다면 모든 걸 자신이 짊어져야 한다. 그 중간 지점이 존재한다면 좋을 테지만…. 그렇게 입맛대로 되지 않는다는 걸 시바 본인도 잘 알고 있었다.

그래도 소영과 둘이서 이벤트 내용을 다듬고 다른 또래 직원들의 의견도 듣고, 고객사에 거듭 제안한 끝에 승낙을 받아냈을 때는 회사원이 된 이후 처음으로 주먹을 높이 쳐들었다. 그날 마신 맥주는 최고로 맛있었다.

실패하는 것도, 책임을 지는 것도 두렵지만 그 공포 속에는 성취감도 숨겨져 있다. 인정하고 싶지 않지만 틀림없는 사실이었다.

"―우와, 시바! 하나모리 비즈의 디자인, 봤어?"

맞은편 자리에서 들려온 소영의 목소리에 시바는 퍼뜩 고개를 들었다. 사내 메신저를 확인하니 분명 하나모리 비즈의 패키지 디자인이 업로드되어 있었다.

"와, 엄청 세련돼! 부속 아이템인 가향제도 컬러풀하고 예쁘네. 내 최애 색으로 수집하고 싶다."

소영이 일본어를 공부한 계기가 된 아이돌 그룹이 얼마 전 해체되었다고 하지만, 최근엔 새로운 '최애'를 발견했다고 한다.

"어, 정말이네. 잘 뽑혔다."

시바의 PC를 마침 지나가던 지도리 스미레가 들여다보았다. 영업부는 환영회 겸 신년회를 계기로 큰 변화를 맞이했고, 출신 회사에 상관없이 자리를 배치하게 되었다. 그 덕분에 쭉 시바의 뒷자리에 앉았던 스미레와는 멀리 떨어지고 말았다.

"너무 젊은 사람 취향도 아니라서 좋은 느낌이네요."

"이렇게 되면 시바 군, 영업직으로서 열심히 해야겠지?"

"괜히 부담주지 마시라고요."

"줄 건데? 내가 얼마나 기대하는지 알지?"

스미레는 시바의 어깨를 두드려준 다음 가방을 들고 외근을 나갔다. 오후부터 거래처를 방문하는 것이리라. 시바도 슬슬 가야겠다는 생각에 가방을 챙겼다. 담당 점포를 돌며 하나모리 비즈의 발매를 끈질길 만큼 광고하고 있지만, 아직도 홍보가 턱없이 부족했다.

힘들긴 힘들어도 불만만 쌓여 있던 작년 이맘때와 비교하면 자신이 훨씬 건전한 회사원으로 바뀐 느낌이 들었다. 또래끼리 자주 뭉치는 건 아니지만, 젊은 직원들끼리 팀을 꾸려 무언가를 기획하는 건 솔직히 재미있었다. 고등학생 때도, 대학생 때도, 이런 재미있는 일이 없나 하며 학교 안을, 캠퍼스 안을 열심히 돌아다니곤 했다.

물론 회사는 학교와 많이 다르지만, 그래도 나쁘지 않은 기분이었다.

"영업 다녀올게요~."

주위에 말하며 영업부 사무실을 나왔다. 엘리베이터 홀에서 회사로 복귀하던 사카키바라와 마주쳤다. "어, 조심히 다녀와."

"네, 다녀올게요. 사카키바라 씨도 수고 많으셨습니다."

시바는 살짝 고개를 숙이며 1층 버튼을 눌렀다. 저 사람과 서로 잘 이해할 수 있게 되려면 아직도 시간이 많이 필요할 것 같다는 생각이 들었다.

에필로그

─────────

자,
빨래나
할까

3월

"신제품 발표회 때 일본어로 말한 순간부터, 그 사람은 결심을 굳힌 건지도 모르겠어."

하마나가 갱신이 다가온 사무실 기기의 임대 계약에 관한 서류를 건네며 다다오미에게 투덜댔다. 의자 등받이를 뒤로 쭉 넘긴 채 양손으로 머리를 받치며 천장을 멍하니 올려다보고 있었다.

"사장직을 물러나는 걸 말인가요?"

다다오미의 질문에 하마나는 고개를 살짝 끄덕였다.

"사옥 이전이나 인원 감축안도 결국 블루아 본사의 통지였다고 하고. 자회사의 사장 입장에서는 모회사의 명령을 그저 얌전히 들을 수밖에 없었을 거야. 그걸 거부하는 대가로 자기 자리를 내놓는 수밖에 없었겠지."

사장 자리를 내놓는 대신, 인원 감축안은 철회되었고, 그에 따라 사옥 이전도 없던 일이 되었다. 과연 그 일에서 이 사람은… 하마나는 한몫 거들었을까? 아니면 전혀 관여하지 않았을까? 다다오미는 그에게 물어볼 용기도, 터너에게 물어볼 용기도 나지 않았다.

"…굉장히 일본적이네요. 그런 부분은."

"어쩌면 어느 나라나 똑같은 걸지도 모르지."

대화를 들었는지, 조금 떨어진 자리에서 일하던 나루미가 뺨을 부풀리며 말했다.

"그래도 총무부 인원 감축을 언급한 건 좀 너무하지 않았어요?"

"그래도 그 덕분에 마시바가 흥분했고, 모두들 총무부가 필요하다는 목소리를 내주게 됐지. '현장 직원들이 이렇게나 필요하다는 목소리를 냈으니 셰어드 서비스 도입은 보류하자'라고 주장하려면 필요한 일이었는지도 몰라."

"아니, 아니, 아무리 그래도 다른 방법도 있었을 거잖아요? 회사 내에서 여론조사를 한다던가…"

나루미의 말도 맞지만, 사내 여론조사에서도 같은 결과가 나왔으리란 보장은 없었다. 그 자리의 분위기 내지 발표회의 고양감에 휩쓸렸다고 할지… 아무튼 그 순간에 그 정도로 반대의 목소리가 모였다는 건 무척 운이 좋았던 셈이다.

그것조차 그 남자의 책략대로였을까? 아니면 정말로… 다다오미가 승부에서 패배했다면 자신들은 전부 인원 감축 대상이 되었을까?

나루미의 말을 싱글거리며 듣고 있던 하세가와가 "하지만 아무리 그래도…"라며 살짝 어깨를 늘어뜨렸다. 그녀의 시선은 지난 1년 동안

린 바이유가 사용하던 책상을 향하고 있었다.

그의 가방은 없었다. 서류함도, 서랍 안도 전부 비어 있다.

"바이유 군까지 데려갈 필요는 없었을 텐데. 일도 꼼꼼하게 하고, 일본어도 잘하고, 남았으면 좋았을 텐데 말야…."

터너가 떠난다는 건, 비서 겸 통역인 바이유도 함께 떠난다는 의미였다. 이것만큼은 총무부 직원들이 아무리 반대한다 해도, 총무부 부장인 하마나라 해도 막을 수 없었다.

"자, 자, 총무부도 무사히 남게 됐으니까 열심히 일하자고, 여러분."

전 사장—정확히는 전전 사장이 된 주니어, 즉 마사쓰구에게 '뒷일은 맡겨둬' 라고 말한 이상 하마나는 회사를 떠날 생각이 없는 것 같다. 내년도 내후년도, 아마도 정년까지 총무부 부장 자리에서 햇볕을 쬐는 고양이처럼 지낼 것이다. 물론 잠깐 눈을 뗀 사이 임원 자리에 가 있을 수도 있겠지만.

"이따가 바이유랑 만날 건데, 혹시 전할 말이 있다면 전해드릴게요."

총무부를 둘러보며 그렇게 말하자, 하세가와와 나루미가 각각 작별 인사말을 전했다. 송별회는 이미 어제 했지만, 그때는 생각나지 않았던 이야기가 많이 남아있는 모양이다.

"그럼 전 오후부터 반차입니다."

고개를 숙이며 사무실을 나왔다. 엘리베이터에서 1층으로 내려와 사옥을 빠져나오자 마침 점심을 먹으러 나온 아오이의 뒷모습이 보였다.

"그래, 바이유 군은 내일 출발하는구나."

다다오미가 자전거 주차장에서 끌고 나온 자전거를 보고, 아오이는 "쓸쓸해지겠네"라며 어깨를 늘어뜨렸다.

"같은 블루아 그룹에 속해있으니까, 조만간 다시 일본에서 일하게 될 수도 있겠지. 몇 년 뒤에 터너 사장님이 불쑥 돌아올 수도 있는 거고."

"터너 사장님은 쇼 하고 같이 보드 게임을 하자고 해놓고, 결국 약속을 못 지키고 일본을 떠나게 됐잖아. 쇼는 의외로 그게 충격적이었는지, 전에도 '사장 아저씨하고 보드 게임 못 해?'라고 묻더라."

"그 사람도 약속을 잊어버린 건 아닐 거야. 너무 바빠서 그럴 겨를이 없었겠지."

하지만 아이들은 그런 약속을 절대 잊는 법이 없고, 나름대로 큰 충격을 받는 법이다. 쇼의 토라진 얼굴을 상상하며 이 일은 바이유를 통해 터너에게 전해야겠다고 결심했다.

"나라도 괜찮다면 같이 보드 게임을 해주겠다고 쇼 군에게 말해줘."

과연 쇼가 납득해줄지는 모르지만, "어, 정말?" 하며 미소 짓는 아오이의 반응은 다다오미가 예상한 것보다 훨씬 밝았다.

"쇼는 많이 좋아할 거야. 마시바 군도 사장님만큼 마음에 든 것 같았으니까."

아아, 그래도 보드 게임을 하기 위해 쇼 군을 회사로 데려올 수는 없겠지. 그렇게 말하려는데 아오이가 "다음에 한 번 놀러와"라고 가슴 앞에서 손뼉을 짝 쳤다.

손바닥이 맞부딪치며 뭔가가 튀어오르는 듯한 경쾌한 소리가 났다.

"토요일에 시간 되면 맛있는 거 만들어줄 테니까 먹고 가."

아오이는 그렇게 말하며 잠시 다다오미의 속내를 살피는 듯한 눈빛을 했다. 동굴을 들여다보는 것처럼 호기심과 약간의 망설임이 뒤섞인 눈빛이었다.

"마시바 군이 싫지만 않다면 말야."

"고마워. 그럼 다음에 찾아갈게. 보드 게임도 사서."

자, 그럼 보드 게임은 어디서 구입하면 될까? 아오이도 껴서 셋이 즐길 수 있는 게임이 좋을 텐데.

아오이와 헤어지고 자전거를 달리는 동안, 계속 그런 생각을 했다. 사과 아파트로 돌아오는 길에는 오르막길이 있지만, 페달은 전혀 무겁게 느껴지지 않았다. 사과 아파트의 안뜰에서 바이유와 차를 마시던 가즈코 씨는 그를 보자마자 웃었다. "엄~청 기분이 좋은가 보네?" 라고 말하며.

"좀 좋은 일이 있어서요."

얼굴이 살짝 빨개진 느낌이 들어 광대뼈 근처를 약지로 긁적였다. 바이유는 꽃무늬 찻잔에 입을 갖다 대더니 "그것 참 잘됐네요" 라며 어깨를 들썩이며 웃었다.

"짐은 무사히 뺐나 보네."

"어제 도와주신 덕분에 순식간에 트럭에 실어서 보냈어요. 반차까지 쓰셨는데 죄송합니다."

고개를 숙이는 바이유에게 "괜찮아" 라고 손을 저으며 가즈코 씨가 타준 홍차를 마셨다.

"아침에 분주한 와중에 작별하는 것도 정 없잖아."

홍차에서는 벚꽃 향이 났다. 안뜰에 핀 매화는 며칠 전에 완전히 개화했다. 그곳에서 마시는 벚꽃 홍차는 봄 내음으로 가득했다.

가즈코 씨가 사둔 쿠키를 곁들여서 셋이서 홍차를 마셨다. 바이유가 일본에 온 지난 1년 동안 사과 아파트에서 만들었던 추억 이야기를 했다. 회사에서의 정신없는 시간이 거짓말처럼 느껴질 만큼 여기서 보낸 시간은 평화로웠다.

"그러고 보니 사과 아파트로 이사올 때 도와주신 보답을 아직도 못 해드린 것 같네요."

바이유가 문득 생각났다는 듯이 돌아보자 다다오미는 배를 잡고 웃었다. 이렇게 크게 소리내어 웃는 건 꽤 오랜만인 것 같았다.

그러고 보니 그런 이야기가 나오긴 했었다. 바로 이 안뜰에서였다. 이사할 때 도와준 보답을 하기 전까지는 서로 사이좋게 지내자고. 그런 약속을 한 지 어느새 1년이나 지나 있었다.

"이제 와서 뭘."

터너와 함께 뉴욕으로 돌아가는 바이유에게 쇼에 대한 이야기를 전했다.

"그러고 보니 터너 사장님도 2주 전쯤에 '그 아이와 보드 게임할 시간이 없군' 이라고 투덜거리셨어요."

바이유는 쓴웃음을 지으며 터너의 말을 전해주었다.

"새로 블루아 일본 지사에서 부임하는 신임 사장도 여러모로 고생할 테니까, 백오피스에서 잘 보좌해달라고 하셨습니다."

"백오피스라기보다, 거의 나한테 하는 명령이잖아, 그건."

하지만 그 명령은 착실히 따를 것이다. PMI에 관여하지 않은 신임 사장은 확실히 적응하는데 크게 고생할 것이다. 자칫 잘못하면 지난 1년간의 성과가 물거품이 될 가능성도 있다. 신임 사장이 보다 좋은 리더십을 발휘할 수 있도록 지원하는 것도 총무부의――'만능 살림꾼'의 역할이다.

"터너 사장님은 뉴욕 본사로 돌아간 뒤에 괜찮은 거야? 좌천되진 않으려나?"

"그건 어떻게 될지 모르겠지만, 본인은 아무 문제도 없다고 하셨습니다. 오히려 일본은 싫었는데 마침 잘됐다고 하셨어요."

그렇게 말하는 터너의 모습을 선명히 상상할 수 있었기에 굳이 심각하게 생각하지는 않기로 했다. 그 남자는 설령 좌천되더라도 코웃음을 치며 극복해낼 테니까.

"이따 지도리와 만난다면서?"

"네, 공항까지 나와준다고 했어요."

그녀도 오늘은 반차를 썼다. 1주일 전에 신청한 것을 다다오미가 직접 처리했다.

"마시바 군도 공항까지 가주지 그래? 오후에 모처럼 쉬잖아."

다다오미의 컵에 새 홍차를 따라주던 가즈코 씨가 그런 제안을 했다. 바이유가 "아, 그러시죠. 스미레도 오니까요" 라고 순진하게 말하는 걸 다급히 제지했다.

"아니, 됐어. 지도리하고 쌓인 이야기도 많을 거 아냐. 대학 시절부터

326

친구였으니까."

지난밤, 다다오미의 회사용 주소로 '개인적인 연락이라 죄송합니다' 라는 제목으로 스미레의 메일이 왔다. 바이유의 이름은 한 번도 언급하지 않고, 그저 '전 내일 반차를 써서 하네다 공항에 가니까요! 가니까요!!!' 라고만 적혀 있었다. 스미레가 바이유와 무슨 이야기를 나눌 생각인지는 모르지만 방해하지 말아야겠다고 생각했다.

"오후부터는 좀 쉬려고요. 지난 1년 동안 너무 정신없었으니까요."

1시간 정도 차를 마시고 공항으로 향하는 바이유를 사과 아파트 입구에서 배웅했다. 그는 작은 캐리어를 끌고 가며 끈질길 만큼 오랫동안 손을 흔들며 언덕길을 내려갔다. 다다오미와 가즈코도 끈질길 만큼 손을 흔들었다.

전해야 할 말은 전부 전했다고 생각했는데, 그의 모습이 언덕 너머로 사라질 때가 되어서야 자기도 모르게 외치고 말았다.

"고마워! 즐거운 PMI였어!"

그러자 걸음을 멈춘 바이유가 언덕 밑에서 "저야말로 즐거웠습니다!" 라고 외쳤다. 즐거운 PMI라니— 자기가 한 말이지만 웃음이 나왔다.

천천히 할까도 생각했지만 결국 쌓여 있던 빨래를 해치우기로 했다.

분말형 하나모리 비누의 상자를 열자 내용물이 거의 남아 있지 않았다. 그래도 응축된 비누 향에는 희미한 꽃의 흔적이 섞여 있었다. 농후해서 맡은 순간 몸이 깨어나는 향이다.

패키지 디자인은 매수 전과 바뀌지 않았지만 로고만 블루아 하나모리가 되었다.

남아 있던 세제를 계량 스푼으로 정확히 재서 세탁기에 넣었다. 스위치를 누르자 세탁기가 천천히 돌아가기 시작했다. 빈 상자를 접어버리듯 찌그러뜨리며 쓰레기통에 넣었다.

다음에 구입할 새로운 세제는 하나모리 비누가 아니었다. 하나모리 비즈다. 하나모리 비누와 똑같은 향이 나는 하나모리 비즈였다.